Sergio Ramírez

Maskentanz

PH
V

Sergio Ramírez

Maskentanz

Roman

Aus dem Spanischen von Lutz Kliche

Peter Hammer Verlag

Titel der Originalausgabe: *Baile de máscaras* erschienen bei
Alfagnosa, México 1997

Die Deutsche Bibliothek – CIP-Einheitsaufnahme

Ramírez, Sergio:
Maskentanz : Roman / Sergio Ramírez. Aus dem Span. von
Lutz Kliche. – Wuppertal : Hammer, 1998
ISBN 3-87294-786-9

Umschlaggestaltung: Wolf Erlbruch
Satz: Data System, Wuppertal
Druck: Clausen & Bosse, Leck

Für Pedro, für Luisa, gemeinsam,
wo immer sie jetzt schlafen mögen

Und das End' all unseres Forschens
wird sein, dort anzukommen, wo wir einst begannen
und diesen Ort so seh'n, als wär's das erste Mal.
T.S. Elliot, Vier Quartette, Little Gidding, V.

Komm' lieber spät zu diesem Schmerz, zu dem du kommst,
in diese Schreckenswelt voll Leid und voll Entsetzen …
Rubén Darío, An Phocas, den Tagelöhner

Odi tu come fremono cupi
Per quest'aura gli accenti di morte?
G. Verdi, Un Ballo in Maschera
Atto Secondo

I

CHINESEN EROBERN HUNAN ZURÜCK und zwingen die Japaner, sich in südöstlicher Richtung bis Ling zurückzuziehen, während nordamerikanische Flugzeuge großkalibrige Bomben auf Linchwan abladen *Durham Duplex – Klingen, die, die Sie sich für Ihren Bart immer gewünscht haben, halten für Sie bereit: Carlos und Rodolfo Cardenal, mit Filialen in Managua und Granada.*

VERZWEIFELTE SITUATION DER RUSSEN AN DER SÜDFRONT nach den Erfolgen der Deutschen, die nach erbitterten Kämpfen um jedes Haus die Einnahme von Voroshilovsk melden.

HARTE SCHLACHT AM UFER DES DON, obwohl die sowjetischen Truppen alle Versuche der Nazis, den Fluß zu überqueren, mit großkalibrigem Artilleriefeuer zurückschlagen konnten *Spirituosenhandel »San Ramón« informiert seine geschätzte Kundschaft mit noch nicht gelieferten Bestellungen ihres bekannten und vorzüglichen Fruchtschnapses »Pisco«, daß wir Gottseidank wieder in der Lage sind, Ihre Wünsche zu erfüllen, Kontor und Lager am Markt von San Miguel, Tel. 448.*

ANTISEMITISCHES ATTENTAT? (per Kabel aus Buenos Aires): Auf das Leben des jüdischen Intellektuellen Waldo Frank ist ein Attentat verübt worden, nachdem er von den argentinischen Behörden mit Ausweisung bedroht worden war, die jedoch die kriminelle Tat verurteilen und eine genaue Untersuchung versprechen *Doktor Laureano Zelaya, Zahnarzt mit Examen der amerikanischen Universität von Vanderbilt, elegante und hygienische Praxis gegenüber der Südseite des Gran Hotel, der einzige in Nicaragua, der Röntgenaufnahmen im Mund macht.*

SCHÖNE DAME IN MATAGALPA VON SCHWURGERICHT FREIGESPROCHEN (per Telegraf von unserem Korrespondenten

Tijerino): Unter dem Jubel aller gesellschaftlichen Schichten wurde von einem zu diesem Zwecke zusammengestellten Schwurgericht Doña María Luisa, verwitwete Oliú, freigesprochen. Die sympathische Dame, die trotz der von ihr erlittenen Haft so jung und schön wie immer aussieht, wie das zahlreiche Publikum feststellen konnte, das sich im Gerichtssaal ein Stelldichein gab, stand vor Gericht wegen des Mordes an Jerónimo Montes, der seinerseits den Gatten von Doña María Luisa ermordet hatte, aufgrund einer alten Feindschaft wegen geschäftlicher Streitigkeiten. Vor drei Monaten schoß letztere auf Montes die ganze Ladung eines Revolvers ab, den sie in ihrer Handtasche verborgen trug, als ein Schwurgericht gegen Montes wegen Mordes an Herrn Oliú verhandelte; die Witwe, die der Rechtsprechung nicht traute, nahm diese in ihre eigene Hand und wurde jetzt freigesprochen, unter dem Beifall und den Glückwünschen ihrer Freunde, denen sich die unsren anschließen *Le dernier cri de la mode americaine finden Sie im »Haus des Knopfes«, Candelaria-Straße: Kostbarkeiten in Schmuckknöpfen und Bordüren für das Kleid der Dame, des Fräuleins oder Mädchens* Passagiere der Luft: Im Flugzeug der TACA landeten gestern die folgenden Passagiere: aus El Salvador, Juan Wassmer; aus Tegucigalpa, Edward C. Walterman; nach San José reisten: Dora Santisteban und ein Mädchen; Francisco Amighetti, Flora de Amighetti *Soziale Gerechtigkeit!: Herr Unternehmer, achten Sie auf den Geist der Zeit und schützen Sie entsprechend die Gesundheit ihrer Angestellten und Arbeiter mit einem Druckwasserfilter der konkurrenzlosen Marke »Engelberg«, im Vertrieb bei Don Angel F. Morán, Tel. 535, so tat es schon der Herr Direktor der Nationalbank, Don Vicente Vita, wie auch der Herr Hauptsteuereinnehmer, Don Agenor Lola, mit allerbestem Erfolg* LANDHAUS VERKAUFT Don Adán Guerra hat soeben von Don Marcelo Ulvert ein komfortables Landhaus in der pittoresken Gegend von Las Nubes, in der Nähe der Hauptstadt, erstanden; die Vertragsunterzeichnung wurde mit einem fröhlichen Abend im

»Rosengarten« der Brauerei »Xolotlán« gefeiert *L.M. Richardson und Cie. führt Reifen für Achsen und Räder von Ochsenkarren, Schubkarren, glattes quecksilberbehandeltes Spiegelglas, je nach Bedarf zugeschnitten* GLÜCKWÜNSCHE Heute feiert ihren Geburtstag die ehrenwerte Dame Doña Blanca de Buitrago Díaz, Gemahlin des Herrn Magistrats Doktor Francisco Buitrago Díaz, aus welchem Grunde sie im Managua-Club von einer ausgesuchten Gruppe Damen mit einer *Bridge Party* bedacht wird HÜTE HÜTE: *Stroh- und Filzhüte für Damen und Mädchen. Breitkrempige Hüte im prächtigsten Stil, letzte Neuigkeit, soeben eingetroffen bei »El Chic Parisien« von Chila Ch. de Solórzano* GNADENPENSION Fünf Córdoba pro Monat hat gestern die Abgeordnetenkammer einer Mutter für jeden gefallenen Sohn zugestanden. Es handelt sich um den Fall von fünf Brüdern, Soldaten des Generals Crisanto Zapata, die alle in verschiedenen Kampfhandlungen der Revolution von 1926 ums Leben kamen und deren bettelarme Mutter, Deogracia Alvarado, aus Nandaime stammend, auf Lebenszeit mit einer Pension von fünfundzwanzig Córdoba monatlich bedacht wurde BEIDES AUF EINMAL: VERMESSE IHR GRUNDSTÜCK UND TRAGE ES INS GRUNDBUCH EIN. *Doktor Manuel J. Morales Cruz, Notar und Topograph, im gleichen Büro wie Doktor Gustavo Manzanares, Candelaria-Straße.*

BASEBALL-PITCHER JONATHAN ROBINSON VON DER KARIBIKKÜSTE IN COSTA RICA VERSTORBEN? Es wird vermutet, daß in Costa Rica der hervorragende Pitcher Jonathan Robinson verstarb, doch gibt es keine Bestätigung für diese Nachricht, die im Falle ihres Zutreffens Nicaragua um einen seiner besten Männer in dieser größten aller Sportarten brächte. *Suchen Sie neue »Victor«-Platten? Sind Sie im Besitz gesprungener oder alter Platten? Wir nehmen Sie Ihnen ab und geben Ihnen dafür einen schönen Rabatt, wenn Sie neue Schallplatten kaufen, werden Sie sie los, Ihre alten, zerkratzten, unbrauchbaren Platten, besuchen Sie »His Master's Voice«, Straße des 15. September, gegenüber von dort, wo die Kneipe von Chico Pupusa war.*

HOLLÄNDERIN HINGERICHTET (per Kabel): Die Agentur »Aneta« meldet unter Bezug auf eine in der schwedischen Zeitung »Svenska Dageblatt« veröffentlichte Nachricht, daß die deutschen Besatzungsbehörden in Amsterdam die erste Frau hingerichtet hätten, unter dem Vorwurf der Sabotage GUMMIGALOSCHEN, *bestens geeignet für Reisen ans Meer, eben hereingekommen in der »Casa Riguero«, seien Sie vorsichtig, verderben Sie nicht Ihren Ausflug, vermeiden Sie den Stich eines Stachelrochens* HEUTE IM KINO: »MARGOT«: GEKAUFTE FRAU, mit Maureen O'Sullivan; »TROPICAL«: ICH KLAGE MEINE FRAU AN, mit Walter Pidgeon; »COLON«: DIE KATZE UND DER KANARIENVOGEL, mit Paulette Goddard; »TRIUNFO«: DIE RACHE DES GESCHENKTEN, mit Boris Karloff. LA NOTICIA *Zeitung des öffentlichen Lebens* Direktor: Juan Ramón Avilés *Preis: 15 Centavos, 17. Jahrgang Nummer 4762, Managua, Nic., Mittwoch, den 5. August 1942 ...*

Wie an jedem Nachmittag, außer sonntags, wenn es keine Zeitung gibt und auch kein Zug fährt, kommt dein Großvater, »La Noticia« lesend, die Straße herunter, auf dem Heimweg vom Bahnhof, der jetzt, in den Rauch der Lokomotive gehüllt, zurückbleibt, und nur der Dampf quillt über den Zaun und scheint ihn mit hungrigem Maul zu verfolgen.

Anstatt abzuwarten, daß ihm Inocencio »Niemand« die Zeitung ins Haus bringt, geht er sie höchstpersönlich am Bahnhof holen. Da kommt er schon, ich muß los, sagt er, wenn sein heiles Ohr den fernen Pfiff des Zuges hört, der kaum Niquinohomo verlassen hat; und auch wenn er nur schwer zu verstehen ist, weil ihm das Marmorei, das er in den Mund nimmt, um die eingeseifte Wange auszubeulen, das Sprechen erschwert, versteht ihn deine Großmutter Luisa tadellos.

Sie, die hinten in der Küche die Milch kocht, einer Küche, in der man sich schier verlaufen kann, so groß ist sie, wird auf die Veranda zum Hof hinaustreten, wo er eilig seine Rasur beendet, und ihn, wie immer, fragen: Wie machst du das nur, daß du den Zug von so weit her hörst? Und er, der sich im Spiegel selbst einen verschmitzten Blick zuwirft, während er ein letztes Mal das Rasiermesser aus Solingen über das Schleifleder fahren läßt, das neben dem Handwaschbecken hängt – denn er tauscht das Messer nicht gegen Klingen ein, seien sie der Marke »Durham Duplex« oder welcher Marke auch immer, selbst wenn sie in der Zeitung angepriesen werden und er eigentlich ein Freund alles Neuen ist –, wird auch diesmal das verschweigen, was er immer für sich behält: Es gibt keinen Lärm, keine Stimme, kein Lachen und kein Weinen, und wenn es vom Grund der Erde kommt oder sich sonstwo verbirgt, das ich, mit dem Ohr, das heilgeblieben ist, nicht hören könnte.

Denn als er einmal mit Dynamitstangen Guabina-Fische in der Lagune von Masaya fangen wollte, ein Kratersee am Rande des Lavagürtels, der sich vom Santiago-Vulkan herunterstreckt – er war noch Junggeselle und wußte nichts von Martin Luther und seinem treuen Freunde Jakobus –, da explodierte die Stange zu früh, verbrannte ihm die Haut an Hand und Arm, versengte ihm eine Augenbraue, und das linke Ohr, das blieb für immer taub.

Da geht er also über die Hauptstraße nach Haus, und jeder, der auf seinem Fensterbrett lehnt, auf der Schwelle seiner Tür steht, vor seinem Haus auf der Kante des Bürgersteiges sitzt, durch die Brombeerhecke seines Gartens späht, sieht ihn vorüberkommen; und wer selbst als Passant auf dieser Straße geht, auf Pferd oder Muli reitet, sein Fahrrad fährt oder einen Karren zieht, wird ihn dort treffen, immer in grauen Drillich gekleidet, der Anzug von Juan Cubero, dem Schneider, maßgefertigt, Hose und Jacke aus demselben Stoff, die Jacke mit vier Taschen und am Hals zugeknöpft: so sieht Josef Stalin auf den Fotos aus, eine schlichte Mode, die nur er sich nachzuahmen traut; obwohl der Gerechtigkeit halber erklärt werden muß, daß er nicht den buschigen Schnauzbart Stalins trägt und sein nicht gerade volles Haar immer auf Nummer Null rasiert ist, so daß man zwischen den Haarstämmen den Schweiß glänzen sehen kann.

Er beantwortet die Grüße, ohne von seiner Lektüre aufzusehen, seine Lippen bewegen sich wie im Gebet. Liest er oder fleht er zu irgendeinem Heiligen? Doch Protestanten flehen nicht zu Heiligen; und wer hier fremd ist und nicht weiß, daß dein Großvater Teófilo ein eingefleischter Protestant ist, der an keine Heiligenbildchen glaubt, sondern nur an Jehova, Schöpfer des Himmels und der Erden, und der höchstpersönlich die Erste Baptistische Kirche von Masatepe gegründet hat, der gehe und frage Pater Misael Lorenzano.

So grüßt er also, indem er die Hand hebt, mit gehöriger Zerstreutheit; und weil er beim Grüßen manchmal vergißt, daß er auf dieser gleichen Seite seinen Spazierstock mit dem Hundekopf unter die Achsel geklemmt trägt, fällt ihm der Stock herunter, weshalb er böse wird und stehenbleibt; dann sieht er sich nach allen Seiten um; und wenn ihm niemand zuhilfe eilt – denn es gehört dein Großvater Teófilo zu denen, die meinen, alle Welt schulde ihnen Hilfe und besondere Rücksichtnahme –, dann bleibt ihm nichts anderes übrig, als sich zu bücken und ihn selbst aufzuheben. Der Stock ist aus Guayacán-Holz, sehr hart und schwer zu drechseln, doch gibt es kein Holz, das zu schwierig wäre für seine geschickte Hand und seine pedalgetriebene Drehbank. Und den Hundekopf am Knauf, den hat er selbst mit dem Messer geschnitzt, mit offenen Fängen, klugen Augen, aufgestellten Ohren und glatter Schnauze.

Wie schon berichtet, bekommt er, wenn das Paket mit dem Vier-Uhr-Zug ankommt, seine Zeitung aus der Hand von Inocencio »Niemand«, einem Albino, der von Kopf bis Fuß in Milch gebadet zu sein scheint – Haar, Schnauzbart, Wimpern, Brauen wie aus Kalk – und der in der Nacht leuchten kann wie eine weißbrennende Fackel. Und wenn man ihn im Ort so geringschätzig »Niemand« nennt, dann deshalb, weil ihm diesen Namen Pedro, der Kaufmann, gegeben hat, der vom Verkaufstisch des Ladens in seinem Haus am Kirchplatz aus für alle Welt Spitznamen erfindet: ganz einfach »Niemand«, denn vor lauter Weiß scheint Inocencio »Niemand« gar nicht zu existieren.

Genauso wie Inocencio »Niemand« wird auch die Zeitung, die dein Großvater Teófilo liest, am Ende des gemächlichen Ganges aussehen, weiß das Papier vor lauter Lesen, so weiß, daß man es gut zu irgendeinem anderen Zweck benutzen könnte, eine Nachricht für jemanden schreiben oder ein Kochrezept notieren, für Rechnungen seiner Tankstelle, zum Einwickeln der Waren in seiner Drogerieabteilung, von Nägeln in seiner Eisenwarenabteilung, ohne einen einzigen Buchstaben darauf, die alle verschwunden sind, völlig ausgelöscht, von den Augen aufgesogen die großen und mittleren Lettern der Schlagzeilen, diejenigen der Textspalten, und sogar noch die winzigkleinen der öffentlichen Bekanntmachungen und Auktionsankündigungen des Pfandhauses.

Während er so geht und liest, wird er nicht nur durch Grüße abgelenkt, sondern zuweilen auch durch Dreistigkeiten, wenn man sie denn so nennen mag, wie jetzt von Ireneo »aus der Dunkelheit«, der Gräber, Brunnen, Plumpsklos und Schätze aushebt, der ihm über den Weg läuft, noch ganz geblendet, gewöhnt er sich doch nach den dunklen Tiefen, aus denen er kommt, noch nicht an das helle Sonnenlicht; und er ist so mit Erde bedeckt, daß er aussieht, als sei er aus Kupfer gegossen, so wie Inocencio »Niemand« wie in Kalk gebadet scheint. Wir werden gleich sehen, um was für eine Dreistigkeit es sich da handelt.

Um diese Zeit nämlich, vier Uhr vorbei, ist Ireneo »aus der Dunkelheit«, der seinen Spitznamen gleichfalls von Pedro, dem Kaufmann, bekommen hat, gerade mit seinem Tagewerk fertig, das darin besteht, im Garten der Filomela Rayo, der, die am Tage schläft und nachts wacht, einen Brunnen zu graben. Und als er deinen Großvater Teófilo erkennt, spricht er ihn an: Entweder haben Sie mir die falsche Stelle gezeigt, oder das Wasser liegt weiß Gott wie tief, zwei Monate grabe ich jetzt schon und schaufle Erde aus dem Loch, es dauert nicht mehr lange, dann gibt's nicht mehr genug Stricke zum Anstückeln, und man wird mich nicht wieder rausziehen können.

Es stimmt wohl, dein Großvater Teófilo hat ihm mit seinem Pendel, denn er ist auch ausgewiesener Wünschelrutengänger, die Koordinaten gezeigt, genau hier, Ireneo »aus der Dunkelheit«, an dieser Stelle, hier hält das Pendel still, an dieser Stelle mußt du graben. Nichts, nicht einmal der Geruch von Feuchtigkeit soll zu spüren sein? Nichts, Don Teófilo, rein gar nichts, ich bin schon durch den Mutterboden, durch den Sand, durch den Fels, und von dem Grunde, auf den ich gestoßen bin und von wo ich gerade komme, hört man Hähne krähen, Sie werden es nicht glauben.

»Hähne?« wundert sich dein Großvater Teófilo und faltet sogar die Zeitung zusammen; er nimmt die Brille ab und dreht leicht den Kopf zum heilen Ohr hin, damit er besser hören kann.

»Und Leute. Man hört seltsame Stimmen von Leuten, die in einer fremden Sprache sprechen; und Glockenläuten, lauter als die Glocken von Camilo, dem fliegenden Küster.

»Ja, aber was für Hähne und Leute, was für Glocken mögen das denn wohl sein?«

»Die Hähne von der anderen Seite, Don Teófilo, die Leute, die weiß Gott wo aufwachen und aufstehen; die Glocken der ersten Morgenmesse, das müssen die Geräusche sein.«

Mit diesen Worten nimmt Ireneo »aus der Dunkelheit« Eimer, Brechstange, Hacke, Schaufel, Flaschenzug und Seilrolle wieder auf, und seine in Kupfer gegossene Gestalt geht, mit all jenem Gewicht beladen, von dannen.

Ja, heißt es denn nicht, daß du mit deinem heilen Ohr jedes Geräusch, Stimme, Gesang oder Lärm hören kannst, selbst wenn er vom Grund der Erde oder aus welchem Winkel auch immer kommt? Da siehst du nun, Ireneo »aus der Dunkelheit« hat dich geschlagen, der hört tatsächlich die Hähne im Fernen Osten krähen, und du, du kannst von weitem grad das Pfeifen eines Zuges unterscheiden, so stellte er sich schon vor, wie sich deine Großmutter Luisa über den verrückten Einfall amüsieren würde, eine eher wortkarge Dame, doch, weil sie selten auf die

Straße hinausging, immer zum Lachen aufgelegt, wenn er die neuesten Neuigkeiten erzählen kam.

Denn Neuigkeiten, die gibt es wohl zu hören. Nicht nur genießt ihr Mann zu Recht den Ruf, Grundwasserquellen auftun zu können und Stimmen und Geräusche zu hören, die sonst niemand hört; man achtet ihn auch wegen der Gabe seiner Geisteskraft, seit dem Abend, als er, von seinem Platz in der ersten Sperrsitzreihe des Zeltes von Paco Fuller, des Gedankenlesers und Zauberkünstlers aus, die Hauptnummer in Gefahr brachte und damit, wie gleich zu sehen sein wird, die gesamte Vorstellung.

Da bemühte sich nämlich der Gedankenleser und Zauberkünstler Paco Fuller, mit seinem inneren Auge die Dokumente einer alten Erbschaft zu lesen, die der Schneider Juan Cubero in einer Blechrolle mit ins Zelt gebracht hatte, eine Erbschaft, von der noch die Rede sein wird; doch mußte er sich schließlich geschlagen geben, worauf er ausrief: »Es ist jemand hier unter uns, der hat eine viel größere Geisteskraft als ich selbst, und damit ich mit meiner Nummer fortfahren kann, bitte ich diese Person, sie möge mir den Gefallen tun und das Zelt verlassen, da ich mich sonst gezwungen sehe, die Veranstaltung abzubrechen und allen Anwesenden ihr Eintrittsgeld zurückzugeben, in welchem Falle morgen weder ich noch die Tänzerinnen noch die Jongleure noch der Affe noch die Ziege zu essen haben werden.«

Worauf dein Großvater Teófilo, breit und zufrieden lächelnd, von seinem Platz aufstand und unter dem bedeutungsvollen Raunen des Publikums hinausging, und so konnte der Gedankenleser und Zauberkünstler Paco Fuller schließlich von vorn bis hinten die alten Pergamente des Schneiders Juan Cubero wiedergeben und außerdem auch in aller Ruhe noch andere knifflige Aufgaben der Gedankenleserei lösen: der Herr dort in der Loge, mit dem blauen Hutband, ja, Sie, Sie denken gerade an die von Ihnen geliebte Dame, soll ich Ihnen nur die Anfangsbuchstaben sagen, die A.G. lauten, oder wollen Sie den ganzen Namen hören? Nein? Fürchten Sie sich etwa davor? Ich kann es Ihnen nicht verdenken, es ist Ihre Nachbarin, und außerdem ist sie verheiratet. Das Fräulein in der dritten Reihe, mit dem Netz am Hut, der Brief, von Ihrem Verehrer, den Sie in der Handtasche tragen, Sie haben ihn heute von einer gemeinsamen Freundin ausgehändigt bekommen, soll ich Ihnen sagen, wie er beginnt? Mein geliebter Schatz. Stimmt's? Soll ich Ihnen sagen, was er Ihnen vorschlägt? Trauen Sie sich? Aber natürlich, wie werden Sie sich trauen, wo es doch der Mann Ihrer eigenen Schwester ist und er Ihnen vorschlägt, morgen nacht gemeinsam zu fliehen. Und so ging ohne weitere Störungen, Unterbrechungen oder Besonderheiten die Vorstellung weiter.

Wie an jedem Nachmittag erwartet ihn, wenn er endlich zu Hause ankommt, denn sein Gang ist langsam durch dieses Lesen beim Gehen, am Ende der Stufen an der Brüstung des Bürgersteigs Perfecto Guerrero, alias »der Kaiser Maximilian«, mit bakelithartem Kragen und tadellos geknüpfter Fliege, doch ohne Hemd unter seinem Frack, der ganze Kerl, als sei er eine Statue aus reinem Gold: goldblond das Brusthaar und goldblond auch das Haar auf seinen Handrücken und dem Rist der nackten Füße, goldblond die Locken seines Schopfes und auch der zweigeteilte Bart, wie der von Maximilian von Österreich auf den Brillantinetiegeln Marke »La Paloma«, hergestellt von »Leo S. Goldoni & Son, Albany, N.Y.«.

Auch heute wollte ihm der Kaiser Maximilian wieder das Meer verkaufen:

»Don Teófilo, wieviele Morgen Meer wollen Sie also jetzt kaufen?«

So, in diesem Aufzug, verkaufte »der Kaiser Maximilian« von Haus zu Haus das blaue Rund des Meeres, von den Wellen der Brandung bis zum fernen Horizont; doch waren die Ungereimtheiten, die seinen Kopf zu verwirren begannen, auf eine Weise aufgetreten, die nicht erkennen ließ, ob es sich um die ersten Anzeichen von Schwachsinn oder nur um unerfahrene

Galanterie handelte. Auf einem heruntergekommenen, unansehnlichen Klepper, den er mit solch hochherrschaftlichem Stolz lenkte, als sei es ein Karussellhengst mit geblähten Nüstern und fliegender Mähne, ritt er schnurstracks bis in den Salon hinein, wo die Töchter deines Großvaters Teófilo, damals alle noch unverheiratet, in Abgeschiedenheit ihre Ferien verbrachten, und überreichte einer jeden von ihnen eine Gladiole aus dem schweißnassen Strauß, den er gegen die Brust gepreßt trug, während sein Reittier, durch kunstvollen Griff zurückgehalten, mithalf, indem es davon Abstand nahm, irgendeinen Schaden anzurichten, und Möbel, Dekoration und Blumenvasen blieben intakt und an ihrem Platz, als der Kavalier, nachdem er seine Komplimente dargebracht hatte, stolz mit dem Hut grüßte, die Stufen zur Straße hinabkletterte und in leichtem Trab davonritt, wobei der Gaul eine frische Spur Pferdeäpfel hinter sich fallen ließ und eine ordentliche Staubwolke aufwirbelte.

»Morgen, morgen schließen wir den Kauf ab«, sagte ihm wieder einmal dein Großvater Teófilo, wobei er sich die Brille abnahm und in ihr Futteral steckte, das er in einer der Taschen an den Schößen seiner Drillichjacke barg.

Als sie von der Kammer aus die Stimmen hört, die sie beide so gut kennt, die vom »Kaiser Maximilian«, der zudem noch stottert, und die ihres Ehemanns, die geduldig und belustigt klingt, möchte deine Großmutter Luisa schon laut sagen: Man hat schon Bescheid gegeben, Teófilo, von Pedros Haus, daß Luisa heute niederkommen könnte, ich mach' mich gerade fertig. Aber sie hält sich dann doch zurück, um nicht gegen ihre Angewohnheit zu verstoßen, niemals vor einem Fremden die Stimme zu heben, auch wenn es sich um jemand handeln mag, der wirr im Kopf ist und dem das ganze Meer als sein eigen Hab und Gut gehört.

Während »der Kaiser Maximilian« geht, tritt dein Großvater Teófilo in die Kammer, wo er deine Großmutter vor dem offenen Kleiderschrank antrifft, und sie erzählt ihm, was sie ihm zu erzählen hat, mit sich allein die beiden in der vertrauten Zweisamkeit ihrer Stimmen, die wie das Gurren zweier Turteltauben klingen, so leise, daß sie, könnten sie sich im Halbmondspiegel des Kleiderschrankes spiegeln, wie die Geister von Stimmen aussähen.

»Hoffentlich wird es ein Junge«, sagte er jetzt gerade.

»Gott, der Herr, Jahwe, möge es wollen«, seufzt sie lächelnd.

Doch da ruft eine andere Stimme vom Ladenraum der Drogerie her, der auch Eisenwarenhandlung und Benzinverkaufsstelle ist, mit einem fernen »Guten Tag«, und dein Großvater Teófilo geht ärgerlich hinaus, um nachzusehen, denn es ist dies nicht der Moment, daß man ihn stört; doch ist es, einen schönen, guten Tag, Don Vicente Noguera, der Telegrafist, und wenn er höchstpersönlich kommt, dann muß es wohl etwas Wichtiges sein.

Ein Radiogramm von »Tropical Radio«? fragt er ihn mit schlecht verhohlener Aufregung, während er das Brillenfutteral hervorholt und lächeln und doch nicht lächeln möchte; denn wenn er normalerweise nur zu gut seine Gefühle zu verstecken weiß wie am Grunde eines tiefen, dunklen Brunnens, dunkler noch und tiefer vielleicht als der Brunnen, den Ireneo »aus der Dunkelheit« nicht zu Ende bringt, so drohen diese Gefühle jetzt frank und frei an die Oberfläche zu kommen.

Nein, es ist kein Radiogramm von »Tropical Radio«, nimmt ihm Don Vicente Noguera, der Telegrafist, seine Illusionen: ein nationales Telegramm, und er händigt es ihm aus im Wissen darum, weshalb die Gefühle deines Großvaters Teófilo vom Grunde des Brunnens aufgestiegen sind, um für einen Augenblick auf seinem Gesicht in jenem Lächeln zu erschauern, das dann doch nicht sein konnte; und er selbst wird traurig angesichts der Traurigkeit, jetzt schon wieder ungerührt und wie weit fort, mit der er den anderen das Telegramm öffnen sieht, die dunklen Wasser wieder ruhig auf ihrem Grund. Wenn sich Don Vicente Noguera, der Telegrafist, jetzt über den Rand dieses Brunnens beugte, dann würde er wieder nur das Loch ohne Boden noch Ende sehen.

Das Telegramm, das dein Großvater Teófilo nun liest, und er liest es keinesfalls mit Unbehagen, hat Don Vicente Noguera, der Telegrafist, zweimal in seiner kunstvollen Schrift mit den verschlungenen Bögen auf das Formular geschrieben, denn beim ersten Male gab es, als er schon bei der letzten Zeile war, einen Fleck, weil ihm die Feder aus dem Federhalter glitt:

Nationale Telegrafenanstalt von Nicaragua
aufgegeben in: *Managua* am: *4. August 1942* um: *6:30 pm*
angenommen in: *Masatepe* am: *5. August 1942* um: *2:30 pm*
Freue mich mitzuteilen Doktor Vicente Vita Komma Generaldirektor Nationalbank Komma betraut mich mit erster Mission Punkt Reise morgen per Flugzeug nach Minengebiet Siuna als Beauftragter Lohnzahlung Neptune Mine Company Punkt Erwarte bei Rückkehr freudige Nachricht Geburt meiner geliebten Schwester Luisa Komma hoffe dass Junge Punkt Umarmung an Mutter Punkt
Teófilo Mercado Junior

Dein Onkel Teófilo, der vierundzwanzig Jahre alt und eben als ordentlicher Buchhalter zugelassen worden ist, hat, dem Urteil von Pater Misael Lorenzano nach, das Aussehen eines Filmschauspielers, und der muß es wissen, war doch sein Bruder einst Double von Rodolfo Valentino, wie man später noch erfahren wird.

Eines Nachmittags vor langer Zeit kam dein Onkel Teófilo auf seinem Motorrad an der Kirche vorbei, seine Schwester Luisa, damals noch unverheiratet, saß als Sozius im Beiwagen, und Pater Misael Lorenzano, der unter den Musikern des Orchesters Ramírez stand, die auf den Kirchenstufen saßen und die Zeit totschlugen, meinte unendlich traurig, während er sich vom Rauch seiner Zigarette einhüllen ließ, dieser Robert

Taylor würde unfehlbar in der Hölle landen, weil er Anhänger von Luther und Jakobus sei, worauf dein Onkel Edelmiro, der Cellist, antwortete: Segnen Sie ihn dann doch wenigstens noch mal, auch wenn's von weitem ist, vielleicht wird er ja gerettet. Und Pater Misael Lorenzano segnete ihn so, als winke er ihm ein Adieu nach, wobei er meinte: Der wird nicht errettet, wie sollte er auch, doch segnen will ich ihn liebend gern, nur wegen des Aussehens, mit dem er daherkommt.

Wie man sehen kann, ist das Telegramm mit dem Klang der frohen Botschaft geschrieben, den Don Vicente Noguera im Punkt-Strich-Punkt-Strich-Strich-Gezwitscher des Telegrafen hören konnte, als er die Nachricht empfing; denn er weiß wohl, und wer wird es besser wissen als er, daß es Telegramme gibt, die vor Freude jauchzen, und andere, die vor Schmerzen wimmern; und je nach den Nachrichten, die sie von Stange zu Stange durch den Draht bringen, lassen sie die Kaffeeplantagen, die Hügel, Weiden, Hohlwege und Täler, an denen sie vorüberkommen, lachend oder weinend zurück.

Wieder nichts, sagen sich mit dem Blick die beiden, dein Großvater Teófilo und deine Großmutter Luisa, wieder alleine in der Kammer, als Don Vicente Noguera sich verabschiedet hat und die Straße hinuntergeht, wobei auch er im stillen zu sich selbst sagt: Wieder nichts. Denn im Gehämmer der Morsetaste erkennt er die Absicht aller Stimmen, hört alle Tränen geweint werden, nimmt mit dem Ohr jede Verzagtheit, jeden Seufzer wahr und liest alle Geheimnisse: und deshalb weiß er auch, daß es nie kam noch kommen wird, das Radiogramm des »Tropical Radio« aus San Francisco, Kalifornien, unterzeichnet von Victoria Mercado.

Deine Tante Victoria ist eine der Schwestern, die vom »Kaiser Maximilian«, zu Pferde im Salon, eine Gladiole geschenkt bekamen. Niemand hätte damals, als sie ihre ersten hohen Absätze ausprobierte, zu sagen vermocht, daß es die dickköpfigste Vorsehung ihres Lebens sein würde, ein paar Jahre später für immer aus der Erinnerung ihrer Familie zu verschwinden, indem sie selbst alle ihre Spuren mit unversöhnlichem Zorn auslöschte.

Die Schuhe mit den hohen, spitzen Absätzen hatte ihr dein Großvater Teófilo – was seltsam genug war bei seiner Strenge – nicht verwehrt, als sie sie am Fußmodell von Tobias, »von der nackten Haut« auswählte, dem Schuster, der zu einem ins Haus kam, um Maß zu nehmen, und gleich am nächsten Tage zurückkehrte, das Bestellte zu liefern, wobei er schon von weitem mit triumphierendem Lächeln die frisch gefertigten Schuhe hochhielt, denn in seinem Beruf als Schuster eleganten Schuhwerks wußte er sich ohne Konkurrenz.

So hatte ihn Pedro, der Kaufmann, benannt, Tobias »von der nackten Haut«, nicht nur, weil er in seinem Beruf mit Leder arbeitete, sondern auch, weil er, wenn er betrunken und des Feierns müde war, die Gäste seines Festes am Vorabend des Jahrestages des Schutzpatrons von Masatepe, des schwarzen Christus von der Heiligen Dreifaltigkeit, nackt und mit gezücktem Schustermesser davonjagte; dabei war er immer darauf aus, Vorsitzender des Festausschusses zu werden, wanderte jedoch jedes Jahr wegen Trunkenheit und Erregung öffentlichen Ärgernisses in seinem eigenen Hause ins Gefängnis und konnte deshalb, auf ausdrücklichen Befehl des Leutnants Sócrates Chocano im Kerker schmorend, nicht mehr dem Feuerwerk vor der Kirche beiwohnen – Rosenkreisel, Lichtdome, Sträuße, Sternenschauer –, das ihn mehr gekostet hatte, als er, so gefangen und verschuldet wie er war, überhaupt besaß.

Nun kam eines schönen Märzmorgens mitten in der Ferienzeit – deine Tante Victoria erwartete nur noch ein letztes Jahr Internat – eine Frau mit dem Zug nach Masatepe, der margaritenbestickte Hutschleier bedeckte ihr Augen und Nase, das schwarze Kleid mit rotem Klatschmohnmuster fiel ihr bis auf die Knöchel, im Arm hielt sie ihren Säugling mit Spitzenmützchen und besticktem Kleidchen, so, als sollte er an diesem Tag das Sakrament der Taufe erhalten. Es folgte ihr das Kindermädchen, das allem Anschein nach nichts mit der Pflege des Kindes zu tun hatte, sondern damit beschäftigt war, einen Sonnenschirm über dem Kopf der Frau zu tragen und unter dem Arm, ihrer besonderen Aufmerksamkeit anvertraut, eine Lackhandtasche. So sah man sie die Hauptstraße herunterkommen, die gleiche, auf der dein Großvater Teófilo zeitunglesend vom Bahnhof nach Hause zurückkehrte, und wer wird sich nicht daran erinnern, wie sie an jeder Straßenecke stehenblieb, um zu fragen, wo Victoria Mercado wohnte.

So erschien die Frau mit dem verschleierten Hut also mit Kind und Kindermädchen in der Drogerie, die gleichzeitig Eisenwarenhandlung und Benzinverkaufsstelle war; und es sollte noch lange in Erinnerung bleiben, daß das Kindermädchen noch im Laden den Sonnenschirm aufgespannt ließ, man erfuhr nie, weshalb. Der Säugling begann zu weinen, kaum daß sie eingetreten waren, ein Greinen, das nur schwer zu stillen war, obwohl die Frau ihn zu beruhigen suchte und ihn in den Armen wiegte, wobei ihr ganzer Körper mit hin- und herschwankte, während sie fragte: Stimmt es, daß hier Victoria Mercado wohnt? Und als sie sich selbst den Namen aussprechen hörte, machte sie es dem Säugling nach und fing auch zu weinen an; und deine Tante Victoria, die, auf eine Vitrine gestützt, in ein Heft Namen und Preise rezeptpflichtiger Medikamente notierte, brauchte nur ihren Namen und das Weinen zu hören, und schon entschwand sie geräuschvoll nach hinten und ließ in der Luft das schuldbewußte, unsichere Geklapper ihrer hochhackigen Schuhe zurück, die Tobias »von der nackten Haut« zu verdanken waren.

Es schlossen sich unter dem Lärm von Schlössern und Riegeln die Türen von Haus und Laden, vermutete doch dein Großvater Teófilo gleich, daß bei solchem Weinen und solch eiliger Flucht etwas Heikles, Schwerwiegendes zu verhandeln sei, und alle anderen Töchter wurden auch in ihre Kammern verwiesen, wohin deine Tante Victoria schon verschwunden war, und die Söhne sollten auf den Hof hinausgehen, in die

Ställe, auf die Straße, wenn sie wollten, zu den Nachbarn, wohin immer ihnen der Sinn stand.

Man begab sich in den Salon hinüber, denn trotz der düsteren Vorzeichen sollte auf Höflichkeit nicht verzichtet werden; und dort, im Halbdunkel der Abgeschlossenheit, kam es zu Vorwürfen, Klagen und noch mehr Weinen, das deine Großmutter, neben der Klägerin auf dem Sofarand sitzend, geduldig anhörte und das auch dein Großvater Teófilo hörte, ein wenig weiter vom Schauplatz entfernt, denn obwohl er dort sein wollte, wollte er es gleichzeitig auch nicht. Und es wurden, während die Frau das Kind nicht losließ und das Kindermädchen Lackhandtasche und Sonnenschirm nicht ablegte, Briefe mit aufgerissenen Umschlägen aus der Handtasche hervorgeholt und vorgezeigt, Briefe, die deine Großmutter Luisa nicht lesen wollte: Nein, beste Dame, ich lese die Briefe anderer Leute nicht, kurzangebunden, obwohl sie genausogut hätte sagen können: Entschuldigen Sie, es ist nicht hell genug; und Fotos mit Widmungen auf der Rückseite, die sie ebenfalls nicht lesen wollte, doch von weitem sah sie wohl, wer auf den Fotos war, und sie erkannte auch die Schrift und die der Briefumschläge, dieselbe Schrift auf Fotos und Umschlägen, meergrün und sehr flüssig und fleckenfrei.

Es ging die Klägerin, das Kind auf dem Arm, das endlich schlief, das Kindermädchen hielt den Sonnenschirm mit beleidigterem Gesicht gepackt als die eigentlich Betroffene, die der anderen nur deshalb Sonnenschirm und Handtasche mit den Beweisen des Liebesdelikts überließ und das Kind für sich behielt, weil sie damit das Bild einer betrogenen Frau und Mutter unterstreichen wollte, nichts davon entging deiner Großmutter Luisa, die einen sehr klaren Blick für die Dinge hatte und, so zurückhaltend, wie sie war, sich die Leute sehr genau ansehen und im stillen alles genau einordnen konnte.

Deine Tante Victoria wurde aufgefordert, im Salon zu erscheinen, wobei die Söhne weiter verbannt und die anderen

Töchter weiter eingeschlossen blieben und die Türen nicht geöffnet wurden, obwohl sich die Kunden die Knöchel wund klopften und die Kehlen heiser riefen, und deine Großmutter Luisa führte das Verhör, während dein Großvater Teófilo, dem der Urteilsspruch vorbehalten war, schweigend zuhörte: Kennst du die Dame, die eben hier war? Nein. Und ihren Mann? Nein. Hast du einem Mann Briefe geschrieben? Ja. Und du hast ihm auch Fotos gewidmet? Ja. Wer ist dieser Mann? Weiß ich nicht. Wer ist es? Ein Lehrer aus der Schule. Gibt er dir Unterricht? Weiß nicht. Gibt er dir Unterricht? Ja. Worin? Weiß nicht. Worin? Französisch. Hast du gewußt, daß dieser Mann verheiratet ist? Nein. Hast du dich privat mit ihm getroffen. Ja. Wo? Im Klassenzimmer. Und außerhalb des Klassenzimmers? Auf dem Schulhof. Wann? In der Pause. Und außerhalb der Schule? Nein. Nirgendwo sonst? Nein. Du bist nie mit ihm allein gewesen? Nein. Und hat er dir Briefe geschrieben? Ja. Liebesbriefe? Ja. Briefe mit Versen auf französisch. Und hast du ihm geantwortet? Ja. Auch mit Versen. Auf französisch? Nein, auf spanisch. Hast du ihm Fotos gewidmet? Ja. Und diese Widmungen, waren das auch Verse auf spanisch? Nein, Widmungen, die ich mir selbst ausdachte.

Die Antworten waren, wie man sehen kann, kurz angebunden, doch wurden sie in frechem Ton gegeben, und deiner Großmutter Luisa gefiel dieser Hochmut überhaupt nicht, was war denn das, da wurde sie gerichtet und wagte noch, so aufzutreten. Doch war das Urteil, gegen ihren Willen gefällt, unverhältnismäßig hart. Und endgültig. Sie sollte nicht wieder ins Internat zurück, deine Tante Victoria, sie sollte zu Haus bleiben und etwas lernen, Schneiderin werden. All das nur wegen ein paar Briefen? Wegen ein paar Fotos mit Widmungen? Ich hab sie nicht geschickt, Lehrer zu verführen und sich mit verheirateten Männern einzulassen oder mich mit den Besuchen eifersüchtiger Ehefrauen zu blamieren, sie bleibt hier, jetzt hat sie immer Ferien, gib ihr Nadel, Faden und Fingerhut, und fertig.

»Und außerdem«, sagte zum Schluß noch dein Großvater Teófilo, »ziehst du ihr auch die Schuhe mit den hohen Absätzen aus. Sie soll sie bloß nie wieder anziehen, ich will sie nie wieder klappern hören.«

Nadel und Faden gab sie ihr wohl, doch das mit den hohen Absätzen wollte deine Großmutter Luisa dann doch nicht tun. Und eines Morgens war deine Tante Victoria nicht mehr da, verschwand einfach auf ihren hohen Absätzen. Ein Blatt, aus einem Schulheft gerissen, fand man auf dem Boden neben der halb offenstehenden Tür, niemand hatte gehört, wie sie den Schlüssel drehte, wie sie den Riegel zurückschob, und die Schrift in meergrüner Tinte, sehr flüssig und fleckenfrei, lautete nur: *Ich will nicht, daß Ihr nach mir sucht oder auch nur an mich denkt.* Man hatte sie gesehen, wie sie am Fahrkartenschalter des Bahnhofs ein Billett zweiter Klasse kaufte, man hatte sie ihn den Zug steigen sehen: der Schneider Juan Cubero, der an diesem Tag nach Managua fuhr, um Stoff zu kaufen, sah sie aussteigen und sich, allein wie sie war, im Menschengewühl des Bahnsteigs verlieren. Doch von da an verlor sich jede Spur von ihr.

Was war denn das? War das etwa anständig? Ein Fräulein, das allein wegläuft, ohne Erlaubnis, aus Trotz, bleibt allein, da ist sie selbst schuld. Aber nun steigt Reue auf vom dunklen Grund des Brunnens: wenn sie wollte, dann könnte er ihr ja verzeihen, doch sie ist es, die nicht verzeihen noch verziehen haben will; nach Kalifornien war sie gegangen, so hieß es, manchmal erreichten deinen Großvater Teófilo Nachrichten von ihrem Wohnort, San Diego, Pasadena, Los Angeles, Sacramento, San Francisco, wie hatte sie es angestellt, um aus Nicaragua wegzukommen, wie hatte sie die Überfahrt bezahlt, in ihrem Alter, wovon mochte sie dort leben?

Ihre Schwestern schicken ihr inzwischen keine Briefe mehr, sind inzwischen verheiratet, haben längst die Schule verlassen, sie erinnern sich an sie, natürlich, aber was soll man machen bei soviel Dickköpfigkeit? Manches Mal kamen diese Briefe mit dem Grabesstempel »Empfänger unbekannt« zurück, andere Male fühlten sie sie fast fliehen, hörten das Klappern ihrer davoneilenden Absätze, »unbekannt verzogen«, eine Verfolgte noch in den Grenzen derselben Stadt, »neuer Wohnort nicht gemeldet«, Pater Misael Lorenzano war der letzte, der meinte, er habe sie aus einer Straßenbahn in San Francisco steigen sehen und sie an einer Ecke in der Nähe der Hyde Street aus den Augen verloren, sie sei Stewardess auf einer Clipper Constellation zwischen Los Angeles und Sacramento, auch das erzählte man.

Und deine Großmutter Luisa sagt sich, bevor ihr Ehemann das Telegramm deines Onkels Teófilo vorzulesen beginnt: Sie erreicht, was sie will, sie wollte ja nicht, daß man sie sucht oder sich an sie erinnert, und bald ist es soweit, dann kommt der Tag, da wird beim Namen Victoria Mercado niemand mehr wissen, wer das ist noch wer das war.

Zu Fuß macht sie sich von ihrem Haus zu dem von Pedro, dem Kaufmann, auf, und man muß wissen, daß das eine Weile dauert, denn sie geht sehr ruhig und würdevoll, und es ist ein gutes Stück Weg. Dein Großvater Teófilo, der sie an die Tür begleitet, meint: Sobald ich soweit bin mit der Abrechnung, komme ich nach; und das heißt, es kann mindestens drei Stunden dauern, so schätzt sie. Außer, fährt er fort, es geht schneller mit der Geschichte, dann läßt du mich sofort holen, hörst du? Ist ja schon gut, lächelt sie.

Und schon unterwegs, lächelt sie wieder, als sie ihn in Gedanken noch einmal »Hörst du?« sagen hört. Ein »Hörst du«, das fürsorglich, behutsam und sorgenvoll zugleich klingt; und wenn deine Großmutter Luisa lächelt, dann deshalb, weil sie sich noch gut daran erinnert, wie sehr dein Großvater Teófilo gegen diese Heirat von Luisa, der Hochschwangeren, mit Pedro, dem Kaufmann, gewesen ist, die nur von Teófilo, ihrem jüngsten Sohn, unterstützt wurde, dem, der zu dieser Stunde über die Berge hinweg nach den Minen von Siuna fliegt.

Grüß Gott, Doña Luisa, hört man die Grüße tief aus den Häusern heraus durch Stuben und Veranden, aus den blumenbewachsenen Gärten, baumbestandenen Höfen und rauchgeschwärzten Küchen, und auch von den Türen aus, wohin mehr als einer, die Säge in der Hand, und mehr als eine mit der Bratpfanne, die sie gerade vom Herd genommen hat, hinaustritt, um sie vorbeigehen zu sehen, denn daß deine Großmutter Luisa auf der Straße vorbeikommt, das ist schon eine gewisse Neuigkeit. Und von ihrem weit geöffneten Fenster aus ruft auch, doch leicht verweint, Aurora Cabestrán, wobei ihr das wallende, schwarze Haar durchs Fenster bis auf den Gehsteig quillt: Grüß Gott, Doña Luisa, der Herrgott möge Sie begleiten.

Über diese Aurora Cabestrán muß man als erstes erzählen, daß eines schönen Tages, als sie fünfzehn und noch unverheiratet war, ein Handelsvertreter der Firma »Lahmann & Kempf« nach Masatepe kam, ein buckliger Jude namens Josué Armagedón, der seine Kosmetika für die hygienische Frau verkaufen wollte; und als er so mit seinem Koffer die Straße hinunterging und sie mit ihrem wallenden Haarschopf auf ihr Fensterbrett gelehnt sah, hielt er wie vom Schlag getroffen an und schlug ihr ohne Umschweife vor, sich ablichten zu lassen, um ihr Ganzkörperbild auf die Schachtel von »Tricófero de Barry« zu bringen, den Kopf ins Profil zur Seite gedreht, damit man gut sehen konnte, wie ihr das Haar in Wellen über die Schultern und den Rücken fiel und ihre Füße umspielte. Und so geschah es. Der Handelsvertreter brachte einen Gesellschaftsfotografen aus Managua mit, sie ließ sich im Hof ihres Hauses ablichten, und seither war Aurora Cabestrán auf den Schachteln von »Tricófero de Barry« verewigt.

Doch der bucklige Josué Armagedón wollte mehr. Er wollte, daß sie mit ihm aufs Geratewohl von Ort zu Ort zöge, um für »Tricófero de Barry« zu werben, ohne Begleitung zu erlauben noch Sicherheiten zu gewähren, ohne zuzusagen, wann sie zurückkämen, ohne genau anzugeben, wo er sie unterbringen würde, und ohne genauen Reiseplan, weshalb ihm von ihrer

Mutter Castalia, verwitwete Cabestrán, nein gesagt wurde, Gott bewahre, dem Rat von Pater Misael Lorenzano folgend, der vermutete, es sei die Absicht jenes buckligen, perversen, dicklippigen, heuchlerischen und verschlagenen Juden, das Mädchen zu vernaschen, um es dann in irgendeinem Bordell verschwinden zu lassen.

Sie jedoch weinte und weinte, weil sie wohl wollte, während sie sich mit dem schwarzen Mantel ihres Haars die Tränen trocknete; denn jener Josué Armagedón hatte ihre Lust auf Ruhm geweckt, und es reichte ihr nicht mehr, ihr Ganzkörperbild auf den Tricófero-Schachteln in den Regalen von Drogerien aufgereiht zu sehen; sie wollte mehr, wollte den tosenden Applaus, den man ihr auf den Bahnhöfen zollen würde, in den Pavillons der Parks, den Kirchenvorhöfen, den Stier- und Hahnenkampfarenen, viel größeren Applaus noch als der, den einst beim Fliegen Camilo, der fliegende Küster, erhalten hatte.

Und weshalb ist sie jetzt wohl so verweint? Sicher weil Ulises Barquero, ihr Ehemann, Kaufmann auch er wie Pedro, der Kaufmann, und dessen alter Jugendfreund, wieder einmal von zu Hause weggelaufen ist und, trunksüchtig wie der Arme ist, in irgendeiner Kneipe trinkt und ganz vergessen hat, sich um den Stoff- und Modeladen für den Herrn und die elegante Dame zu kümmern, den ihm sein Vater Salomón Barquero eingerichtet hat, denkt deine Großmutter Luisa, während sie so geht.

Und im Nachbarhaus, hinter einer blühenden Bougainvilleahecke, hört sie die sehr dicke Amada Laguna die Arie der Lisa aus der »Nachtwandlerin« üben, die sie an diesem Abend beim Kostümfest singen wird, das wie jedes Jahr Saulo Regidor, der Tuchfärber, aus Anlaß des Geburtstags seiner Frau veranstaltet, der noch viel dickeren Dicken Adelina Mantilla:

Tutto é gioia, tutto é festa
Sol per me non v'ha, non v'ha contento
e per colmo di tormento
son costretta a simular …

Diese sehr dicke Amada Laguna, die da übt und dabei mit dem Perlmuttplättchen auf der Gitarre klimpert, wird, weil sie so dick ist, von vier kräftigen Trägern zum Fest getragen werden müssen, auf einem Schemel aus stabilem Guayacán-Holz, man weiß ja schon, wie fest und kräftig dieses Holz ist, das sich auch gut zum Drechseln von Spazierstöcken eignet. Und so sitzend hebt man sie auch auf die Bühne, wenn sie bei den Wohltätigkeitsveranstaltungen des Lions Club singt, des Clubs, den Pedro, der Kaufmann, in eben diesem Jahr 1942 gegründet hat, auf oberstes Geheiß, das er aus Chicago, Illinois, vom Präsidenten der »Lions International«, dem ehrenwerten Melvin Jones, erhielt.

Zum hier erwähnten Kostümfest sind auch dein Großvater Teófilo und Gemahlin eingeladen. Obwohl sie niemals teilnehmen, lädt man sie jedes Jahr ein, wie sich's gehört. Die Namen der zu ladenden Gäste stehen auf einer langen Liste, und neben jedem Namen muß vermerkt werden: *mit dem größten Vergnügen*, nachdem Inocencio »Niemand«, der Zeitungsträger, hier in seiner Eigenschaft als Ausrufer, auf der Türschwelle stehend den Einladungstext laut verlesen hat. Doch gibt es welche, die zu ihrem Leidwesen nicht eingeladen werden, obwohl sie den Stoff schon gekauft, ihr Kostüm schon halb fertig haben; denn wochenlang streiten Saulo Regidor, der Tuchfärber, und seine Frau, die noch viel dickere Dicke Adelina Mantilla, in einer Lautstärke, die in jeden Winkel und durch alle Türen und Wände dringt, darüber, wer von der Liste gestrichen werden soll und wer nicht. Das sind Kräche, die man gehört haben muß. Da klagt der eine an und die andere verteidigt, oder umgekehrt; Urteile werden ausgestoßen, Fehler benannt, alte Abneigungen erneuert, Beleidigungen erinnert, und die, die da abgeurteilt werden, hören, in ihren Kammern versteckt, die Wortgefechte und zittern in Erwartung ihrer Verdammnis oder ihrer Errettung.

Deine Großmutter Luisa unterdrückt noch einmal ein Lächeln, das jetzt eher zum Schmunzeln wird, auch wenn niemand in der Nähe ist, der sie lächeln sehen könnte: ihr Gatte Teófilo bei einem Maskenball, es reicht doch schon damit, daß sie sagen, er sähe aus wie Josef Stalin persönlich. Ist das nicht schon eine Verkleidung an sich? Nie hat sie über ihn gelacht, nicht einmal in Gedanken, außer jetzt, wo sie ihn sich verkleidet vorstellt, nicht als Josef Stalin, was ja ganz normal ist, sondern als Tanzbären der Zigeuner, als Raubtierdompteur, der mit der Peitsche knallt, als Häuptling Mazaltepelt, halb nackt und bemalt, mit einem Kopfputz aus Federn und Pfeil und Bogen in der Hand, oder so etwas.

Doch nein, nicht nur diesmal hat sie über ihren Ehemann lachen müssen, fällt ihr jetzt ein, während sie die sehr dicke Amada Laguna in der Stille des Nachmittags ihre Stimme heben hört; auch damals, als er dem italienischen Agronomen Eneas Razzetto in seinem Hause einen Empfang gab, zu dem niemand kam, und Gast und Gastgeber allein anstoßen mußten; doch sind dies Umstände, von denen später berichtet werden soll.

Was Pedro, den Kaufmann, ihren Schwiegersohn, angeht, so wird der sich tatsächlich verkleiden und zu diesem Ball gehen müssen, auch wenn Luisa, die Hochschwangere, jeden Augenblick niederkommen kann. Deine Großmutter Luisa weiß es und versteht es auch, sind doch schicksalshafte Dinge im Spiel, heikle Angelegenheiten, die ihr Schwiegersohn, als Wüstenbeduine verkleidet wie Rodolfo Valentino, an diesem Abend beim Ball mit Telémaco Regidor in Ordnung bringen muß, einem rechten Ärgernis von Mensch, oder ist es etwa nicht boshaft genug, einem Fakir die Frau auszuspannen, während der Fakir in einer dreifach verschlossenen Urne fastet.

Da geht deine Großmutter Luisa vorüber und hört die Arie. Den Text versteht sie nicht, und sie hört auch nicht besonders hin, denn weltliche Musik bedeutet ihr nichts, hat sie doch weder Stimme noch ein besonders musikalisches Gehör, und wenn sie in der evangelischen Kirche die Choräle mitsingt, die der Pastor anstimmt, dann nur aus Pflichtgefühl. Doch hört die

Arie ganz in der Nähe in ihrem Gefängnis auch Leopoldina, die Gefangene, die tatsächlich etwas von Musik versteht; und sie hat sie so oft bei Festen und Zusammenkünften von der sehr dicken Amada Laguna singen gehört, daß sie, von der Traurigkeit des Lieds getroffen, den Text auswendig lernte, ohne ihn zu verstehen.

Doch hat ihn ihr Eneas Razzetto, der italienische Agronom, derselbe, der so einsam von deinem Großvater Teófilo bewirtet wurde, auf der Rückseite eines Kalenderblatts übersetzt und an einem jener Nachmittage der heimlichen Besuche in der Kußgasse des botanischen Gartens gegeben; und in der Einsamkeit ihrer Kammer wiederholt sie jetzt, das Gesicht gegen das Kissen gepreßt: *Alles ist Glückseligkeit, alles ist Fest, nur für mich soll's das nicht geben, gibt's kein Glück, und zu allem Überfluß muß ich' auch noch verbergen ...*

Auch sie wird zum Ball gehen, in schwarzem Samt als Anna Boleyn verkleidet, den blutigen Schnitt des Henkersbeils mit Anilin auf den Hals gemalt; und sie geht aus den gleichen Gründen, die Pedro, den Kaufmann, zum Hingehen bewegen, der, wie man schon weiß, als Wüstenbeduine kommen wird.

Ich bin die Petrocelli, so sagte sie sich früher, als andalusische Zigeunerin verkleidet auf der Bühne des Darío-Kinos, mit einem Münzdiadem auf der Stirn, den Tambour gegen den Schenkel schlagend, lustig will ich sein und lachen, tanzen und singen. Und während die Arie der sehr dicken Amada Laguna in der Luft verklingt, sagt sie sich jetzt: Ich bin Lisa, die sitzengebliebene Gastwirtin, eine Nebenrolle in einer Oper, in der sie ihr Verehrer niemals nimmt; ich bin Anna Boleyn, die Gefangene in schwarz, dazu verurteilt, vor dem Morgengrauen unterm Henkersbeil zu sterben; ich bin Cathy, die Unglückliche aus »Die Sturmhöhe«, die erst in der anderen Welt den geliebten Geist von Heathcliff findet. Doch niemals mehr die Petrocelli, die im Licht der Scheinwerfer Küsse und Rosen austeilt.

Und während deine Großmutter Luisa gemächlichen Schritts die Hauptstraße hinuntergeht; während die sehr dicke

Amada Laguna schweigt und die Gitarre beiseite legt; während Aurora Cabestrán ihr Haar hereinholt und das Fenster schließt; und während deine Tante Leopoldina, die Gefangene, zum siebten Male mit der Lektüre von »Die Sturmhöhe« beginnt, dem einzigen Buch, das sie in ihrem Eingeschlossensein begleitet und das ihr einst jener schenkte, der jetzt die Ursache all ihren Übels ist, ganz gelb die Seiten, als seien sie von Urin getränkt und dann an der Sonne getrocknet worden: *1801 – Eben komme ich von einem Besuch bei meinem Gutsherrn zurück, diesem einsamen Nachbarn, der mir zu schaffen machen wird …,* wollen wir endlich Pedro, den Kaufmann, in seinem Laden aufsuchen, der, das wissen wir schon, auf der anderen Seite des Platzes liegt, der Kirche schräg gegenüber.

II

Im Laden wird es dunkel, als Pedro, der Kaufmann, den Riegel vor die letzte der vier Türen legt, um zu einer Beerdigung zu gehen. Es riecht nach Brennspiritus in diesem Laden, nach Kernseife, ledernen Schuhen und Schweineschmalz. Ein Sonnenstrahl der durch die Ziegel des frischgedeckten Daches fällt, denn das Haus ist neu, wirft den Glanz glühender Kohlen auf das große, farbige Portrait Winston Churchills, das an der hinteren Wand hängt, in einer Lücke zwischen den Regalen mit den Stoffballen.

Eigentlich hätte er den Laden am heutigen Mittwoch, mitten in der Woche, nicht zumachen wollen, doch die Kräuterhexen waren feste Kundinnen bei ihm, was sollte man machen, da blieb ihm nichts anderes übrig, als zu gehen und ihnen das Beileid auszusprechen, sie ein Stückchen zu begleiten, hatte er der niederkommenden Luisa ein ums andre Mal gesagt, wenn er in die Kammer kam, um zu sehen, wie sie sich fühlte, und ob die Wehen nicht schon stärker wurden; weiß er doch genau um die erklärte Abscheu, die sie jenen Hexen gegenüber empfindet, und dem, was sie ihre Täuschungen, Tricks und Betrügereien nennt: Abscheu, die ich unterstütze und teile, scheint Mercedes Alborada sagen zu wollen, die ganz ernst dort neben dem Bett sitzt und der Niederkommenden den Mund mit einem Schwamm befeuchtet, in jenem Raum mit den Wänden, die nach frischverputztem Mörtel riechen.

Mercedes Alborada haßt die Kräuterhexen, nicht weil sie nicht an ihre Zauberkräfte glaubte, sondern gerade weil sie daran glaubt, und sie hat Beweise und Gründe mehr als genug: die Hexenmutter Diocleciana Putoya, die heute begraben wird und die hoffentlich alle Teufel in fröhlicher Fahrt bis auf den tiefsten Grund der Hölle zerren, hat gegen viele Taler Entgelt die beiden Schwestern Clotilde und Matilde Potosme gegen sie unterstützt, zwei gestandene Frauen, Besitzerinnen der Wirtschaft »Die Gluckhennen« im Nimboja–Viertel , und hat ihnen mit Leib und Seele Camilo, den fliegenden Küster, ausgeliefert, damit sie ihn sich teilen konnten.

Weggenommen haben sie ihn ihr, haben ihn mit Zauberei ihren Armen entrissen, und jetzt lebt er in der Schenke wie ein folgsamer Eselhengst, der kaum seiner Pflicht nachkommt und von Tag zu Tag abgezehrter und gebeugter wirkt vor all der Anstrengung, die sie ihm abverlangen, und so willenlos, daß er es fertigbrächte, aus seinen Händen das Wasser der beiden Wirtsschwestern zu trinken, von denen die eine immer mit ihm im Bett liegt, während die andere hinter der Theke steht, und wenn eine fertig ist, kommt die andre dran, ohne ihn jemals zur Ruhe kommen zu lassen, und sie gehen dabei sogar so weit, den Hintern blank unter den Röcken zu tragen, damit sie keine Zeit mit dem Ausziehen von Unterhosen verlieren, wenn sie wieder an der Reihe sind. Und als Gipfel ihrer Schlechtigkeit kommen sie gemeinsam in den Laden von Pedro, dem Kaufmann, und kaufen bedruckten Kattunstoff, nur um zu sehen, ob sie Mercedes Alborada beim Fegen treffen und sich so, vor ihren Augen, schadenfroh daran ergötzen können, ihr den geraubt zu haben, der ihr vom Kirchturm herunter fröhlich die Glocken läutete, wenn er sie unten auf dem Kirchplatz vorübergehen sah, und ihr mit seinem Läuten zurief, ich liebe dich; und nicht nur das. In seinem Eifer, sie zu erobern, hatte er sogar fliegen gelernt.

Er läutete ihr die Glocken mit Liebesklängen, und als das Läuten nicht ausreichte, daß sich Mercedes Alborada dazu entschloß, seinem Werben nachzugeben, da entschied er, er müsse etwas ganz Großes fertigbringen, dann könne sie ihn nicht weiter zurückweisen. Und stieg er auf den Ast eines der Espino-Bäume des Kirchplatzes und wedelte mit den Armen, sprang von dort auf den Ast eines Guarumo-Baumes, dann auf den eines Malinche-Baumes, und als er merkte, daß er sich ganz gut in der Luft halten konnte, wagte er es schließlich eines schönen Nachmittags, sich aus dem Fenster des Kirchturms zu stürzen.

Hunderte von Schaulustigen hatten sich im Vorhof der Kirche versammelt, um ihn anzufeuern, und unter Hochrufen und Beifall gelang es ihm, eine Runde um das gesamte Kirchenschiff zu drehen, wobei ihm am Boden Pater Misael Lorenzano hinterherrannte und ihm zurief, er solle sofort herunterkommen, er könne doch nicht so dumm sein zu glauben, er habe Flügel, das Fliegen sei nicht für die Menschen, sondern für die Vögel gemacht. Doch er, er hörte es gar nicht; und mit immer mehr Mut und Erfahrung ausgestattet, überflog er eines Tages genau zu der frühen Morgenstunde, zu der Mercedes Alborada für gewöhnlich in einem dachlosen Verschlag zwischen den Orangenbäumen des Hofes ihr Bad zu nehmen pflegte, das Haus von Pedro, dem Kaufmann, in der Absicht, sie nackt zu Gesicht zu bekommen.

Entgegen seinen Plänen trieben ihn jedoch ungünstige Luftströmungen, die trotz des wolkenlosen Himmels in heftigen Böen einfielen, dieses und auch weitere Male über andere Dächer, Höfe und Gärten, die er gar nicht besuchen wollte, wo er andere nackt sah, die er gar nicht sehen wollte; und Mercedes Alborada, die so tat, als merke sie von alldem nichts, jedoch sehr geschmeichelt war, zögerte umsonst das Ende ihres morgendlichen Bades hinaus, während er viel zu hoch vorüberflog, immer von den trügerischen Sturmböen gestört, die ihn nicht sanft kreisen, ohne ruckartige Bewegungen fliegen ließen, um langsam herabzukommen und endlich über jenem Verschlag stehen zu bleiben.

Der vielen fehlgeschlagenen Manöver müde, traf sie ihn, als er es tatsächlich einmal schaffte, tief zu fliegen, kaum daß er in Reichweite war, mit einem gezielten Steinwurf und verletzte ihn an der Stirn. Und wenn ihm sein Fliegen schließlich nichts nützte, um sie zu überzeugen, so machten es sich doch andere für ihre eigenen Zwecke zunutze und begannen, ihn für Botenflüge zu bezahlen, von einem Teil des Ortes auf den anderen, und sogar bis in die Nachbarorte wie Nandasmo, Niquinohomo und Catarina, Nachrichten zu überbringen, irgendein Medikament, einen Brief, einen Koffer mit Wäsche, einen Korb, einen Spiegel, ein Brautkleid, einen Topf, die Krone eines Heiligen, ein Waschbecken, Dinge, die nicht viel wogen und die er also tragen konnte. Mit einer Handhupe ausgestattet, verkündete er aus der Luft die Preise der Stoffe des reisenden arabischen Händlers aus Kyrene, Abdel Mahmud, Vater der traurigen Prinzessin Magalí Mahmud; und einmal trug er auch Inocencia »Niemand«, der, weil er ein Albino war, nicht mehr wog als ein Stück Kreide, damit ihn beim Zeitungsaustragen nicht die Dunkelheit überraschte.

Und dergleichen Botengängen ging Camilo, der fliegende Küster, nach, als ihn eines Tages hoch oben im dunklen Himmel ein Gewitter überraschte und er verlorenging. Von den Winden abgetrieben, die ihn unter Blitzgeflacker und Donnergrollen mit sich fortrissen, landete er schließlich zerschunden und mit gebrochenem Arm am Strand der Tigerinsel, an der hondurenischen Küste des Golfes von Fonseca. Dort sammelten ihn ein paar Fischer aus Amapala auf, die ihn bei sich aufnahmen und ihm zu essen gaben; und dann kehrte er, zuerst in einem Boot, in dem er den Golf mit seinen vielen Buchten überquerte, und dann zu Fuß auf der Landstraße von dort zurück, mit hängendem Kopf und geschientem Arm, will heißen, mit gebrochenem Flügel. Weshalb er, so verletzt und versehrt, das Fliegen für immer an den Nagel hängen mußte.

Doch da kam, als sie von seiner Rückkehr hörte, reuig Mercedes Arbolada und kümmerte sich um ihn, pflegte ihn gesund und liebte ihn endlich auch; und als sie sich um ihn gekümmert und ihn gesundgepflegt und geliebt hatte, da kam die Mutter der drei Kräuterhexen, Dioclesiana Putoya, und übergab ihn den »Gluckhennen«, den beiden Schwestern Matilde und Clotilde Potosme, die ihn immerzu benutzen, ohne eine einzige Atempause, wir wissen nun schon, wozu.

Und er verläßt die Wirtschaft nur unter dem Begleitschutz einer der beiden Frevlerinnen, um auf den Kirchturm zu steigen und die Glocken zu läuten, wobei er das Seil, das vom Glockenschwengel baumelt, mit seinem gesunden Arm, dem linken, auf- und niederzieht, denn der andere, der rechte, ist ihm als Folge seines Absturzes vertrocknet und abgestorben; genau wie ihm sichtlich der ganze Körper vertrocknet, wegen des andauernden Mißbrauchs, den man mit ihm treibt.

Tastend gelangt Pedro, der Kaufmann, zwischen den Regalen hindurch zur Tür, die ins Innere des Hauses führt (hoch oben an der Wand hängt Winston Churchill, die Hand an der Hüfte schlägt den Rockschoß zurück und läßt die goldene Uhrkette sehen, die über der Weste liegt), und tritt in die Kammer, um wieder den Anzug anzuziehen und sich vor dem Spiegel des Kleiderschrankes, der das Weiß der nackten, frisch gekälkten Wände wiederholt, hastig die Krawatte zu binden.

Kein einziges Bild, keinen Wandschmuck, nicht einmal einen Kleiderhaken gibt es in diesem Raum noch sonstwo im Hause, waren sie doch erst vor ein paar Monaten in dieses Haus gezogen, das er mit seinen ersten Geschäftsgewinnen errichtet hatte, vor so kurzer Zeit, daß ihre erste Tochter, die kleine Luisita, nicht dort hatte zur Welt kommen können, sondern anderswo, in einem gemieteten Haus. Aber das Bild von Winston Churchill, was ist dann damit? Ist das etwa kein Wandschmuck, ein merkwürdiger dazu, in einem so neuen Haus, wo es noch keine Bilder noch Familienfotos an den Wänden gibt? Das ist etwas anderes, handelt es sich doch um ein Geschenk. Das soll später noch genauer erklärt werden.

So schlüpft er also wieder in den Rock und nimmt den Blütenzweig aus dem Knopfloch, denn mit diesem gleichen Anzug ist er am Morgen zur Trauung deiner Tante Adelfa gegangen: eine Hochzeit und eine Beerdigung an diesem selben Tag; später dann noch ein Maskenball. Luisa, die Gebärende, die ihm vom Bett aus zusieht, schilt ihn, daß er den Laden geschlossen hat; sie konnte doch aufstehen und die Kunden bedienen; er aber antwortet, auf keinen Fall, was für ein Unsinn, sie solle nur schön liegenbleiben, daß es ihr bloß nicht in den Sinn käme. Dann solle aber wenigstens Mercedes Alborada: die genausowenig, sie darf dich keinen Augenblick allein lassen. Und Mercedes Alborada nickt sehr einverstanden. Und die kleine Luisita? fragt daraufhin Luisa, die Gebärende. Da gibt es nichts Besonderes zu berichten, antwortet Pedro, der Kaufmann, der sich jetzt mit dem Puderquast über das Gesicht fährt, um den glänzenden Schweiß zu verdecken. Luisita geht es gut, das hatte deine Großmutter Petrona ausrichten lassen, sie erinnerte sich überhaupt nicht an sie; nur Adriana sei mal wieder gekommen, die Milch zu verschütten.

Zu jener Zeit gab es nämlich eine halbverrückte Adriana von nicht einmal zwanzig Jahren, mit wirrem Haar und immer dem gleichen weißen Tuch bekleidet, die barfüßig in die Küchen gelaufen kam, um den Leuten die Milch zu verschütten, und nie merkte jemand etwas von ihren Besuchen, bis man den Lärm der Töpfe oder Milchkannen hörte, wenn sie auf den Boden fielen, dann, wie sie sich lauthals vor Lachen ausschüttete, nachdem sie leise die Milch verschüttet hatte und laut lachend über die Höfe davonlief.

Der Beerdigungszug verließ schon die Kirche, er mußte sich beeilen. Bis in die Kammer hinein drang das dumpfe Echo der Bombarde und der Tuba, das in der regenschweren Luft des wolkenverhangenen Nachmittags lange nachhallte. Doppelt hat heute dein Großvater Lisandro mit den Musikern seines Orchesters Ramírez zu tun, ein Maskenball am Abend, und jetzt eine Gala-Beerdigung mit allem Drum und Dran und Trauermärschen den ganzen Weg über, so wie es die drei Hexenschwestern gewollt und bezahlt haben, um ihrer Hexenmutter, Diocleciana Putoya, ein letztes, lautes Lebwohl zu schenken, bei dem auch die Feuerwerksraketen nicht fehlen, die an jeder Straßenecke abgebrannt werden.

Ich werde zu dieser Beerdigung gehen, und wenn ich der einzige bin, hatte er, schon im Gehen, zu Luisa, der Gebärenden, gesagt. Und jetzt, wo er auf der Straße stand und der Trauerzug die Stufen zur Kirche hinunterkam, sah er, daß das keine Übertreibung gewesen war, denn nur sehr wenige, um nicht zu sagen, niemand begleitete die Hexen; der Schneider Juan Cubero, der unfehlbar an jeder Beerdigung teilnahm, fürchtete er doch, man könne ihn bei seiner eigenen allein lassen; Ireneo »aus der Dunkelheit«, weil es zu seinem Amt gehörte, auch die Gräber auszuheben, und die Sargträger und Musikanten, obwohl sie, die einen so gut wie die anderen, nicht aus freien Stücken da waren, sondern weil sie dafür bezahlt wurden.

Die drei Schwestern, die das Hexen erbten, hießen, der Reihenfolge ihres Alters nach, Altagracia, Deogracia und Engracia, wobei letztere von Pedro, dem Kaufmann, »die Guabine« getauft worden war, wegen ihrer hervorstehenden Augen, die an einen wohlbekannten Fisch aus der Lagune von Masaya erinnerten. Die drei gingen Arm in Arm, in ihre frisch genähten Trauerkleider gehüllt, hinter dem Sarg her, der sich knirschend auf den Schultern der vier Männer wiegte, die ihn gegen Bezahlung tragen mußten; und diese vier wären vor Angst gern schneller gegangen, doch ließ sie der feierlich langsame Rhythmus der Musik ihren Schritt nicht frei wählen. Denn tatsächlich war es eine Angelegenheit von besonderem Mut und Unerschrockenheit, auf den Schultern die sterblichen Reste jener Hexenmutter zu tragen, von der man noch als Leiche irgendeine Zauberei erwarten mußte.

In Masatepe gingen Frauen nicht zu einer Beerdigung, und selbst wenn eine von ihnen den kopflosen Versuch unternommen hätte, hinter einer Leiche herzulaufen, so wußte man, wie nutzlos ein solcher Versuch gewesen wäre, gab es doch genügend Männer, die entschlossen waren, die Ungehorsame mit starker Hand aufzuhalten, die schließlich, trotz ihres ungezügelten Willens, bereit gewesen wäre, sich halten zu lassen. Doch gibt es in dieser Familie keine Männer, die den Trauerzug anführen könnten, und wenn die drei Kräuterhexen,

Altagracia, Deogracia und Engracia, nicht dawären, dann gäbe es niemand, dem man sein Beileid bekunden könnte.

Obwohl, wie gezeigt, nicht viele Beileidsbekundungen entgegenzunehmen sind, außer denen, die ihnen bald Pedro, der Kaufmann, geben wird; und denen, die ihnen schon der Schneider Juan Cubero erwies, indem er ein bißchen den Hut lüpfte und ihnen dabei in die Augen sah, als wollte er sagen: Seht mich genau an, ich bin hier, um euch zu begleiten; wenn ich sterbe, werdet ihr mich dann auch begleiten? Denn wenn das nicht so ist, dann tue ich keinen Schritt mehr in diesem Zuge.

Es gibt keine Männer in der Trauerfamilie, das wurde schon gesagt. Außer wir betrachteten als Trauernden auch Macabeo Regidor, der auf alle Fälle gar nicht zur Beerdigung erschienen ist; oder deinen Onkel Edelmiro, den Cellisten, der heute, weil es um ein Begräbnis geht, die Trommel rührt und dem die anderen Musiker ihr Beileid aussprechen, leise und grinsend, aus Gründen, die später nicht nur erklärt werden können, sondern sogar erklärt werden müssen.

Hoch auf ihren spitzen Hacken, die zwischen dem Kopfsteinpflaster steckenbleiben und sie stolpern lassen, geht die Jüngste der drei Hexen, Engracia »die Guabine«, den Kropf, der ihr den Hals zudrückt, daß die Augen vortreten, die sonst wunderschön sein könnten, hat sie in den Falten ihres schwarzen Schleiers versteckt; und sieh nur genau hin, sagt dein Onkel Alejandro, der Flötist, zu deinem Onkel Edelmiro, dem Cellisten: sieh nur, wie die »Guabine« in ihren schwarzen Fetzen schwitzt, sie scheint eher Gift zu destillieren als Schweiß. Und es antwortet dein Onkel Edelmiro, der Cellist, der, wenn das Orchester schweigt, auf der Trommel den Trauerschritt für eine unsichtbare Truppe Grenadiere schlägt: Laßt doch die Frau zufrieden, achtet ihren Schmerz. Welchen Schmerz denn, in Dreiteufelsnamen, sagt da dein Onkel Eulogio, der Geiger, der heute die Zimbeln trägt: Der fallen doch die Augen raus vor lauter Verliebtheit, wenn sie hier herübersieht. Und dein Onkel Alejandro, der Flötist, der schon wieder sein Flöte an den

Mund hebt, weil gleich ein neuer Trauermarsch gespielt wird: Die Augen fallen ihr heraus, weil sie ein Guabina–Fisch ist, nicht aus Verliebtheit. Ich hau dir den Trommelstock auf den Kopf, wenn du nicht aufhörst, mich zu ärgern, droht ihm dein Onkel Edelmiro, der Cellist.

Guabina-Fische wollte eines Nachts auch dein Großvater Teófilo in der Lagune fangen, als er noch Junggeselle war, und weil er nicht genug Geduld besaß, um ein Netz auszuwerfen und zu warten, warf er eine Dynamitstange, dachte er doch, es wäre damit getan, im Schein seiner Karbidlampe die toten Fische von der Wasseroberfläche abzuschöpfen, die die Explosion vom Grund des Wassers nach oben schleuderte; und wir haben schon erfahren, welch schlimmes Unglück ihm geschah, weil er die Stange nicht richtig warf, die verbrannte Haut, eine versengte Augenbraue und ein auf immer taubes Ohr.

Es stimmte, was dein Onkel Eulogio, der Geiger, sagte. Die Fischaugen der »Guabine« schauten wieder und wieder zu den Musikern herüber, auf der Suche nach deinem Onkel Edelmiro, dem Cellisten, der ein Techtelmechtel mit ihr hat, eine doppelt gefährliche Angelegenheit, die man nicht zu solchen Wortspielereien nutzen sollte, von der Art, wie sie den Musikerbrüdern gefallen, ist diese Frau doch eine Zauberin, vor der man sich in Acht nehmen muß, Erbin von Zaubereien und darüber hinaus mit Macabeo Regidor verheiratet, dem, der nicht zur Beerdigung erschienen ist, und daran, daß er nicht gekommen ist, sieht man schon seinen seltsamen und schwierigen Charakter, einmal wortkarg und abweisend, ein andres Mal verletzend und beißend, auf eine Weise, daß ihn Pedro, der Kaufmann, auf den Spitznamen »Salzsäure« getauft hat; und manchmal sogar so agressiv, daß er um sich schießt, das haben die Musikanten des Orchesters selbst erlebt.

»Guabine« ist ein Beiname, den sie auch wegen ihrer Schlüpfrigkeit trägt, denn glitschig sind auch sie, diese Fische aus der Lagune, schwer zu fangen, genau wie eine nackte, eingeseifte Frau, die einem durch die Finger witscht. Dein Onkel Eulalio, der Klarinettist, der Jüngste der Brüder, der mit vierzehn schon die Klarinette spielt und außerdem überall umherstreunt, hat sie gesehen, wie sie so nackt und eingeseift, voll von weißem Schaum das Fell der großen Muschi, hat sie doch eine, man könnte sagen, Wildkatze von übernatürlicher Größe, von der Tür des Badehauses hinten im Hof zischend ihren Macabeo Regidor rief; sie ruft ihn, während sie mit lüsterner Hand die buschige Muschi striegelt, damit sie schön schwillt und trieft, bis der Mann den Kopf verliert und sich auf das zahnlose Tier stürzen will, das ihm die Hexe hinhält, nur um ihm im letzten Augenblick zu entwischen, Schenkel, Rücken, Hinterbacken und Brüste glitschig von der Seife, ins Badehaus zu schlüpfen und unter schallendem Hohngelächter von innen die Tür zu verriegeln, während sie den Dreivierteltakt von Juanita Picott singt:

Das, was du hier siehst
sollst du doch niemals haben
Das, was du hier sahst
das wird dir nie gehören
nicht einmal leihen will ich's dir
nicht einmal leihen.

All das hat mehr als einmal dein Onkel Eulalio, der Klarinettist, gesehen, versteckt zwischen den Zweigen eines Guarumo-Baumes im nachbarlichen Garten. Und eben weil er so in den Gärten herumstreift und auf Guarumo-, Malinche- und Mandelbäume steigt und seine Nase in die Dinge steckt, die ihn nichts angehen, ist er auch schon einmal verhaftet worden.

Es begab sich nämlich, daß Leutnant Sócrates Chocano, der Militärkommandant des Ortes, etwas dicklich und auf einem Auge schielend, sein Bad im Freien auf dem Hof der Kaserne nahm, während Juan Castil, als Freund fremden Eigentums ewig im Gefängnis und deshalb Vertrauenshäftling, der einst auch im Passionsspiel die Rolle des Jesus von Nazareth gespielt hatte, ihm mit der bloßen Hand den Rücken und auch weiter unten einseifte.

Da entdeckte ein Rekrut deinen Onkel Eulalio, den Klarinettisten, auf einem Baum, man holte ihn als Gefangenen herunter, und Leutnant Sócrates Chocano machte sich, um seinen guten Willen zu zeigen, höchstpersönlich auf, um den Übeltäter deinem Großvater Lisandro zu übergeben, wobei er ihm sagte: Was dieser Lümmel sah, soll er bloß nicht weitersagen, denn das kann sonst zu Verleumdungen und Mißverständnissen führen, ich bin weiß Gott ein ganzer Kerl, daran braucht keiner zu zweifeln, und eine falsche Auslegung könnte mir in meinem Beruf als Soldat schaden.

Dieser Anlaß führte, nachdem jegliche Diskretion zugesichert worden war, dazu, daß Leutnant Sócrates Chocano deiner Tante Azucena näherkam, sich ihr erklärte und sie ein Paar wurden und man jenen peinlichen Zwischenfall vergaß; wenn wir ihn später als Pontius Pilatus sehen, Juan Castil, der unverbesserliche Taschendieb, mit Krug und Waschschüssel in seinem Gefolge, dann werden wir auch ihr begegnen, als Scarlett O'Hara verkleidet.

Ob dein Onkel Edelmiro, der Cellist, je die Muschi, die Wildkatze, genießen wird, die mit gespieltem Hunger ihren roten Mund aufreißt, der nur Zahnfleisch zeigt und keinen einzigen Zahn? Wird er wenigstens ihr eingeseiftes Fell streicheln? Hier schweigen die Zweifel und werden nicht laut, obwohl die Brüder wünschten, die Hexe wäre nicht so undankbar zu ihm, wie sie es zu Macabeo Regidor ist. Hat sie etwa keine Lust zur Lust, oder spielt sie nur, daß sie keine Lust hat? Gilt die Undankbarkeit vielleicht nur ihrem Mann, aber nicht für deinen Onkel Edelmiro, den Cellisten? Denn es ist tatsächlich bekannt, und nicht nur durch das, was dein Onkel Eulalio, der Klarinettist, erzählt, gesehen zu haben, daß Macabeo Regidor niemals und nimmer mit ihr hat anfangen noch aufhören können, was, na, du weißt schon, was.

Pedro, der Kaufmann, sprach den drei Hexenschwestern Altagracia, Deogracia und Engracia, der »Guabine«, sein Beileid aus, begleitete den Trauerzug ungefähr bis zur nächsten Straßenecke, drehte dann so schnell wie möglich um und sah schon von der anderen Seite des Kirchplatzes aus, daß die Türen des Ladens offenstanden. Da wußte er, daß deine Großmutter Luisa eingetroffen war. Unermüdlich und fleißig, wie es ihrem Wesen entsprach, wußte sie nur zu gut, daß Zeit und Gelegenheit nicht verschwendet werden dürfen, denn so stand es im Tagebuch und Glaubensbekenntnis deines Großvaters Teófilo: Ein Geschäft, das am Werktag schließt, ist wie ein verlassener Bienenstock.

Es empfing ihn deine Großmutter Luisa, ganz ruhig und entspannt und bereits Herrin von Ladentheke, Gewichten und Meterstab, mit folgenden Worten: Im Augenblick gibt's da drin keine Neuigkeit. Und so begab er sich nach da drin, denn da drin war die Kammer, legte seiner Frau die Hand auf die Stirn, ob sie auch kein Fieber hätte, und sie hatte keins; dann öffnete er den Kleiderschrank, nahm das Beduinenkostüm heraus und sagte, indem er sich zum Bett umdrehte: Damit ich mich mit den Besuchen, die ich noch machen muß, nicht verspäte, verkleide ich mich besser gleich jetzt schon. Obwohl sie um die Notwendigkeit jener Besuche wußte, war Luisa, die Gebärende, gar nicht damit einverstanden, daß er sich schon so früh als Beduine verkleidete und in dieser Verkleidung auf die Straße ging, doch schwieg sie lieber.

Und was waren denn das für Besuche, die Pedro, der Kaufmann, als Beduine verkleidet, noch abzustatten hatte? Zu allererst einen Besuch bei seiner hilfsbereiten Freundin Amantina Flores, derjenigen, die sich um die Kranken kümmerte und auf Bestellung und zuhause Spritzen gab, und die, weil sie so schön war, gut noch immer den Engel hätte spielen können, wie sie es als kleines Mädchen getan hatte. Dies war ein entscheidender Besuch, und von dem, was er dort beredete, hing der Erfolg seines ganzen Planes ab.

Er sollte dort erfahren, ob Telémaco Regidor zum Ball ginge, und wenn das so wäre, was für ein Kostüm er trüge; denn ginge er, dann wäre er auch bereit, eine Übereinkunft zu schließen, zu der er ihm, durch dieselbe Amantina Flores, eine Unterredung während des Balls vorgeschlagen hatte. Würde dann die Übereinkunft gütlich geschlossen, sollte ein Zeichen gegeben werden, man wird noch sehen, welches. Und nicht nur, weil er in solchem Aufzug auf die Straße hinausging, verschwieg Luisa, die Gebärende, ihren Unmut. Wenn jener Plan, so ins Blaue erdacht, fehlschlug, dann käme er, Ball oder nicht, gedemütigt nach Haus zurück; und wozu dann überhaupt die ganze Verkleidung?

Der zweite Besuch galt der Praxis von Doktor Santiago Mayor, dem Geburtshelfer, um zu sehen, ob er schon zurück sei, wie er es versprochen hatte, denn deine Großmutter Luisa konnte, wenn es soweit wäre, nicht allein zurechtkommen, eine ältere Dame, zu alt, um sich um die Notwendigkeiten einer Geburt zu kümmern, die Nabelschnur abklemmen und den Knoten binden, dem Säugling das blutige Fruchtwasser abwaschen und ihn dann gut wickeln. Mercedes Alborada, die noch zu jung war, konnte nur zur Hand gehen dabei, das heiße Wasser bringen, die sauberen Windeln, die schon benutzten Laken und Tücher fortbringen, die schmutzigen Wattebäusche und Mullbinden wegwerfe, und schließlich die Nachgeburt hinten im Hof vergraben.

Der Doktor Santiago Mayor war an diesem Tag nach Masaya gefahren, um seine Frau Priscila Lira zu bestatten, die dritte, die ihm wegstarb, ganz plötzlich, unter dem Verdacht, daß Mörderhand im Spiel sei, ein Verdacht, den er selbst noch großspurig auf sich zog. Am vorigen Abend hatte er wieder einmal, wie bei den beiden anderen Totenwachen, in der Unterhaltung wie als Anspielung den einen oder anderen Satz fallen lassen, so daß die Umstehenden den Eindruck gewinnen mußten, es sei bei diesem Ableben nicht mit rechten Dingen zugegangen; so säte er Zweifel, weckte Erstaunen, rief Geflüster hervor und zog sich dann händereibend aus dem Kreis zurück, mit geheimnisvollem Gesicht und dem Ausdruck ergebener Genugtuung.

Seine eigenen Hirngespinste sind das, daß er seine Ehefrauen umbringt, wie man Hühnern den Hals umdreht, sagte dein Großvater Teófilo; es rettet ihn, daß er ein guter Geburtshelfer ist und leider auch, muß man hinzufügen, ein ordentlicher Witzbold; wenn seine lose Zunge töten könnte, dann hätten wir wirklich ordentlich Tote zu beklagen. Denn es zeigte sich dein Großvater Teófilo recht argwöhnisch gegenüber Leuten, die gern fabulierten, wie diese Schreiberlinge von Romanen, wo hemmungslos die unmöglichsten Abenteuer ihren Lauf nehmen und das, was normalerweise nicht geschieht, durch ihre Phantasierkunst zu geschehen pflegt; argwöhnisch gegenüber Büchern, in denen, zum Zeitvertreib der Müßiggänger, Liebhaberinnen dargestellt werden, die immer irgendeinen Betrug erleiden müssen, heute ein falsches Versprechen, morgen ein Verrat; Meinungen, über die deine Großmutter Luisa, die nicht etwa an Lügen glaubt oder Romane liest, lieber nicht streitet: Seit deine Tante Victoria für immer auf ihren hohen Absätzen davongelaufen war, wußte sie nur zu gut, daß das Leben genauso war wie die Romane der Romanschreiber, und noch toller.

Vielleicht hatte dein Großvater Teófilo ja recht damit zu meinen, daß der Doktor Santiago Mayor nicht fähig sei, seine mörderischen Phantasien in die Tat umzusetzen. Phantasien anderer Art jedoch sehr wohl. Aus ganz eigener Erfahrung wußte der Geburtshelfer nur zu gut, daß man zum Transport eines Sarges von einem Ort zum anderen eine Erlaubnis brauchte, die nur der General Anastasio Somoza höchstpersönlich von der Hauptstadt aus gewähren konnte, und daß diese telegrafische Erlaubnis nicht in einem Tag noch in zweien käme, wodurch die Totenwache zum endlosen Ärgernis wurde, die ganze Nacht über offene Türen, Leute aushalten, die an die Palmen des Gartens pinkelten, daß schäumende Sturzbäche bis auf die Straße schossen, Karten- und Würfelspiel auf dem

Gehsteig vor dem Haus mit laut geschrienen Wetten, Streit und Gerangel unter den Spielern, Todesdrohungen mit gezogenen Messern, und andererseits das schallende Gelächter, das die Geschichten und Abenteuer von Quevedo hervorrufen, erzählt von Lucas Velero, seines Zeichens Gerichtsschreiber und Musiker mit dem Gummirüssel, der bei den Prozessionen und Begräbnissen die Bombarde spielt, und die Bratsche bei Festen und Kirchenkonzerten; und außerdem Inhaber der Rolle des versuchenden Satans im Passionsspiel von Pater Misael Lorenzano während der Fastenzeit.

Diese Geschichten und Abenteuer sind so haarsträubend, vor allem diejenigen, in denen Quevedo gemeinsam mit Jesus Christus erscheint, daß sie, wenn sie unter den anderen laute Lachanfälle hervorrufen, Eleuterio Falsches Wort, den Tuba- und Posaunenbläser, tief erröten lassen, selbst wenn Pater Misael Lorenzano kein bißchen an die Wahrhaftigkeit dieses Errötens glaubt.

Dabei ist er tatsächlich schüchtern und zurückhaltend, dieser Eleuterio »Falsches Wort«, und gar nicht stolz auf die bemerkenswerte Eigenschaft, die seinen Spitznamen rechtfertigt, und wenn er sich bei irgend etwas Mühe gibt, außer dem Spielen seiner Blasinstrumente, dann ist es das Lösen der Kreuzworträtsel in allen Zeitungen und Illustrierten, die ihm in die Hände fallen, ein ausgezeichneter Kenner von Worten, die außer ihm niemand kennt: Stadt der Chaldäer: Ur; Kurzform für Santo: San; anziehendes Gefühl: Liebe; Ausruf von Schmerz: Au. Und während er eines dieser beiden letzten Worte in die Kästchen des Kreuzworträtsels schreibt, treten ihm wehmütige Tränen in die Augen, denn in seiner Brust birgt er eine hoffnungslose Liebe für deine Tante Leopoldina, die Gefangene.

Das Zusammenbringen von Jesus Christus mit einer schwarzen Seele wie Quevedo, in Geschichten und Abenteuern, sorgte dafür, daß sogar Pater Misael Lorenzano sich die Angelegenheit einmal in einer Predigt vornahm, die die gesamte Kirchgemeinde ergriff und den Täter und seine Lacher-Komplizen zu Tränen der Reue rührte, eine Predigt, die später noch in diesen Seiten zu lesen sein wird. Das war zu der Zeit, als noch Camilo, der fliegende Küster, auf seinen Botenflügen durch die Lüfte sauste; doch trotz dieses reuevollen Weinens und seiner Versprechungen änderte sich Lucas Velero, der Gerichtschreiber und Musiker mit dem Gummirüssel, der die Bombarde und die Bratsche spielt, nicht und fährt fort mit seinen Gotteslästerungen, wie man hier sehen kann.

Weil er also nicht noch einmal eine Totenwache wollte, die viele Nächte währte, ohne zu wissen, welches die letzte sein würde, bat der Doktor Santiago Mayor den Leutnant Sócrates Chocano, daß er ihn die Leiche auch ohne jene Erlaubnis transportieren lassen möge, doch der weigerte sich:

»Es tut mir in der Seele weh, Herr Doktor, doch wenn Sie versuchen sollten, diesen Sarg auf ungesetzliche Art wegzubringen, dann werfe ich, bevor man mir eins reinwürgt, lieber den Sarg ins Gefängnis, und Sie noch obendrein.«

Und so beschloß der Doktor Santiago Mayor, den Leichnam seiner Frau Priscila sitzend mitzunehmen, im Wagen erster Klasse des Elf-Uhr-Zuges, so, als gingen die beiden auf eine Urlaubs- und Vergnügungsreise. Kaum machte die Nachricht an diesem Morgen die Runde, da gab es einen Menschenauflauf am Bahnhof, um die Frau zu sehen, ernst und elegant hinter der Fensterscheibe auf ihrer letzten Reise per Eisenbahn, mit breitkrempigem, federgeschmücktem Hut, an den Schultern ausgestopfter Jacke und sorgfältig geschminkt.

Auf dem Bahnsteig standen auch dein Großvater Lisandro und einige seiner Töchter, die gekommen waren, deine frisch verheiratete Tante Adelfa zu verabschieden, die mit ihrem Ehemann Cecilio Luna, dem Frömmler, zur Hochzeitsreise nach Niquinohomo aufbrach, und sie alle nahmen, mitten im Gewühl, an dem Spektakel teil; und weil die Jungvermählten, auch wenn es sich um Priscila Lira handelte, die so hilfsbereit und gut gewesen war in ihrem Leben, nicht im gleichen

Waggon reisen wollten wie die Tote, was ihnen niemand verübeln wird, mußten sie in einen Wagen zweiter Klasse steigen.

Der Doktor Santiago Mayor schob, als er deinen Großvater Lisandro in der Menge erblickte, das Abteilfenster herunter, steckte Kopf und Oberkörper heraus und rief:

»Sagen Sie bitte Pedro, er möge sich wegen der Geburt keine Sorgen machen, das mit der Beerdigung geht schnell, und mit dem Vier-Uhr-Zug bin ich schon wieder hier, und wenn ich den Zug verpassen sollte, dann leihe ich mir ein Pferd.«

»Was wird der wiederkommen«, sagte deine Tante Azucena. »Der bleibt sicher in Masaya und sucht sich eine neue Braut, damit er wieder eine Frau hat, die er vergiften kann.«

Da tritt also Pedro, der Kaufmann, in seinem Beduinenkostüm wieder in den Laden; und deine Großmutter Luisa, klug wie immer, traut sich nicht, ihm ins Gesicht zu lachen, sondern dreht lieber den Kopf zur Seite, während sie nach hinten in die Kammer geht, nicht daß der Teufel mit seinen Versuchungen alles verdirbt und kaputtmacht. Das Kostüm hat er einem Filmplakat mit Rodolfo Valentino abgeschaut. Ein Haik aus Tüll, schwarzgelb gestreift, bedeckt seinen Kopf, gehalten von einer dicken Kordel aus geflochtenem Baumwollband; die weite Sarazenentunika ist aus weißer Baumwolle und am Hals, am Saum und an den Ärmeln mit bunten Arabeskenbändern verziert, und der Mantel, der breit über den Rücken fällt, aus grünem Popelin. Im Gurt an der Hüfte trägt er einen Sarazenendolch aus Holz, in Staniolpapier gewickelt, wie es aus den Zigarettenschachteln kommt; doch außerdem hat er sich, um wirklich wie ein Beduine auszusehen, das Gesicht mit brauner Schminke bedeckt.

Kaum hatte sich deine Großmutter Luisa zum Gehen gewandt, da wurde der Beduine des reglosen Gesichts von Macabeo Regidor gewahr, vom Schwarm der verschlungenen Silberbuchstaben des Spiegels umkränzt, der »Reuter«-Seife anpries, die glimmende Zigarette ebenfalls reglos zwischen den Lippen.

Der Beduine, ein friedfertiger Mann und allem Streit und Zwist abhold, spürte sein Herz im Hals schlagen, denn Macabeo Regidor hatte noch nie einen Fuß in seinen Laden gesetzt; und wenn er auf der Suche nach Blutrache kam, dann konnte das verschiedene Gründe haben, einer so furchtbar wie der andere: um gewaltsame Genugtuung zu fordern für seinen Spitznamen »Salzsäure«, Pedros Werk, mit dem er in der ganzen Christenheit bekannt war; zu irgendeinem brutalen Scherz, aus Rache wegen der noch nicht geklärten Angelegenheit zwischen deiner Tante Leopoldina und seinem Bruder Telémaco Regidor; oder weil er an ihm, den keine Schuld traf, die Rechnung begleichen wollte, die ihm dein Onkel Edelmiro, der Cellist, wegen der »Guabine« schuldete.

Wenn das der Fall war, dann konnte es leicht zu einem Gerangel kommen, und im Gerangel zu einem Stoß oder Tritt, der ein Vitrinenglas zu Bruch gehen ließ, oder zu gar zu einem Schlagabtausch, wenn nicht zu Schlimmerem. Und der Beduine dachte, sehr zu recht, daß dann der Holzdolch, den er im Gürtel trug, ihm nur sehr schlecht oder gar nicht zur Verteidigung dienen würde.

Um alles noch schlimmer zu machen, hatte kaum drei Tage zuvor dein Onkel Edelmiro, der Cellist, im Suff die Torheit begangen, Engracia, der »Guabine«, ein Ständchen darzubringen, wozu er sich die Musikanten deines Großvaters Lisandro von einem Gebet mit Musik im Stadtviertel Nimbajo holte, dem gleichen indianischen Viertel, wo die Kräuterhexen lebten und ihr Gebräu unter die Leute brachten, und wo sich auch die Wirtschaft der »Gluckhennen« befand.

Engracia, die »Guabine«, erwachte auch tatsächlich bei den schmachtenden Geigenklängen, ließ jedoch keinen Laut vernehmen, machte kein Licht und erschien nicht an der Tür; was, wenn man es recht bedenkt, sehr weise von ihr war, was sollte sie es auch wagen zu zeigen, wie geschmeichelt sie sich durch solch kühne Ehrbezeugung fühlte. Wer hingegen wohl herauskam, und zwar unerwartet durch die Gartenpforte, war

Macabeo Regidor, ihr Ehemann, die Pistole in der Hand. Fünf Schüsse feuerte er in die Luft, hinter dem Rücken der Musiker, und es braucht nicht weiter erklärt zu werden, wie das Orchester panikartig auseinanderlief, wie es, aus Gründen, die noch zu sehen sein werden, auch an diesem 5. August 1942 auseinanderlaufen soll.

Groß waren Angst und Schrecken, die die Schüsse hervorriefen, einige der Musikanten liefen kopflos davon, Bombarde, Pauke und Kontrabaß geschultert, andere rannten einfach in irgendein Haus, wo sie den Lichtschein einer offenen Tür sahen, und dein Onkel Eulalio, der Klarinettist, der Jüngste von allen, fiel, als er in der Dunkelheit über einen Hinterhof stolperte, in ein offenes Plumpsklo und versank in Exkrementen; von dort schrie er wie am Spieß, bis man ihn hörte und ihm zu Hilfe kam, das Loch mit Karbidlampen ausleuchtete, ihm ein Seil zuwarf und ihn so schließlich herausziehen konnte, samt seiner Klarinette, ganz durchtränkt von kolossalem Gestank, den tagelang nichts vertreiben konnte, kein Kreolin und keine noch so gute Seife.

Heute nachmittag wird es regnen, so verspätet wie die kleine Trockenzeit ist in diesem August. Gewitterdonner verhallt zum Vulkan hin und läßt die Glasvitrinen im Laden, die im Schein der Blitze aufleuchten, leicht klirren. Macabeo Regidor ist nicht mehr im Spiegel, und als der Beduine nach ihm sucht, sieht er ihn an der Schuhtheke stehen und sich mit dem Stummel der vorigen eine neue Zigarette anzünden. Und wenn er nun mit jenem Revolver bewaffnet ist, mit dem er die Musikanten erschreckte, oder mit einem Dolch oder einem Messer?

»Was kann ich für dich tun?« fragt er und bemüht sich, mutig zu klingen.

»Nichts«, antwortet Macabeo Regidor, ohne den Blick zu heben.

Nichts, nichts wollte er kaufen, nie kaufte er irgend etwas, Schuhe und Strümpfe, seine Schnupftücher, die Hemden, alles, was er trug, bekam er geschenkt, er hatte immer jemanden, der ihm schenkte. Die Zigaretten, die ich rauche, bekomme ich geschenkt, Schachtel auf Schachtel. Und er lachte ein träges, hohles Lachen, das Lachen eines Kettenrauchers, ein Gespensterlachen, das Lachen des Gespenstes des Gehängten im Film von Boris Karloff.

Der Beduine erschrak noch mehr bei diesem Lachen, so schutzlos wie er sich fühlte, dachte aber gleichzeitig und ohne auf seine Angst zu achten: Alles schenkt man ihm, natürlich. Und wer sonst soll es ihm schenken als Engracia, die »Guabine«, von dem, was sie durch ihre Hexerei verdient, auch wenn sie mit dem Körper gar nicht seine Frau ist, denn er macht ihr's nicht, weil sie ihn niemals läßt?

»Du hast dich umsonst verkleidet, das Fest wird wegen eines Trauerfalls abgeblasen«, sagte Macabeo Regidor, nachdem er eine Weile geschwiegen hatte, und führte unendlich langsam die Zigarette an den Mund.

Aber weshalb es Trauer und folglich auch kein Fest geben sollte, das erklärte er nicht, wiederholte es nur mehrmals, während er dort stand, gab trübsinnig-traurig dem Nagel immer noch eins mit dem Hammer drauf, es wird kein Fest geben, weil es Trauer gibt, ich sag's dir doch. Dann warf er die letzte Kippe auf den Boden, wo sie weiter glimmte, und ging, ohne sonst noch irgend etwas zu sagen.

Der Beduine stand eine Weile da und dachte über den Grund jener Botschaft nach, kehrte jedoch schließlich mit seinen Gedanken wieder dorthin zurück, wohin er unweigerlich immer zurückkehrte, deine Tante Leopoldina, die Gefangene, eingesperrt seit Monaten durch die Schuld von Telémaco Regidor, des Bruders von Saulo Regidor, des Tuchfärbers, der heut abend das Kostümfest gab, und Bruder auch von Macabeo Regidor, jener bösen Salzsäure, die eben gegangen war; und über solche Straßen und Wege galoppierte sein Geist, als Don Avelino Guerrero auftauchte, den Kopf in ein gestreiftes Handtuch gehüllt, das höchstens noch die Nase herausschauen ließ. Dermaßen vermummt ging er immer auf die Straße hinaus, sei es zum Schutz gegen die Sonne, sei es aus Furcht vor der Abendkühle.

Der Alte kam an diesem Tage schon zum dritten Mal, um über den Preis der Trankerzen zu streiten.

»Ich mache gerade zu«, sagte mißmutig der Beduine in Erwartung einer neuen Feilscherei. Insgeheim jedoch mußte er lachen: Wenn es einen zweiten Beduinen bräuchte, um mit mir ein Paar zu bilden, dann steht er hier, aus eins mach zwei; obwohl dem hier das Handtuch, das er als Haik trägt, nicht ausreicht, um die Riesennase zu bedecken, wenn er in der Wüste in einen Sandsturm kommt.

»Was soll denn der Aufzug?« fragte ihn belustigt Don Avelino Guerrero und ließ es nicht beim verstohlenen Hinsehen bewenden wie vorher deine Großmutter Luisa.

»Ich gehe zum Maskenball. Wollen Sie mich nicht begleiten?« antwortete der Beduine.

»Willst du tatsächlich so auf die Straße hinaus? Die Hunde werden dir nachlaufen, so sonderbar wie du aussiehst«, sagte Don Avelino Guerrero.

»Ihnen laufen sie doch auch nicht nach, und dabei sieht man Sie immer so verkleidet«, gab der Beduine zurück, der langsam ungehalten wurde.

»Du hast dich ganz umsonst verkleidet, es gibt heut keinen Ball«, sagte Don Avelino Guerrero, ernst geworden.

»Woher wissen Sie das?« fragte der Beduine mit verhaltener Neugier.

Da ging Don Avelino Guerrero her und antwortete: Macabeo Regidor hat es mir angekündigt, den ganzen Nachmittag über ist er von Tür zu Tür gegangen, um die Geladenen zu benachrichtigen, daß dieser sogenannte Ball nicht stattfinden wird, wegen eines Trauerfalls, von dem er nicht sagt, was für ein Trauerfall das wohl sein mag. Und da ging der Beduine her und sagte: Also hier im Laden ist er mit der gleichen Geschichte aufgetaucht, was nichts anderes bedeuten kann, als daß ihm die Hexen irgendeinen Trank verabreicht haben, um ihn wirr im Kopf zu machen. Darauf Don Avelino Guerrero: Dein Bruder Edelmiro soll bloß aufpassen, sonst machen sie ihn auch noch wirr im Kopf, oder tumbe, wenn er weiter so mit Engracia, der »Guabine«, herummacht, liederliche Liebschaften anfangen mit einer, die damit Geld scheffelt, Zaubertränke zu verkaufen, ist Todsünde.

»Das kann Ihnen doch wohl egal sein! Mischen Sie sich nicht in Dinge ein, die Sie nichts angehen!« gab der Beduine zurück.

Und da vergaß Don Avelino Guerrero ganz schnell Verkleidung, Maskenball, bevorstehende Trauerfälle und die Gefahren, die auf deinen Onkel Edelmiro, den Cellisten, zukommen mochten, und kam auf das zurück, weswegen er überhaupt gekommen war, ob der Beduine ihm schließlich die Kerzen zu einem halben Groschen lassen würde. Und der Beduine antwortete ihm ohne große Lust zu streiten: Tausendmal habe ich Ihnen schon erklärt, daß nicht mehr mit Groschen gerechnet wird! Wie oft soll ich Ihnen das denn noch sagen?

Die Trankerzen braucht Don Avelino Guerrero für einen besonderen Altar, auf dem sie sich Tag und Nacht verzehren, genauso wie sich deine Tante Leopoldina, die Gefangene, in ihrem Liebesgefängnis verzehrt. Von der Tür des Ladens aus lassen sich gut die brennenden Kerzen auf der äußeren Veranda des großen Hauses an der anderen Seite des Platzes erkennen, wo ein blumengeschmückter Altar immer auf die wartet, die zu dem kupferbraunen, glatzköpfigen Heiligen beten und auf Knien flehen wollen, der dort auf einem Ganzkörperfoto thront, den Dreispitz unter dem Arm, in myrthenbesticktem Rock, den Säbel umgegürtet, sehr aufrecht und stolz in seiner Generalsuniform, wenn auch von untersetztem Wuchs.

Jenes blumenbekränzte Bild ist das Bild von Emiliano Chamorro, des obersten Führers der konservativen Partei, auch »El Cadejo« genannt, wegen seiner Gabe, in der Schlacht in mehreren Schützengräben gleichzeitig aufzutauchen; ist doch dieser »Cadejo« im Volksmund ein Höllenhund, der je nach seinem Belieben erscheint oder verschwindet, sich verkörperlicht, wenn er mag, und wenn er mag, sich dem Blick entzieht; und der außerdem, doch das steht auf einem anderen Blatt, nachts die Ehebrecher verfolgt, wenn sie losziehen oder nach Haus kommen.

Das erste Mal, daß »El Cadejo« durch einen Staatsstreich Präsident wurde, von denen er mehrere fertigbrachte, erinnerte er sich jenes Avelino Guerrero, seines treuen Barbiers auf dem Feldzug gegen die Liberalen, wo es darum ging, den General José Santos Zelaya abzusetzen, und er wählte ihn aus, Senator der Republik zu werden. Es war dies ein großer Gefallen, den er ihm tat, und der so Bedachte vergaß ihn nicht, befand er sich doch just zu jener Zeit im Zustand galoppierenden Geldmangels. Als eingefleischter Anhänger des Glücksspiels hatte er, nachdem alles Gut und Geld seiner Frau Tadea Toribio verspielt war, schließlich auch noch sie selbst beim Würfeln gesetzt. Er würfelte schlecht und verlor auch sie.

Seine Zeit als Senator war irgendwann vorüber, doch gab er die Gewohnheit nicht auf, jeden Morgen an der Balustrade der Veranda seinen Galaanzug für die feierlichen Anlässe zu lüften, damit er in der verschlossenen Truhe keinen Schimmel ansetzte oder verfaulte; bis sich sein Bruder Perfecto Guerrero, »der Kaiser Maximilian«, des guten Stücks bemächtigte, und jetzt geht er nachmittags mit seinem verwirrtem Geist barfuß und im Frack los, um jede Menge Morgen Meer zum Verkauf anzubieten.

»Also was ist mit meinen Kerzen?« läßt Don Avelino Guerrero nicht locker.

»Es wird bald regnen, und es wird auch schon dunkel, Sie werden noch naß werden, und in Ihrem Alter tut Ihnen eine Erkältung weiß Gott nicht gut, auch wenn Sie den Kopf gut eingewickelt haben, wir reden besser morgen darüber«, meinte der Beduine und versuchte so, den Alten ein- für allemal loszuwerden.

Tatsächlich wird es jetzt schon Abend, und es sieht auch so aus, als könnte es regnen, wir haben schon zuvor den Donner vom Vulkan zurückhallen hören. In den Laden dringt ein verhaltener Lärm, und man weiß nicht, ob es der Wind ist, der regengeschwängert die Eukalyptusbäume des Platzes rauschen läßt, oder die Stimmen von Frauen, die in der Pfarrkirche beten.

»Bei dir kaufe ich nie mehr was«, sagt Don Avelino Guerrero zwischen den Zähnen, dreht sich zum Gehen und verläßt den Laden.

»Und ich, ich denk nicht dran, Ihnen noch was zu verkaufen«, wollte der Beduine ihm schon hinterherrufen, ließ es dann jedoch lieber bleiben, denn da kam, unter dem Bild von Winston Churchill, deine Großmutter herein, und es schickte sich nicht, vor einer so gesetzten Dame mit einem alten Kauz herumzustreiten.

Er könne ruhig gehen und die Besuche machen, die er vor dem Ball noch erledigen mußte, sie blieb gern und paßte weiter auf den Laden auf, dazu war sie ja gekommen, zum Helfen, sie würde ab und zu in der Kammer nach Luisa, der Gebärenden, schauen und dann wieder hinter zur Ladentheke zurückkehren, für den Fall, daß jemand etwas kaufen wollte; außerdem ist da ja immer noch Mercedes Alborada, sagt jetzt deine Großmutter Luisa zu ihm. Und wäre es nicht Einmischung in fremde Angelegenheiten, würde sie noch hinzusetzen: Ich weiß wohl, welchen dieser Besuche du nicht aufschieben oder aufheben kannst, den Besuch bei deiner Unterhändlerin, der Amantina Flores; denn herauszufinden, ob Doktor Santiago Mayor nach dem Begräbnis seiner Frau Priscila Lira aus Masaya zurückgekehrt ist, da braucht nur Mercedes Alborada zur Praxis zu gehen und nachzusehen.

Jene Liebschaft deiner Tante Leopoldina, der Gefangenen, mit Telémaco Regidor, die jetzt den Beduinen zwingt, seine Unterhändlerin Amantina Flores aufzusuchen, entstand bei den Proben zu einer Wohltätigkeitsveranstaltung, die Luisa, die Gebärende, im Februar dieses Jahres 1942 im Darío-Kino organisierte, denn da ihr Mann Gründungspräsident des Lions

Clubs war, wurde sie Präsidentin der Lions Damen, und Gelder für wohltätige Zwecke und Verschönerung aufzubringen, gehörte zu ihren vornehmsten Pflichten, und ihre zweite Schwangerschaft, die da schon begonnen hatte, konnte sie weder stören noch hindern, das Dutzend Nummern vorzubereiten, aus denen das Veranstaltungsprogramm bestand.

Die zwei, von denen die Rede ist, Telémaco Regidor und deine Tante Leopoldina, sollten an dem Abend das »Duett der Regenschirme von Cherbourg« tanzen, und bei den Proben, die im Innenhof des noch im Bau befindlichen Hauses von Pedro, dem Kaufmann, stattfanden, als sie sich beim Vor- und Zurücktanzen an den Händen faßten, begann jene Geschichte, und sie ging weiter, als sie die Regenschirme aufspannten, um sich dahinter zu verstecken, denn so stand es im Libretto, daß sie sich verstecken mußten; und im Schutz der Schirme sahen sie sich zuerst tief in die Augen, ließen dann ihre Lippen einander berühren und küßten sich schließlich hemmungslos, ohne dabei mit dem Tanzen aufzuhören, während dein Onkel Edelmiro, der Cellist, dieser Vorgänge gewärtig oder nicht, ihnen auf seinem Cello den Takt dazu spielte, und die schwangere Luisa hereinschaute, etwas über die Leichtigkeit der Schritte sagte und wieder in den anderen, noch deckenlosen Raum hinüberging, um nachzusehen, ob auch alle Stimmen versammelt und die Mandolinen vollzählig waren, um mit der Probe für das Gondellied zu beginnen, an Bord einer Gondelkulisse, die aus nur einer, von Josías, dem Tischler, gefertigten Gondelseite bestand.

Doch wenn es Telémaco Regidor fertiggebracht hatte, die Frau eines Fakirs zu verführen, der in einer mit drei Schlössern verschlossenen gläsernen Urne fastete, so wie sich deine Großmutter Luisa auf der Straße erinnerte: Welch andere Gemeinheiten konnte er dann nicht auch noch begehen? Und deshalb war es auch, als geschehen war, was geschah, so schwer für deinen Onkel Edelmiro, den Cellisten, vorzuschützen, er habe nichts gesehen, so sehr er auch beteuerte.

Es begab sich nämlich, daß in jenen Jahren einmal zu Beginn der Fastenzeit ein ausgemergelter Fakir nach Masatepe kam, nur Haut und Knochen wie alle Fakire und ganz nackt, der Arme, bis auf das Tuch um die Lenden und den Turban auf seinem Kopf, der, weil er nie abgenommen wurde, vor Schmutz starrte, nur in Begleitung seiner Frau, einer winzigen Frau mit großen Augen, großem Mund und hübschem Aussehen, die, wenn es hochkam, drei Handbreit groß war, die aber mehr noch durch ihre üppigen Brüste Aufsehen erregte, die beinahe ihre Bluse zu sprengen drohten und die sie nicht etwa mit ihrem Gewicht zu behindern schienen, sondern sie eher herausfordernd wirken ließen.

Die Nummer des Fakirs bestand darin, sich, wie schon berichtet, in eine gläserne Urne einschließen zu lassen, eine Urne wie die aus der Karfreitagsprozession, die auf einem Ochsenkarren von Ort zu Ort gefahren wurde, und dort unbeweglich und ohne Essen und Trinken zu verharren, solange die Leute dafür zahlten, ihn so sehen zu können, denn dafür stand am Fuß der Urne ein Teller, auf dem die Schaulustigen ihren Obolus entrichteten und den die Frau leerte, wenn er sich gefüllt hatte.

So wurde die Urne im Bingosaal aufgestellt, mit der entsprechenden Erlaubnis von Auristela, »der Meerjungfrau«, von der später noch die Rede sein soll; und umringt von einem Haufen Leute, legte sich der Fakir hinein, der Deckel wurde geschlossen, und Leutnant Sócrates Chocano höchstpersönlich wurde beauftragt, die Kette um die Urne zu legen, eine dicke Kette mit drei Vorhängeschlössern, und dann die Schlüssel zur Aufbewahrung auf die Wache mitzunehmen.

Wenn in Masatepe der Name des Fakirs nie bekannt wurde, weil Fakir genügt, da alle Fakire Fakir sind, so hingegen wohl derjenige seiner Frau, »Zelmira«, denn so stand es gedruckt auf dem Etikett der Fläschchen orientalischen Öls, das die Brüste wachsen ließ, man brauchte bloß einzureiben und zu warten, und das sie diskret flachen Frauen mit mageren Brüsten verkaufte, die unter dem Vorwand, den reglosen Fakir in seiner Urne bewundern zu wollen, so reglos, daß man nicht einmal sah, wie sich sein Brustkorb beim Atmen hob und senkte, die wohltätige Ware kaufen kamen, die schon von weitem nach Schwefel und Terpentin roch.

Telémaco Regidor, der für nichts anderes bekannt war als dafür, daß er in den Schenken trank, Liebesromane las und als Tänzer bei den Wohltätigkeitsveranstaltungen auftrat, bezog vom ersten Tag an im Bingosaal von Auristela, »der Meerjungfrau«, Posten, unter dem Vorwand, aufpassen zu wollen, daß der Fakir nicht mogelte und heimlich irgendwelche Nahrung zu sich nahm, die ihm durch ein verborgenes Loch in der Urne gereicht wurde, doch mit dem tatsächlichen Plan, ihm die Frau zu verführen, weil er mit einem seiner besten Freunde, Ulises Barquero, gewettet hatte, daß er es fertigbrächte, seinen Kopf länger zwischen jene Brüste zu senken, als er in längst vergangenen Zeiten unter Wasser zu bleiben vermochte, als er in der Lagune von Masaya zu tauchen pflegte, worin er unbestrittener Meister gewesen war; es war dies eine nutzlose Wette, würde doch zum entscheidenden Zeitpunkt kein Schiedsrichter zugegen sein, und wer also sollte je wissen, ob er die Wahrheit sprach oder nicht.

Von der schamlosen Betrachtung der stattlichen Brüste – *Verhelfen Sie sich, verehrte Dame, verehrtes Fräulein, im Handumdrehn zu stattlichen Brüsten*, stand auf dem Etikett der Fläschchen mit dem orientalischen Öl gedruckt – ging Telémaco Regidor bald zum offenen Liebeswerben über, vor den ohnmächtigen Augen des Fakirs, dem in seiner Urne vor Verzweiflung Tränen in die Augen traten angesichts des Ehebruchs, der sich dort direkt vor ihm anbahnte.

Eines schönen Tages verschwanden dann die beiden aus seinem Blick, und wegen solch böser Tat blieb der Fakir tatsächlich ohne Essen und Trinken, denn man kann sich ja schon denken, daß im Schutz der Dunkelheit besagte Zelmira ihm einen Bissen zukommen ließ, indem sie die Urne heimlich mit den

Nachschlüsseln öffnete, die sie zwischen ihren Brüsten versteckt trug, in jenem Abgrund, wo jetzt Telémaco Regidor versunken war und seine Atmung auf die Probe stellte.

Wohin Telémaco Regidor Zelmira, die Kleine mit den großen Brüsten, entführte, wurde nicht bekannt noch interessierte es überhaupt noch jemanden, wurde doch zum Gegenstand allgemeiner Aufmerksamkeit das Schicksal des Fakirs, der laut schreiend bat, man möge ihn herausholen, sonst stürbe er, seinem Schicksal überlassen, vor Hunger und Durst, Schreie, die nur an seinen verzweifelten Gesten zu erkennen waren, denn das Glas jener Urne war ordentlich dick, so dick, daß es dem Gerüttel auf den schlechten Wegen standhielt, wenn die Urne auf einem Ochsenkarren transportiert wurde.

So kam also Leutnant Sócrates Chocano, öffnete die Vorhängeschlösser und der Fakir schlüpfte heraus, und man glaube nicht, daß er als erstes nach seiner ehebrecherischen Frau fragte, wohin Telémaco Regidor sie wohl mitgenommen habe oder ähnliches. Vielmehr bat er um Essen und Trinken, und man mußte ihn auch noch umsonst ernähren, war doch der unbewachte Teller mit dem Geld im Tumult einfach gestohlen worden.

Am Galaabend, an dem Telémaco Regidor und deine Tante Leopoldina ihre Nummer im bis auf den letzten Platz besetzten Darío-Kino aufführen mußten, wurde entdeckt, was zwischen den beiden heimlich geschah, und es kam endlich die Wahrheit ans Licht. Denn Telémaco hatte, unter vielen anderen, eine abgöttische Verehrerin, Magalí Mahmud, die Tochter des Arabers aus Kyrene, Abdel Mahmud, der fliegende Händler, der mit seinen Koffern von Tür zu Tür zog und auf Pump Stoffreste verkaufte; denn als er erst einmal die Frau des Fakirs verführt hatte, lagen ihm die Frauen, so trunksüchtig er sein mochte, scharenweise zu Füßen.

Nach dem »Duett der Regenschirme von Cherbourg« sollte, wenn der Vorhang wieder emporgezogen wurde, Magalí Mahmud in der Rolle der traurigen Prinzessin aus dem Gedicht

»La Sonatina« auftreten, elegisch auf ihren Thron hingestreckt, mit goldgelockter Perücke und einem Brillantdiadem auf der Stirn, während die Rezitatorin Rosario Espina, auf der Geige rhythmisch begleitet von deinem Onkel Eulogio, dem Geiger, die Verse deklamierte, die gleichzeitig lebendig dargestellt wurden.

So sollte, wenn es hieß: »die Seufzer entfleuchen ihrem Erdbeermund, der kein Lachen kennt, keine Farben kennt«, die Prinzessin Seufzer zeigen, die noch in der letzten Sperrsitzreihe zu hören wären; wenn es hieß: »und ganz in rot schlägt sein Rad der Narr«, sollte der Knecht von Doktor Santiago Mayor, rot angezogen, hereinkommen und Purzelbäume schlagen; und wenn es hieß: »der glückliche Ritter, der dich verehrt und dich nicht sieht, und der, wenn er den Tod besiegt, von weither kommt, um dir die Lippen mit seinem Liebeskuß zu entzünden«, sollte Telémaco Regidor auftreten, wofür von der schwangeren Luisa die Zeit genau berechnet worden war, damit der Tänzer aus dem Duett sein Fred-Astaire-Kostüm ausziehen und das Kostüm eines Prinzen von Golconda oder aus China in der improvisierten Garderobe des Nachbarhauses anziehen konnte, welches kein anderes als das halbfertige Haus von Pedro, dem Kaufmann, war, von dem aus man über den Hof auf die Bühne des Darío-Kinos gelangte.

Diesen Liebeskuß, der ihr bei den Proben nicht zuteil geworden war, meinte die Prinzessin Magalí Mahmud auf offener Bühne zu bekommen, derart, daß sich ihre Lippen tatsächlich entzündeten. Und entsprechend nervös wartete sie auf ihre Nummer und ging hinter den Kulissen auf und ab, als sie plötzlich entdeckte, daß sich jene zwei im Schutze der aufgespannten Regenschirme küßten, und welch ein Kuß muß das gewesen sein, denn die Prinzessin lief, die Schleppe ihres Hermelinmantels hinter sich herziehend, schnurstracks auf die Bühne, wo das Orchester Ramírez abrupt in seinem Spiel innehielt und sie, rasend vor Zorn, die beiden Regenschirme vor den Gesichtern der Tänzer wegzog, um sich, in Tränen aufgelöst, zum

Publikum umzudrehen und mit dem Finger auf die Schuldigen zu zeigen, die sich ahnungslos weiterküßten, ein ungezügelter, endloser Kuß von denen, die es kein zweites Mal gibt. Erst sehr viel später brachte sie der frenetische Beifall des Publikums zur Besinnung, und deine Tante Leopoldina, die vor Scham im Boden versinken wollte – er war ja ein schamloser Geselle –, mußte den Regenschirm zuhilfe nehmen, um sich erneut zu verstecken, während der Vorhang wedelnd auf- und niederging.

Niemand brauchte sich, als er die Prinzessin so hemmungslos weinen sah, noch lange zu fragen: Was hat sie denn wohl, die Prinzessin? War es doch mehr als offensichtlich, warum sie weinte; und die traurige Prinzessin Magalí Mahmud vergoß immer noch bittere Tränen, als die schwangere Luisa den Kulissenschiebern den Befehl gab, sie sollten mit dem Unfug aufhören und endlich den Vorhang unten lassen.

Die Vorstellung, so lang vorbereitet und so sehnlich erwartet, war von da an zum Scheitern verurteilt, auch wenn die schwangere Luisa niemanden hatte, den sie dafür verantwortlich machen konnte: das »Duett der Regenschirme von Cherbourg«, auf die Art und Weise unterbrochen, die wir eben gesehen haben; das lebendige Bild »La Sonatina« konnte nicht mehr aufgeführt werden; und die folgende Nummer, Amada Laguna mit ihrer Gitarre, die den ersten Auftritt der Lucia de Lammermoor singen sollte, *Quella fonte, ah! … Mai senza tremar non veggo …*, scheiterte gleichfalls, weil das Publikum, und es waren alle möglichen Leute versammelt in jenem Kino, in ein lautes Pfeifkonzert ausbrach, als es die Diva auf ihrem Schemel den Gang heruntergetragen werden sah, eine dicke Päpstin mit Turban und blauem, pailletengeschmücktem Mantel, die vier Träger schwitzten schwer unter der Bürde jenes Gewichts, und es gab schon ordentlich Gelächter, als die Träger, trotz ihrer Kraft und Übung beim Be- und Entladen der Eisenbahnwaggons, ins Wanken gerieten; der Schemel kippte nach vorn, und Amada Laguna konnte nur noch, als sie das Unglück kommen sah, lauthals rufen: Haltet mir das Ding!, worauf die schamlosesten Geschmacklosigkeiten zu hören waren: Ich halt's dir gern, und während sie fiel, warf sie die Gitarre, denn die hatte sie gemeint, über die Köpfe des Publikums, wodurch wohl das Instrument gerettet wurde, war da doch jemand, der es in der Luft auffing, nicht jedoch Amada Laguna, die bei dem Sturz zu ihrem Leidwesen schwere Prellungen an Stirn, Nase und Mund erlitt.

Zu dem Zeitpunkt war deine Tante Leopoldina schon schwanger. Das Unheil nahm seinen Lauf, als sie einwilligte, nach den Proben zu jener Veranstaltung heimlich Ausflüge in den Botanischen Garten zu unternehmen. Der italienische Agronom Eneas Razzetto, der vom Landwirtschaftsministerium angestellt worden war, um Versuchspflanzungen mit Zimt, Kümmel, Gewürznelken und Cayennepfeffer anzulegen – derselbe, dem dein Großvater Teófilo einmal jenen verpatzten Abend ausrichtete –, hatte auch einen englischen Park entworfen, mit Lauben aus Zypressen, die er mit eigener Hand beschnitt, wobei er kunstvoll die Zweige dergestalt ineinander verschlang, daß sie richtige Gewölbe bildeten. Einem dieser schattig-dunklen Laubengänge, dem längsten von allen, gab er den Namen »die Kußgasse«.

In dieser endlosen Gasse verloren sich auch Telémaco Regidor und deine Tante Leopoldina, bis es dunkel wurde und, zitternd wie am Grunde eines Teiches violetten Wassers, denn es war dies die Farbe der Abenddämmerung, zwei Silhouetten wieder auftauchten, mit wirrem Haar und ganz erschrocken über ihre eigenen Taten, während Eneas Razzetto, ihr einziger Mitwisser, in grobes Leinen gekleidet auf der Veranda seines Hauses stehend, sie von weitem mit einem Winken seines Strohhutes verabschiedete, ein weißer Fleck, der hinter ihren hastigen Schritten zurückblieb, Schritten von Liebenden, die vor der Nacht fliehen, weil sie keine Nacht haben noch die Nacht nutzen können.

An einem dieser Abende war es, daß er sie, als sie schon beim Gehen waren, zu sich rief, um ihr die Übersetzung des Textes des Auftritts der Amina aus der »Nachtwandlerin« zu geben, die er auf die Rückseite eines Kalenderblatts geschrieben hatte, denn von der Kußgasse aus hatte sie die Oper auf dem Grammophon spielen hören, lag doch immer eine Opernplatte auf dem Grammophon, das der Agronom unter einer Pergola mit wildem Wein aufzubauen pflegte; sie erkannte die Arie wieder, die Amada Laguna oftmals sang, und bat ihn um die Übersetzung.

Eneas Razzetto hatte – und hier soll auch gleich die Geschichte mit dem mißglückten Abend erzählt werden – an die Zeitung »La Noticia« einen Artikel geschickt, der den Titel »Rustikale Technik« trug und in dem er deinen Großvater Teófilo dafür pries, eine Art Kipplore erfunden zu haben. Dieser Karren, in Erntezeiten von besonderem Nutzen, entlud die Kaffeebeeren direkt in die Wasserbecken des Hofes: das Ochsengespann schob den Karren rückwärts an das Gatter des Beckens, man zog einen Pflock an der Pritsche des Karrens heraus, und die Pritsche hob sich im Winkel zum Becken, das den stetigen Regen der Kaffeekirschen empfing, ohne daß sonst noch irgend etwas getan werden mußte.

Sehr geehrt durch dies unerwartete, schwarz auf weiß gedruckte Lob beschloß dein Großvater Teófilo, die beste Art, dem Agronomen seinen Dank zu zeigen, sei es, ihn zu einem gemütlichen Abend in sein Haus einzuladen, was in der Bevölkerung große Verwunderung hervorrief; und trotz des Urhebers der Einladung blieb das Fleisch auf den Tellern und Tabletts und die Getränke in den Gläsern, in die sie schon geschenkt worden waren.

Dein Großvater Teófilo hielt nichts von Klatsch und Tratsch und wußte genau aus diesem Grunde auch nichts davon, daß jener Eneas Razzetto für jemanden mit verkehrten Sitten gehalten wurde; er hätte deinen Onkel Esau, den Bauern, fragen sollen, den Ältesten seiner Söhne, der sich um die Aufsicht über alle landwirtschaftlichen Arbeiten kümmerte, das hätte gereicht. Doch hatten sich die beiden zu jener Zeit einander entfremdet, lebten unter demselben Dach, ohne ein Wort miteinander zu wechseln, denn was den harten Umgang und Charakter anging, standen sie sich in nichts nach.

Eines Abends, als dein Onkel Esau, der Bauer, im Darío-Kino den italienischen Agronomen zum Sitznachbarn hatte und auf der Leinwand Greer Garson in »Nebel der Vergangenheit« schluchzte, fühlte er in der Dunkelheit eine schwitzigkalte Hand, die sein Bein hinauftastete, innehielt und weitertastete, immer wieder innehaltend, doch mit eindeutigem Ziel. Und als er das Gefühl hatte, sie sei schon allzu nah an diesem Ziel, ließ er rücksichtslos im Dunkeln einen Fausthieb gegen den Besitzer dieser Hand los, den dieser, obwohl er ihm das Maul blutig schlug, ohne einen einzigen Klagelaut einsteckte.

Merkwürdige Verhaltensweisen und seltsame Manieren meinte dein Großvater Teófilo beim Agronomen zu entdecken, während sie allein und in Erwartung der Gäste, die nie kamen, miteinander sprachen; doch war es sein Fehler zu meinen, der von ihm Geehrte verhielte sich so, weil die Italiener eben von Natur aus eine melodiöse Sprache haben und sich ein wenig klebrig-süß benehmen, so wie er es hernach deiner Großmutter Luisa gestand, die, je ernster sie beim Zuhören wurde, um so mehr ihr Lachen verbergen mußte.

Und so merkte er also überhaupt nichts von alledem, obwohl auf dem Bürgersteig vor dem Haus die Leute hin- und herliefen und zu spöttischem Vergnügen hereinäugten: Don Teófilo, sonst immer so ernst und seriös, hatte die Türen seines Salons bekränzt, um einen zu ehren, der andersherum war; und er, der, wie man weiß, sein Ohr keinem Getuschel lieh, schickte ahnungslos ins Viertel zu seinen nächsten Nachbarn und ließ fragen, was denn los sei, daß keiner zum Anstoßen käme. Doch welcher der rauhen Kerle hätte sich getraut, die holten sich lieber die Pest, als Speis und Trank mit solch einem Perversen zu teilen, der die Zypressen so beschnitt und grottenartig ineinander schlang, daß er sich in ihrem höhlendunklen Schatten mit seinen Burschen, Jünglinge und Lustknaben verstecken konnte.

III

Als sich jetzt deine Großmutter Luisa so freundlich anbietet, weiter auf den Laden aufzupassen, während er seine Besuche machen geht, denkt der Beduine daran, wie sich die Zeiten ändern, denn weder sie noch dein Großvater Teófilo setzten jemals einen Fuß in dieses Haus, bevor das erste Kind, die kleine Luisita, die dritte Luisa, geboren wurde.

Es hatte ihnen gar nicht gefallen, daß ihre Tochter, die erste Frau in der Geschichte des Ortes, die ihr Abitur ablegte, nachdem sie fünf Jahre lang das Internat der Baptisten in Managua besuchte hatte, eine Schule protestantischer Yankees, die ernst und aufrecht waren und niemals rauchten oder tranken, jemanden heiraten wollte, der aus einer Familie von Philharmonikern kam und keinerlei Vermögen hatte, anders gesagt, nicht einmal ein Fleckchen Erde zum Sterben.

Man weiß ja, daß Musiker niemals Geld haben, und jener Satz, daß die Kunst an sich schon ein Schatz ist, war für deinen Großvater Lisandro nicht viel mehr als eine alberne Belästigung, ähnlich dem Summen einer Hummel, die einem aufdringlich ums Ohr kreist. Einen Schatz, den hatten diese armen Schlucker vom Orchester Ramírez nie. Obwohl sie einmal meinten, sie hätten einen gefunden.

Geschah es doch, daß dein Großvater Lisandro ging und Ireneo »aus der Dunkelheit« holte, den, der in der Tiefe die Hähne Fernostasiens krähen hörte, damit er hinten im Hof des Hauses ein Plumpsklo aushebe; und der hatte seine Arbeit schon zur Hälfte getan, als er plötzlich merkte, daß die Stöße mit der Brechstange hohl klangen, so als sei dort unten irgendeine Höhle oder ein Gewölbe. Sofort ließ er die Brechstange fallen, kletterte aus seinem Loch und lief ins Haus, um deinen

Großvater Lisandro zu holen, der zur Abwechslung, man verstehe das als Ironie, damit beschäftigt war, einen Walzer zu komponieren, denn von Walzerpartituren anstatt von Kleidern quoll schon längst sein Kleiderschrank über.

Ireneo »aus der Dunkelheit« näherte sich dem Notenpult und sagte, während er sich den Sand abklopfte, der ihn von Kopf bis Fuß bedeckte und nun wie feiner Regen auf das Notenpapier rieselte: Don Lisandro, kommen Sie schnell mit, ich muß Ihnen etwas zeigen, dort, wo ich grabe, ist etwas verborgen, und wenn ich mich nicht irre, dann ist das, was seit wer weiß wievielen Jahren in ihrem Hof vergraben liegt, ein Topf voll mit Golddukaten aus der Zeit der Spanier.

Es ging dein Großvater Lisandro nachsehen, es ging auch deine Großmutter Petrona, es gingen die Kinder, jeder einzelne stieg ins Loch hinab, stieß mit der Stange und stellte fest, daß es dort unten tatsächlich hohl klang.

»Also, Don Lisandro, jetzt haben wir wirklich das große Los gezogen«, sagte Ireneo »aus der Dunkelheit«. »Wir müssen wohl aufpassen, daß wir nicht blind werden, wenn wir die ganzen goldnen Taler blitzen sehen.«

»Wir haben das große Los gezogen? Was heißt hier wir?« meinte da deine Großmutter Petrona. »Das ist jetzt nicht mehr deine Sache, hier ist dein Lohn, den sollst du wohl haben, und dann vielen Dank und auf Wiedersehen.«

»Was heißt hier nicht mehr meine Sache?« entrüstete sich, beleidigt, Ireneo »aus der Dunkelheit«. »Der Besitzer des Grundes und der Finder des Schatzes müssen halbe-halbe machen, so will es das Gesetz.«

»Du hast aber noch gar nichts gefunden, denn der Schatz ist immer noch verborgen. Du bekommst die ganze Arbeit bezahlt, als hättest du das Plumpsklo zu Ende ausgeschachtet, und fertig«, schnitt ihm deine Großmutter Petrona das Wort ab.

Und sie gingen hin und umringten Irineo »aus der Dunkelheit« und nötigten ihn, trotz großen Protests, den Hof zu verlassen; und er war schon auf der Straße mit seiner Brechstange, dem Eimer, Hacke, Schaufel und Seil, den Mund voll der schlimmsten Flüche und Schimpfworte, als ihm dein Großvater Lisandro hinterhergelaufen kam, dem plötzlich eingefallen war, daß sie im Begriff waren, einen Fehler zu begehen, den sie später bereuen könnten. Und indem er ihn festhielt, sagte er: »Sieh mal, Ireneo »aus der Dunkelheit«, du weißt, ich bin ein ehrlicher Mensch. Morgen früh kommst du vorbei, und von dem, was wir aus dem Loch holen, will ich dir deinen gerechten Teil geben. Aber du darfst niemandem etwas erzählen von den Töpfen voller Gold, denn sonst gibt's nur ein Fest für die Diebe. Was meinst du, ist das ein Wort?«

»Ja«, antwortete Irineo »aus der Dunkelheit«, »ich meine, das ist ein Wort.«

Und so warteten sie, bis die Nacht hereinbrach, eine Nacht mit abnehmendem Mond, bevor sie mit dem Graben fortfuhren. Dein Großvater Lisandro verteilte unter seinen Söhnen die Aufgaben, einer mußte mit Hacke und Schaufel ins Loch hinunter, das war der Älteste, dein Onkel Eulogio, der Geiger; ein Zweiter mußte die Eimer mit der Erde hinaufziehen, das war dein Onkel Edelmiro, der Cellist; einer stand an der Haustür Wache, für den Fall, daß unangemeldet Besuch käme, den man mit der Auskunft wegschicken mußte, niemand sei da, das war der Jüngste von damals gerade sechs Jahren, dein Onkel Eulalio, heute Klarinettist; eine weitere Wache an der Gartenpforte, das war Pedro, der einmal Kaufmann werden sollte, denn ein Instrument lernte er nie spielen; und noch einer stand hinten am Gartenzaun, das war dein Onkel Alejandro, der Flötist. Unterdessen blieben die Mädchen in ihre Kammern eingeschlossen, mit der strikten Weisung, nicht herauszukommen und nicht laut zu reden.

Dein Onkel Eulogio, der Geiger, grub beim Schein einer Laterne, die ihm dein Großvater Lisandro an einem Seil hielt, während er mit deiner Großmutter Petrona am Rand des Loches stand, das immer tiefer wurde, als dein Onkel Edelmiro, der Cellist, Eimer auf Eimer Erde hinaufzog. Bis man von unten die Stimme deines Onkels Eulogio, des Geigers, hörte: Ich bin mit der Stange durch, es ist soweit!

In der Grube lag ein großer Krug aus Ton. Sie holten ihn mit dem Seil heraus, ganz sachte, nicht daß er noch zerbräche. Und als der Krug oben war, trugen sie ihn mit der gleichen Vorsicht ins Haus und setzten ihn auf dem Boden des Salons ab, um dann, als alle, die gegraben und gewacht hatten, hereingekommen waren, Schlösser und Riegel vor Fenster und Türen zu legen; und allen, Vater und Mutter, Brüdern und Schwestern, denn auch die Mädchen waren inzwischen aus ihren Kammern befreit und umstanden den Krug, schlug heftig das Herz in der Brust: ob es wohl Batzen oder Taler, Gulden oder Golddukaten wären, wieviele und was man nicht alles mit diesem Schatz anfangen konnte.

Und es war dein Onkel Edelmiro, der Cellist, der sich einen Hemdsärmel aufkrempelte und sich getraute, eine Hand durch die Öffnung des Kruges zu stecken, wobei deine Tanten angstvoll aufschrien, nicht daß dort drinnen als Hüter des Schatzes eine Schlange oder sonst ein giftiges Tier sei, das ihn beißen würde. Er steckte die Hand hinein, schloß sie zur Faust und öffnete sie, als er sie wieder herausgezogen hatte, langsam und vorsichtig.

»Mais«, meinte dein Onkel Edelmiro, der Cellist, nachdem die Handvoll Körner, die er hervorgeholt hatte, ausgiebig begutachtet worden war. »Gerösteter Mais ist da drin.«

»Mais aus der Zeit der Indios, den sie in die Gräber taten, damit die Toten zu essen hatten«, sagte Pedro, der Kaufmann.

»Woher weißt du das?« fragte ihn deine Tante Adelfa.

»Das weiß ich von Pater Misael Lorenzano«, antwortete der. »Vielleicht, wer will das schon wissen, wohnen wir direkt auf dem Grab von Häuptling Mazaltepelt persönlich.«

»Die ganze Scheißarbeit umsonst«, sagte dein Onkel Eulogio, der Geiger.

»Und jetzt, was machen wir jetzt?« fragte ganz traurig deine Tante Leopoldina.

»Was wir jetzt machen?« antwortete deine Großmutter Petrona, wobei sie schon wieder lachte. »Na, den Mais essen natürlich, oder willst du ihn dem Indio überlassen, den sie in diesem Loch begraben haben?«

»Außer dem Teil, der Ireneo ›aus der Dunkelheit‹ gehört«, sagte dein Großvater Lisandro. »Versprochen ist versprochen, und seine Ration müssen wir ihm aufheben.«

Der Wüstenbeduine, der einzige, der nicht Musiker wurde in dieser Musikerfamilie ohne einen weiteren Schatz als einen Topf Mais, ausgegraben in einer Nacht mit abnehmendem Mond, hatte, so sanft im Umgang, doch kühn entschlossen, wie er war, beschlossen, es auf egal welche Weise mit der Ablehnung deines Großvaters Teófilo seinen Heiratsabsichten gegenüber aufzunehmen. Und man sage selbst, ob es etwa nicht kühn war, daß er um die Hand von Luisa, der Niederkommenden, während einer Beerdigung anhielt.

Bei dieser Beerdigung eines Zwillingspaares im November des Jahres 1938 gab es auch Blasmusik, genau wie an diesem Augustnachmittag im Jahre 1942; doch besteht der Unterschied darin, daß Diocleciana Putoya, die Hexenmutter, von bezahlten Trägern zum Friedhof getragen wird, und beinahe ohne Begleitung; während die Trauergemeinde jener Beerdigung der Zwillinge sehr groß war, die größte, die man seit vielen Jahren gesehen hatte.

Es möge nun niemand verwundert die Brauen darüber heben, daß hier von zwei Beerdigungen die Rede ist, denn bei rechtem Licht besehen ist diese doppelte Sicht der Dinge unvermeidlich: das Begräbnis der Oberhexe findet an einem Tage statt, der für Pedro, den Kaufmann, von entscheidender Bedeutung ist, und kann, weil Teil der vielen Ereignisse dieses Tages, nicht unterschlagen werden; und von jener anderen Beerdigung, derjenigen der Zwillinge, an der nicht weniger geschah, als daß um die Hand angehalten wurde, ist es unmöglich, nicht zu reden.

Wenn sich Pedro, der Kaufmann, dazu gezwungen sah, deinem Großvater Teófilo aufzulauern, dann deshalb, weil ihm sein Vorhaben auf andere Weise und an anderen Orten unmöglich war; ihn in seinem eigenen Hause aufzusuchen, daran war nicht zu denken. Und es war eine gut gelegte Falle, denn so konnte dein Großvater Teófilo keinen Krach schlagen, ihn mit seinem Gehstock mit dem Hundekopf bedrohen oder irgendwohin Reißaus nehmen. Im Beerdigungsschritt mußte er im Takt des Trauermarsches weiter hinter dem Sarg herlaufen und anhören, was man ihn bitten kam.

Der General Macedonio Barquero, der aus Masatepe stammte, hatte während seiner Amtszeit als Präsident im Jahre 1929 von einem Schanzbataillon des amerikanischen Marinekorps, das damals das Land besetzt hielt, eine Straße bauen lassen, die den Kraterrand der Lagune hinabführte, um dort einen Ausflugsort zu schaffen, den er »Venecia« nannte, und wo er später ein Landhaus im maurischen Stil errichten ließ. Die Dynamitdetonationen, die Unmengen von Steinen in den Abgrund schleuderten, erschütterten wochenlang die Häuser des Ortes.

Jahre später, in jenem November 1938, stürzte eine »Packard«-Limousine, die zum Ausflugsort den Hang hinunterfuhr, in den Abgrund, eine Kuhherde, die man vom Tränken an der Lagune zurücktrieb, hatte sie von der Straße abgebracht. Die Zwillinge, von denen die Rede ist, Söhne des Apothekers Diómedes Sabino, der am Steuer saß und sich noch rechtzeitig hinauswerfen konnte, starben bei diesem Absturz. Eine lärmende Schar Menschen kam tagelang, die Bergungsaktion der Leichen zu beobachten, während oben am Hang unter schnell errichteten Palmwedeldächern Würfeltische aufgestellt und Branntweinschänken eingerichtet wurden.

Fragte man jetzt die hochschwangere Luise, während sie ruhig daliegt und erschauert, weil sie spürt, wie man sie aus ihrem Bauch heraus mit Zeichen ruft, die sie schon kennt, dann würde sie sagen, daß sie an diesem unglückseligen Nachmittag, als sie schon mit der Baptistenschule fertig und wieder zurück in Masatepe war, von der Tür aus den Packard halten und ungeduldig hupen hörte, weil dein Großvater Teófilo nicht gleich herauskam, das Benzin zu zapfen; daß sie zum letzten Mal die Zwillinge sah, in neuen Matrosenanzügen, traurig und gelangweilt hinter dem staubigen Glas des Seitenfensters, im Arm ihre buntgestreiften Gummibälle; und daß der Apotheker Diómedes Sabino schließlich sein Taschentuch ausgebreitet hatte, um sich auf die Bordsteinkante zu setzen, neugierig gemacht durch die Nachrichten von der »Reichskristallnacht«, wie von den Agenturen der Überfall der Nazis auf die jüdischen Geschäfte in Berlin genannt wurde, die ihm dein Großvater Teófilo gab, während er das schillernde Benzin in den Tank des Packard füllte, der Stutzen des Blechkanisters steckte tief im Trichter.

Pedro, der Kaufmann, hatte sich in diesen Beerdigungszug begeben, so wie man sich in eine gefährliche, reißende Strömung stürzt, und hatte deine Onkel gemieden, die als Trupp am Ende des Zuges spielten, wollte er doch nicht deren Witzeleien hören, denn so verhielten sich für gewöhnlich jene Musiker im Angesicht des Todes, machten sich lustig, ohne auf die traurigen Umstände Rücksicht zu nehmen. Dein Großvater Lisandro, der wohl um die Absichten seines Sohnes wußte, der sich mit den Ellenbogen einen Weg durch die Menge bahnte, hob den Kopf vom Notenblatt, das ihm ein barfüßiges Kind vorweg trug, und konnte ihm nur einen mitfühlenden Blick über den Brillenrand nachsenden.

Dein Großvater Teófilo sah aus dem Augenwinkel den Verehrer nahen und wollte, indem er den Gehstock mit dem Hundekopf noch hochmütiger faßte, seinen Schritt beschleunigen; doch da begann der Schneider Juan Cubero, der nicht nur unfehlbar jede Beerdigung begleitete, sondern auch, wenn diese von besonderer Bedeutung war, das Wort ergriff, von einem Tisch aus, den man aus einem Haus auf den Bürgersteig getragen hatte, eine Lobesrede auf die abgestürzten Zwillinge zu halten. Und so mußte er notgedrungen anhalten, um dem Redner zu lauschen, wie auch der anhalten mußte, der ihn verfolgte, nur wenige Schritte von seinem Opfer entfernt. Doch als sich der Zug wieder in Bewegung setzte, ging die Verfolgung weiter, so unerbittlich wie zuvor.

Wo er sie finden konnte, suchte der Verfolgte Zuflucht und mischte sich in eine Gruppe von Trauergästen, unter denen sich auch Don Vicente Noguera, der Telegrafist, Inocencio »Niemand«, der zeitungsaustragende Albino, und Tobias »von der nackten Haut« befand, der Schuster, der sich bis auf die Haut auszuziehen pflegt; und dort improvisierte er zu seinem Schutz eine Unterhaltung, deren Inhalt Pedro, der Kaufmann, erriet, ohne daß die Worte an sein Ohr dringen mußten, das feierliche Begräbnis von Atatürk, die Einzelheiten des moslemischen Bestattungsritus in der Moschee von Istanbul, wovon sonst sollte dein Großvater Teófilo schon sprechen, DIE GANZE TÜRKEI BEWEINT DEN TOD VON MUSTAFA KEMAL ATATÜRK, so lautete die Schlagzeile von »La Noticia« an diesem Nachmittag. Dann würde er mit den anderen Schlagzeilen weitermachen, und der Verfolger konnte warten, bis die Trompeten des Erzengels Gabriel erschallten.

Noch eine Beerdigung, jetzt sind's schon drei: die der Hexenmutter, die der abgestürzten Zwillinge, die von Kemal Atatürk in Istanbul; doch wenn letztere erwähnt wird, so nur deshalb, weil sie in »La Noticia« erschien und jetzt Gesprächsthema deines Großvaters Teófilo ist. Wenn es in seiner Macht stünde, dann würde er sicher die Lektüre von Zeitungen in Masatepe verbieten, um sich den Spaß zu machen, höchstpersönlich alle nationalen und internationalen Neuigkeiten zu verbreiten, so denkt Pedro, der Kaufmann, während er hinter dem Redseligen hergeht und auf seine Gelegenheit wartet, denn so sehr sich auch der andere in acht zu nehmen sucht, hat er ihn doch fast schon in Reichweite.

Dein Großvater Teófilo – und man soll nicht meinen, er zeige sich nicht nervös wegen der Belagerung – erklärte, wie der Erstgeborene das Vorrecht erhält, die Bestattungsfeier zu beginnen, indem er die Verse aus dem Koran liest, in denen den Auserwählten die Sinnesfreuden des Paradieses versprochen werden. Heißt das etwa Frauen? fragte da, sehr lüstern, Tobias »von der nackten Haut«, der Schuster. Und dein Großvater antwortete, ein wenig verunsichert: Nun, ja, Frauen, die immer wieder zu Jungfrauen werden. Ganz und gar jungfräuliche Jungfrauen, so als ob sie niemals nie? fragte wiederum Tobias »von der nackten Haut«, der Schuster. Und angesichts seines stummen Kopfnickens, denn es stieg ihm die Röte ins Gesicht und er wollte kein Wort mehr sagen, meinte Inocencio »Niemand«, der Albino, der unter soviel schwarzen Anzügen noch farbloser aussah als sonst, gerade noch eine Lücke zwischen den Leuten: Wenn das so ist, dann will ich wohl zu dieser Religion gehören.

Dein Großvater fuhr, um sich nicht auf schlüpfrige Unterhaltungen einzulassen, auf anderem Geleise fort: Im Hinduritus besteht das Vorrecht der Erstgeborenen darin, den Scheiterhaufen aus Sandelholz in Brand zu setzen, und dieser Scheiterhaufen brennt solange, bis die Leiche des Vaters zu Asche wird. Diese Nachricht brachte die Freude in den Augen von Tobias »von der nackten Haut«, dem Schuster, und Inocencio »Niemand«, dem Albino, zum Erlöschen, die schon gewähnt hatten, daß es im Hinduritus noch mehr nackte Frauen gäbe. Und erst da tat Don Vicente Noguera, der Telegrafist, den Mund auf, um überrascht und entsetzt zu sagen: Ich verstehe nicht, wie ein Sohn seinen eigenen Vater verbrennen kann.

Und es war dies der Augenblick, den Pedro, der Kaufmann, wählte, um sich mit all seinem Mut einzumischen:

»Glauben Sie, Don Teófilo, es stimmt, daß Hitler einen Weissager und Astrologen befragte, bevor er den Einmarsch ins Sudetenland befahl?«

Die anderen, die wohl wußten, was zwischen diesen beiden zu verhandeln war, machten sich vorsichtig davon. Dein Großvater Teófilo runzelte die Stirn, als störe ihn die helle Sonne, obwohl es schon spät am Nachmittag war; er wollte etwas stottern, doch dann schwieg er lieber, während seine leberfleckgesprenkelte Hand den Gehstock mit dem Hundekopf umklammerte. Pedro, der Kaufmann, roch seine keimfreie Seife und beschloß, daß dies der Moment war, zuzuschlagen, um ihm keine Zeit zu geben, sich aus dem Staub zu machen.

»Ich bitte Sie um die Hand Ihrer Tochter«, sagte er in einem Ton, der fest klingen sollte, doch sehr zu seinem Leidwesen zittrig herauskam.

Dein Großvater Teófilo wandte sich langsam zu ihm um.

»Und dein Instrument?« fragte er dann, während sein mißbilligender Blick zu den Musikern des Orchesters Ramírez am Ende des Trauerzuges hinüberschweifte.

Pedro, der Kaufmann, ging, die Hände auf dem Rücken verschränkt, im Takt des Trauermarsches, und dein Großvater Teófilo konnte nicht anders, als mit im Takt geschwungenen Gehstock das gleiche zutun.

»Ich spiele gar keins«, antwortete er, schon selbstbewußter geworden. »Ich habe ein schlechtes Gehör, aber nicht so schlecht wie Sie.«

»Sagst du das etwa wegen dieses Ohrs, das mir die Dynamitladung damals zersprengt hat?« fragte streng dein Großvater Teófilo mit beleidigtem Gesicht und faßte sich dabei an sein lädiertes Ohr.

»Tun Sie doch nicht so«, antwortete Pedro, der Kaufmann. »Ich meine Ihr taubes Herz. Denn jeder weiß doch, daß Sie, wenn Sie wollen, mit ihrem heilen Ohr noch den Zug pfeifen hören, der gerade den Bahnhof von Niquinohomo verläßt.«

Nicht um über gesunde oder kranke, offene oder geschlossene, normale oder übernatürliche Ohren zu diskutieren nahm Pedro, der Kaufmann, an der Beerdigung der abgestürzten Zwillingsbrüder teil; sein Vorhaben, man weiß es ja, war ein anderes. Doch gab es da auf jeden Fall nichts mehr zu diskutieren, denn dein Großvater Teófilo bahnte sich jetzt energisch seinen Weg durch die Trauergemeinde und hielt dabei fest seinen Gehstock mit dem Hundekopf umklammert, mit umwölkter Stirn und unwirschem Blick, als wolle er sagen: Sollte es jemand wagen, meinen Schritt aufzuhalten, dann hau ich ihm, auch wenn's Ärger gibt, eins mit dem Stock über seinen Schädel.

So blieb der Bittsteller ziemlich verwirrt zurück, bis er sich plötzlich am Schwanz des Zuges wiederfand und dein Großvater Lisandro, die Geige unterm Kinn, an ihm vorbeikam und ihm mit dem Blick bedeutete: Ich hab's dir doch gesagt; und es zogen auch deine Onkel an ihm vorüber, ein jeder mit seinem Instrument beschäftigt, doch alle in stillschweigender Übereinkunft bemüht, irgendwie ihre Lust zum Feixen zu zeigen, wie man an ihrer Art zu spielen merkte, ein Trauermarsch, der noch im Trommelwirbel festlich klang, fingen doch die Trommelstöcke in der Hand deines Onkels Edelmiro, des Cellisten, an, Kapriolen zu schlagen, wodurch sein Wirbel jeglichen Ernst verlor.

Am folgenden Tag ließ dein Großvater Teófilo mit Dringlichkeit deinen Großvater Lisandro laden: Er möge sich am gleichen Tage zu der und der Stunde bei ihm einfinden, eine Entschuldigung oder Verspätung dürfe es nicht geben. Und kaum war der Botengänger auf seiner Stute verschwunden, da breitete sich im Hause große Sorge aus, denn von jener Zwangsunterredung war sicherlich nichts Gutes zu erwarten.

Alle sahen sie sehr bedrückt aus, außer deiner Großmutter Petrona, die ohne Zeit zu verlieren ihrem Mann den gleichen Anzug von der Beerdigung fertigmachte, den besten, den er hatte, denn er sollte ja nicht in Hemdsärmeln in solch hohem Hause auftreten, so hörte man sie reden, während sie das Plätteisen aufs Feuer stellte und Anzugjacke, Weste und Hose mit Wasser besprenkelte.

Als die bewußte Stunde näherrückte, zog sich dein Großvater Lisandro schließlich an, und die Bedrückung wich aufgeregtem Stimmengewirr; sich gegenseitig unterbrechend, meinten deine Tanten und Onkel: geh' lieber nicht, er wird dich demütigen, du brauchst doch nicht zu gehen, soll er doch herkommen, wenn er reden will, was wird der kommen, seht ihr denn nicht, daß er gewöhnt ist, immer seinen Willen zu kriegen, es hat schon seinen Grund, daß er ein solcher Bonze ist. Ich gehe mit, sagte irgendwann dein Onkel Eulogio, der Geiger, der älteste Sohn, wie wir schon gehört haben, und tat ein paar unsichere Schritte zur Tür hin; da sagte dein Großvater Lisandro, indem er sich die Krawatte zu Ende band: Ich soll allein kommen, hat mir Don Teófilo ausrichten lassen, er will sonst keinen sehen, habt ihr denn den Boten nicht gehört? So wurde der Lärm der Unterhaltung lauter und leiser, bis schließlich jemand nach Pedro, dem Kaufmann, fragte, was ist denn mit dem los, was meint der denn dazu? Der hat das Ganze doch überhaupt erst eingebrockt, der ist einzig und allein verantwortlich dafür, daß wir in solch einer Klemme stecken.

Und deine Großmutter, die als einzige ruhig ein wenig abseits von all dem aufgeregten Geschnatter saß, das Brett zum Zigarrendrehen auf den Knien, das Messer zum Schneiden der Deckblätter in der Hand, meinte nur: Laßt mir den Pedro in Ruhe, der ist eine Besorgung machen gegangen, zu der ich ihn geschickt habe. Besorgung? Was für eine Besorgung denn? fuhren deine Tanten da auf, die meisten noch unverheiratet; die Verheirateten waren eilig herbeigekommen, ihre Kinder auf dem Arm, als sie die Nachricht hörten. Eine Besorgung eben, meinte wortkarg deine Großmutter Petrona. Besorgung, in dem Alter? sagte dein Onkel Alejandro, der Flötist; und dein Onkel Edelmiro, der Cellist, meinte nur: Von wegen Besorgung, der hat uns hier einen schönen Haufen hingesetzt und ist einfach verduftet.

Da sagte deine Großmutter Petrona, indem sie sich hinter ihrem geheimnisvollen Lächeln verschanzte: Alejandro, geh in die Küche und bring mir ein bißchen Stärke; und dabei hielt sie ihm das Schälchen hin, in das sie die Stärke tat, mit der sie das Deckblatt um die fertiggerollten Zigarren klebte, eine Bitte, die alle der Reihe nach aus der Fassung und zum Schweigen brachte, Stärke, in diesem Augenblick größten Schreckens. Doch während dein Onkel Alejandro, der Flötist, hinausging und wieder hereinkam, hatte dein Großvater Lisandro Zeit, aus dem Haus zu schlüpfen, was genau das war, was deine Großmutter Petrona gewollt hatte; und als der Flötist mit dem Schälchen Stärke zurückkam, meinte sie nur: »Besorgung, in dem Alter.«

Wie vorhergesehen, wurde die Unterredung weder nützlich noch angenehm. Dein Großvater Teófilo setzte deinen Großvater Lisandro ohne Guten Tag oder Wie geht es Ihnen auf das Sofa im Salon, Setzen Sie sich, doch er selbst, er blieb stehen, und hinter ihm stand dein Onkel Esaú, der Bauer; ein Sofa, das nun schon Geschichte hat, denn dort saß auch, wie man sich erinnern wird, jene Klägerin mit ihrem Kind im Arm, die eines Nachmittags gekommen war, Liebesbriefe und Fotos zu zeigen, die Widmungen in der Handschrift deiner Tante Victoria, der Verschwundenen, trugen.

»Ich will Sie nur von zwei Dingen in Kenntnis setzen«, sagte dein Großvater Teófilo, »zunächst, daß ich meine Tochter wieder nach Managua geschickt habe, ins gleiche Internat zurück, auch wenn sie nichts mehr zu studieren hat; und dann, daß Ihr Sohn die Grenzen dieses Ortes nicht verlassen darf, solange sie in Managua ist, oder bis ich Sie entsprechend benachrichtige. Wenn diese Bedingungen Ihnen nicht gefallen, dann ist dies der Augenblick, daß Sie es sagen können, damit ich sehe, welche Vorkehrungen ich gegen Sie zu meinem Schutz ergreife.«

Mit vor Empörung zitternder Stimme ließ dein Großvater Teófilo den halben Schaft seines Gehstocks mit dem Hundekopf blitzen. Hinter ihm stand, auf seiner Zigarre kauend, seinen Tropenhelm auf den Kopf gestülpt, dein Onkel Esaú, der Bauer, und nickte bei jedem Wort seines Vaters drohend mit dem Kopf; nicht nur hatte er dem Agronomen Eneas Razzetto in der Dunkelheit des Kinos eine geschmiert, sondern er hatte auch einen Mann getötet, erschossen, wie man noch erfahren soll.

Dein Großvater Lisandro schwieg und ertrug die harten Worte, wobei er mehrmals den gleichen Satz anhören mußte, bis er schließlich sagen konnte: Sind Sie nun fertig, Don

Teófilo? Ja, ich bin fertig, haben Sie etwas zu antworten? Ja, das habe ich. Na, dann reden Sie. Sie sind ein vermögender Mann, nicht wahr? Mein Geld habe ich nicht zum Verschenken, fuhr dein Großvater Teófilo auf. Und dein Großvater Lisandro antwortete, schon im Stehen: Ich habe Sie um nichts gebeten, da irren Sie sich, ich bin wahrhaftig kein Bettler. Ja, also. Ja, also, ich wollte Ihnen nur empfehlen, daß Sie Ihre Groschen zählen, denn Sie werden eine Menge ausgeben müssen. Ausgeben wofür? Dafür, den Ort mit Stacheldraht einzuzäunen, damit mein Sohn nicht wegläuft, denn das wird die einzige Art sein, um es zu verhindern. Mal seh'n, ob er sich traut, war das einzige, was dein Onkel Esaú sagte. Und dein Großvater Lisandro, der schon zur Tür ging, sagte nur noch: Einen guten Tag Ihnen beiden.

Der, den dein Onkel Esaú, der Bauer, getötet hatte, war ein Dieb, den er eines Nachts, als er aus dem Kino kam, im leeren Haus überraschte, denn wie jedes Jahr war auch diesmal gegen Ende der Schulferien die ganze Familie zur Sommerfrische auf San Luis, der Kaffeeplantage zwei Meilen vom Ort entfernt, dort, wo zum ersten Mal die Kaffeekipplore erprobt worden war.

Das Schlimmste von allem war gewesen, daß er, als er den Dieb schon an Händen und Füßen auf einem Küchenschemel gefesselt hatte und auf die Polizei wartete, plötzlich von Wut ergriffen wurde, aus seinem Kleiderschrank die Pistole holte und den Dieb kurzerhand und ohne nachzudenken über den Haufen schoß.

Noch in der gleichen Nacht holte man deinen Großvater von der Plantage, und Leutnant Sócrates Chocano, der ihn im hellerleuchteten Haus inmitten einer Menge Schaulustiger erwartete, sagte zu ihm: Don Teófilo, aus Rücksicht Ihnen gegenüber stelle ich Ihren Sohn nur unter Hausarrest. Und er antwortete: Auf keinen Fall, ich selbst werd ihn ins Gefängnis bringen; doch vorher schmeißen mir Ihre Soldaten diese ganzen Leute raus, das ist kein Fest und kein Theaterstück, ich bitte Sie.

Seinen Sohn am Arm führend, ging er zwischen den bewaffneten Wachen zur Tür; auf dem Gehsteig hielt er einen Augenblick inne, um sich mit dem Ärmel seiner Josef-Stalin-Jacke eine Träne zu trocknen, und dann brachte er, gefolgt von einer großen Prozession von Neugierigen, seinen Sohn aufs Kommando, wo er gefangen blieb, bis ihn, mehrere Monate später, ein Schöffengericht freisprach.

Tage- und nächtelang berieten die Schöffen in der Bürgermeisterei, einem alten Gebäude aus Lehmziegeln am Kirchplatz, in dem auch das Militärkommando untergebracht war, und solange es keinen Urteilsspruch gab, verharrte dort wieder eine neugierige Menge; die Menge vertrieb sich draußen die Zeit mit Kartenspiel und Schnapstrinken, als handele es sich um eine Totenwache, während drinnen eingeschlossen die Schöffen tagten, nicht hinausdurften, bis der Urteilsspruch gefunden war, und auf Feldbetten schlafen und den von zuhause mitgebrachten Nachttopf benutzen mußten.

Als dein Großvater von der Unterredung zurückkehrte, gab es von neuem aufgeregtes Stimmengewirr, und er konnte kaum die Geschichte vernünftig erzählen, denn dauernd unterbrach man ihn und ließ ihn sich nicht setzen noch zu Ende berichten; deine Großmutter Petrona aber, die inzwischen fünf Packen Zigarren gedreht hatte, hörte wieder nur zu, ohne etwas zu sagen, und sang nur ab und zu das Liedchen vor sich hin, mit dem sie immer ihre Arbeit begleitete:

Jetzt ist die Seife alle
was wollen wir da tun …

Schließlich stellten sie deinem Großvater Lisandro einen Schaukelstuhl in die Mitte des Salons, in dem alle anderen Stühle weggerückt wurden, und fragten ihn wieder und wieder dasselbe, deine Tante Adelfa brachte ihm ein Glas Wasser, deine Tante Azucena bat ihn, den Anzugrock auszuziehen, damit er nicht umkäme vor Hitze, erregt und verletzt die Brüder, von den Schwestern ganz zu schweigen, waren doch Hochmut und Verachtung ganz und gar fremd in diesem immer vergnügten Hause, in dem die normalen Proben des Orchesters Ramírez zu poetischen Veranstaltungen wurden und als Tanzabende endeten, Duette und mehrstimmige Chöre, ein Menuett und ein Fado, ein *tango apache*, eine Habanera, bei denen deine Tante Leopoldina, die gern die Petrocelli gewesen wäre, mit den Kastagnetten klapperte und sich die tanzenden Paare in den engen Räumen drängten, bis sie in ihren Figuren und Schleifen mitten auf der Straße ankamen, all das nur, damit jetzt, in diesem selben Hause, das Unglück seine traurigste Melodie aufspielte.

Hast du ihm wirklich das mit dem Stacheldraht gesagt, Papá, ganz im Ernst? fragte in weinerlichem Ton deine Tante Leopoldina, und er antwortete, indem er sich mit den Stiefelspitzen zum Schaukeln abstieß: Was denkst du denn? Daß ich nur gegangen bin, um mich schelten zu lassen und euch dann Märchen zu erzählen? Und das wäre noch Stunden so weiter gegangen, hätte sich nicht aus der Ecke, wo sie weiter ihre Zigarren drehte, die fröhliche Stimme deiner Großmutter Petrona hören lassen:

»Na, nun soll aber Schluß sein mit dem Gejammer und Geheule, und ihr sollt wissen, daß die Besorgung, die Pedro gerade macht, seine Trauung in Managua ist; mit dem Morgenzug ist er gefahren, im gleichen wie die Braut, nur daß er, als es noch dunkel war, mit dem Pferd vorausritt, um den Zug in Niquinohomo zu besteigen, und Don Teófilo, der merkte nichts davon, wie sollte er auch, das war ja der Sinn der Sache; während er hier seine Tochter verabschiedete, wartete dort schon unser Pedro auf sie.

Da ließen die Kinder deinen Großvater Lisandro in seinem Schaukelstuhl allein und liefen und umringten sie, das müsse sie alles noch einmal erzählen und ganz langsam, wie war das gewesen? Einmal will ich es euch noch erzählen, und paßt genau auf, ich habe meine Zeit nicht gestohlen, sagte sie und lachte dabei vergnügt, lachte über deinen Großvater Teófilo, über wen denn sonst?

Und so erfuhr man, was deine Großmutter Petrona schon längst wußte, nämlich daß sich die Liebenden zur gleichen Stunde in der Kapelle des erzbischöflichen Palastes in Managua vermählten, denn zu allem Überfluß konnte nur der Erzbischof, Monsignore José Antonio Lezcano y Ortega, eine solche Trauung vornehmen, unter besonderen Bedingungen, darf man doch nicht vergessen, daß Pedro, der Kaufmann, gläubiger Katholik war, seine Braut Luisa aber baptistische Protestantin.

Der einzige glückliche Trauzeuge dieser Hochzeit war dein Onkel Teófilo, der, der dem Pater Misael Lorenzano nach dem Filmstar Robert Taylor glich, und der damals in Managua Buchhaltung lernte. Glücklich deshalb, weil es kein Glück seiner Schwester Luisa gab, daß nicht auch sein Glück war, und umgekehrt, so nah standen sich die beiden in geschwisterlichem Umgang und Vertrautheit.

Und da geschah es, daß, als sie schon vor dem Altar standen, der Erzbischof sich darauf versetzte, Luisa, die Braut, von ihrer baptistischen Religion abzubringen, und sie sagte, nein, auf keinen Fall, während Pedro, der Bräutigam, ihr beistand, weshalb das denn, und der Erzbischof meinte schließlich: Wenn sie nicht konvertiert, dann traue ich euch nicht, die Braut knie nieder und spreche mir nach: Ich unterwerfe mich dem Gebot der Heiligen Mutter Kirche, ich unterwerfe mich dem Papsttum Seiner Heiligkeit, Papst Pius XII, ich lehne von ganzem Herzen jede andere Religion als falsch und unrein ab, lehne sie ab als Teufelswerk, mit allem, was ich bin und hab. Also weder unterwirft sie sich, noch kniet sie nieder, noch heiraten wir, sagte darauf Pedro, der Bräutigam; dann nahm er sie beim Arm und zog sie fort, während dein Onkel Teófilo ihnen unter schallendem Gelächter folgte, ein Lachen lauter perlmuttblitzender Zähne.

Zu der Zeit, als Pedro, der Bräutigam, Wächter des Steueramtes von Diriamba war, gab es dort an der Pfarrkirche einen gewissen Pater Melico Bellorino. Beide wohnten in der gleichen Pension und buhlten um die Gunst des Mädchens, das den Pensionsgästen das Essen auftrug, ein versteckter Streit, denn die Rivalität zwischen einem Priester und einem Zivilisten sollte doch nicht öffentlich werden; doch deshalb unterließ es der Priester noch lange nicht, seine Eifersucht zu zeigen, indem er sich während des Mittagessens bei der Eigentümerin beschwerte, das Mädchen habe dem anderen zwei Hühnereier in die Suppe getan, wo doch für jeden Esser nur ein Ei vorgesehen war.

Als er nun also in hellem Zorn auf die Straße stürzte, am Arm Luisa, die Braut, mit sich ziehend und ohne auf die beruhigenden Worte deines Onkels Teófilo zu hören, dem das Perlmuttlachen jetzt aus den Augen blitzte, da traf er im Vorraum des bischöflichen Palastes jenen Pater Melico Bellorino, der inzwischen zum Vikar des Erzbischofs befördert worden war und rosiger und stattlicher aussah als zuvor, in seiner Soutane aus der feinsten Wolle und mit purpurroten Knöpfen, Lackschuhen und mit 4711 »Echt Kölnisch Wasser« parfümiert, daß man es meilenweit riechen konnte. Sie begrüßten sich, Pedro berichtete dem Pater von der gescheiterten Hochzeit, der Pater warf einen raschen Blick in die Runde, um sicherzugehen, daß auch niemand zusah, befahl deinem Onkel Teófilo, nichts von dem zu berichten, was er jetzt sehen würde, ließ das Paar auf dem nackten Fußboden niederknien und gab ihm rasch einen flüchtigen Segen.

»Ihr seid verheiratet, nun geht schon«, sagte er dann.

»Und gilt das denn auch wirklich?« fragte, noch auf den Knien, Pedro, der Bräutigam.

»Jetzt soll es wohl noch was Besonderes sein? Na, steh schon auf«, antwortete der Priester.

»Alles, was der Liebe dient, gilt auch«, sagte da dein Onkel Teófilo, lachte wieder mit blitzenden Augen und Zähnen und verabschiedete sich von den beiden, eine Umarmung für Pedro, den Bräutigam, ein Kuß für Luisa, die Braut.

Und als sie schon beim Gehen waren, glücklich verheiratet auf diese Weise, doch verheiratet, ohne daß Luisa, die Braut ihren Glauben aufgeben mußte, da sagte der Pater Melico Bellorino noch zu seinem früheren Rivalen: Du schuldest mir immer noch ein Ei, Pedrito, glaub nur nicht, ich hätte das vergessen.

Zum zweiten Male wurde Pedro, der Bräutigam, puterrot, als er die vorwitzige Bemerkung hörte, und als Luisa, die Braut, ihn fragte, während sie auf der Straße nach einer Kutsche suchten, die sie ins Hotel »Colón« brächte, was das mit dem geschuldeten Ei auf sich habe, stieg ihm die Röte ein drittes Mal ins Gesicht, und er meinte nur: Achte gar nicht darauf, das ist wohl eine Marotte von diesem Priester, was weiß ich; doch für sich selbst dachte er: der soll mit den beiden zufrieden sein, die er hat, wenn er sie nur gut gebraucht, was ich vermute, vor allem jetzt, wo er Vikar ist, denn es wäre wohl zuviel des Guten für einen Schürzenjägerpriester wie den hier, wenn er statt zweien drei baumeln hätte.

»Das hättest du mir auch vorher sagen können«, beschwerte sich dein Großvater Teófilo aus seinem Schaukelstuhl heraus. »Du hast ohne Not zugelassen, daß man mich demütigt.«

»Wart nur ab, bis Don Teófilo das Telegramm erhält, das ihm Pedro schicken wollte«, antwortete deine Großmutter Petrona. »Ein Telegramm mit nur zwei Worten, um zu sparen: HABEN GEHEIRATET. Dann woll'n wir mal seh'n, wer hier wen demütigt.«

Nun war dein Großvater Lisandro zwar kein Mann, der jähzornig schreckliche Rache ersann; doch wenn deine Großmutter mit jener Heirat die ihre gehabt hatte, dann wollte er seine eigene wohl haben, ohne großes Aufsehen. Und so ging eines Nachmittags, nachdem er sich mit seinem Orchesterdirektor zu diesem Streich verabredet hatte, Lucas Velero, der Gerichtsschreiber und Musiker mit dem Gummirüssel, von Haus zu Haus und lud per Vorladung eine ganze Liste angeblich unehelicher Kinder deines Großvaters Teófilo vor, die man ihm, dem protestantisch Enthaltsamen, in großer Zahl nachsagte; Fehltritte, natürlich, von denen deine Großmutter Luisa nicht die geringste Ahnung hatte, die, weil sie nie auf die Straße ging, nichts wußte von Liebesabenteuern und ähnlichen Perversitäten.

Lucas Velero verteilte Vorladungen an Josías, den Tischler, in seiner Sargtischlerei im Veracruz–Viertel; an Graciana »Jilinjoche« in ihrer Schlachterei im Viertel Jalata; an Eleuterio »Schmutzigwort«, den Tuba- und Posaunenspieler, an Tobias »von der nackten Haut«, den Schuster, an Ireneo »aus der Dunkelheit« und an viele andere mehr, ob nun jene Vermutungen stimmten oder nicht, was sie in einigen Fällen wohl taten und in anderen nicht; und in der Vorladung wurde ihnen bedeutet, sich zu der und der Stunde an dem und dem Tage direkt im Hause deines Großvaters Teófilo einzufinden, um den ihnen zustehenden Teil der Erbschaft in Empfang zu nehmen, den sie, ohne weitere Formalitäten und ohne auf den Tod des Verebenden zu warten, in bar erhalten sollten.

Das mußte man gesehen haben, wie die glücklichen Erben im Hause deines Großvaters Teófilo ankamen, ein jeder im besten Sonntagsstaat, und er, der in seinem Salon saß und die Zeitung las, sah sie eintreten und sich still setzen, in Erwartung der Erbteilung, und da war schon eine ordentliche Zahl Leute versammelt, als beim lauten Streit und Ärger deine Großmutter Luisa nach vorn kam, denn als erst einmal die Vorhaben geklärt und die Ansprüche zurückgewiesen waren, begannen die Vorwürfe, es stimmt, daß Sie mein Vater sind, leugnen Sie's doch nicht, sehen Sie denn nicht an meinem Gesicht, wie sehr wir uns ähneln, meine Mutter haben Sie gegen ihren Willen gezwungen, als sie zum Wäschewaschen an die Lagune ging, und warum haben Sie uns überhaupt rufen lassen, wenn Sie nicht daran dachten, Ihr Versprechen einzuhalten. Und es soll hier nicht davon die Rede sein, wieviel Mühe und Ärger es deinen Großvater Teófilo kostete, deine Großmutter Luisa wieder zu beruhigen, die ohne Ansehen der Person alle dort Versammelten hinauswarf und wochenlang kein Wort und keinen Blick mit ihrem Manne wechselte.

Und so redeten sie, Schwiegermutter und Schwiegersohn, und der Schwiegersohn sagte gerade, einverstanden, sie solle auf den Laden achtgeben, bis er von seinen Besuchen vor dem Ball zurück sei, als Pater Misael Lorenzano auftauchte.

Pater Misael Lorenzano mochte die Protestanten nicht einmal von weitem sehen. Höchstpersönlich ging er an der Spitze der Prozessionen von Gläubigen, die zur Stunde des Gottesdienstes die Kirche der Baptisten belagerten, Belagerungen, die oft genug mit Steinwürfen gegen die Kirche endeten, und manchmal auch mit Schlägereien, denn jetzt kamen die, die drinnen waren, heraus, um sich zu verteidigen, nicht mehr wie früher, als sie keine eigene Kirche hatten und sich zum Gebet im Hause irgendeines Bruders versammelten und vor dem Angriff über die Hinterhöfe fliehen mußten, wie es ganz zu Anfang gewesen war, als sie im Hause deines Großvaters Teófilo beteten, das auch nicht selten belagert und gesteinigt wurde, zu der Zeit, als er die Baptistische Kirche von Masatepe gründete und er die ersten mutigen Soldaten Luthers und Jakobs, wenn überhaupt, unter den Viehtreibern, Knechten und Melkern seiner Hacienda rekrutierte, die ihm schlecht nein sagen konnten.

Pater Misael Lorenzano grüßte deine Großmutter Luisa mit einem Kopfnicken, und nicht nur zum Zeichen seiner Hochachtung machte er die Zigarette aus, die er glimmend in der Hand trug. Sie lächelte daraufhin herausfordernd, denn bei all ihrer Zurückhaltung verstand sie es, herausfordernd zu sein; und dann verschwand sie wieder durch die Tür zwischen den Regalen, unter dem Porträt von Winston Churchill.

Dieses Bild hing dort, weil zu Beginn dieses selben Jahres 1942 Pedro, der Kaufmann, im Namen des eben gegründeten Lions Club von Masatepe einen Brief an Winston Churchill geschrieben hatte, in dem er ihn für die Verteidigung der Demokratie beglückwünschte und ihn gleichzeitig um sein

Porträt mit Unterschrift bat, wie es sich gehört mit Glas und Rahmen.

Als bekannt wurde, daß dieser Brief geschrieben worden war, denn in Masatepe wurde immer alles bekannt und beredet, amüsierte man sich gehörig auf Kosten des Absenders, angefangen bei deinen Onkeln, den Musikern, die inzwischen ihre Treffen von den Kirchenstufen in den gerade eröffneten Laden verlegt hatten, was wird man denn in England wissen, wo Masatepe liegt, wir sind hier doch am Arsch der Welt, was soll denn Winston Churchill um einen Brief von dir geben, der zerreißt ihn und wirft ihn weg, als ob er soviel Zeit hätte, dir sein Porträt schicken zu lassen, und du verlangst ja kaum was, mit Glas und Rahmen, und außerdem hat er ja gar keine Zeit, sich ablichten zu lassen, weißt du denn nicht, daß London Tag und Nacht bombardiert wird, und angenommen, er schafft es tatsächlich, sich konterfeien zu lassen und dir das Foto unterschrieben zuzusenden, dann sind da noch die deutschen U-Boote, die versenken laufend alliierte Schiffe im Atlantik, frag mal deinen Schwiegervater Don Teófilo, so daß auf alle Fälle dieses Bild nie übers Meer kommt.

Eines Nachmittags wurde jedoch die bekannte Diskussion der Brüder im Laden von Pedro, dem Kaufmann, durch die unvorhergesehene Ankunft zweier Engländer unterbrochen, häßlich, mit großen Zähnen und abstehenden Ohren, in kurzen Hosen und Kniestrümpfen und mit Tropenhelmen auf dem Kopf wie dem, den dein Onkel Esaú, der Bauer, immer trug. Sehr vorsichtig trugen sie das Konterfei von Winston Churchill, mit Glas und Rahmen, wie es sich gehört. Und es muß erwähnt werden, daß der Menschenandrang auf der Straße und an den Ladentüren immer größer wurde, während man Schlange stand, um aus der Nähe Widmung und Unterschrift von Winston Churchill auf dem Foto zu betrachten, eine Schlange, die noch nicht aufhörte, als sich die beiden Engländer verabschiedeten, weil sie den Vier-Uhr-Zug nicht verpassen wollten.

»Wie seh' ich aus?« fragte der Wüstenbeduine Pater Misael Lorenzano, als deine Großmutter Luisa gegangen war; dabei drehte er sich auf den Absätzen, rückte sich die Kordel des Haik zurecht, strich sich die Tunika glatt und faßte sich an den Holzdolch im Gürtel. Und Pater Misael Lorenzano sagte, indem er aus der Tasche seiner Soutane Feuerzeug und Zigarettenschachtel zog, die er dann glattstrich, weil nur noch eine Zigarette darin war: »So dünn, wie du bist, hast du ohne Zweifel die Figur eines Wüstenbeduinen, wie die, die nichts als Sand schlucken. Doch eins fällt mir auf, du hast dich ziemlich früh verkleidet; um wieviel Uhr ist denn der Ball? Ist er nicht erst um neun?«

Und der Wüstenbeduine geht her und erklärt ihm, daß er vorher noch gewisse Dinge zu erledigen hat, nachsehen muß, ob Doktor Santiago Mayor, der Geburtshelfer, aus Masaya zurück ist, wo er seine dritte Frau, Priscila Lira, bestatten wollte, die er im Wagen erster Klasse mitgenommen hat, und dann noch einen Besuch abstatten muß und deshalb lieber schon verkleidet ging, für den Fall, daß es ihm spät würde.

»Und was für ein Besuch ist das denn?« fragte wie nebenbei Pater Misael Lorenzano.

»Ein Besuch halt«, wich der Beduine aus.

»Wie geht es denn Luisa?« fragte da Pater Misael Lorenzano und ließ es ihm durchgehen.

»Die ist in Sorge, das Dummerchen, weil ein Telegramm von ihrem Bruder eingetroffen ist, in dem er meldet, daß er mit dem Flugzeug zu den Minen von Siuna fliegen wird«, sagte der Beduine. »Ich hab' ihr schon gesagt, sie soll sich keine Sorgen machen, um diese Zeit ist er sicher schon längst da.«

»Hoffentlich kommt dieser Teófilo Mercado, so stattlich wie er ist, gesund und munter an sein Ziel«, seufzte Pater Misael Lorenzano.

»Ich für mein Teil wäre nicht so dumm, ein Flugzeug zu besteigen«, meinte der Beduine.

»Es ist wunderbar, mit dem Flugzeug zu fliegen, vertu' dich nicht«, entgegnete Pater Misael Lorenzano. »Und wenn dir einmal schlecht wird, dann ist vor jedem Sitz eine Tüte zum Erbrechen.«

»Was meinen Sie, Pater, soll ich meine Frau so kurz vor der Geburt allein lassen und zum Ball gehen?« fragte da der Beduine.

»Na, sieh mal, wann du mich das fragst, du bist doch schon längst fertig und verkleidet«, antwortete der andere.

Pater Misael Lorenzano hätte ihm jetzt eigentlich gern, dazu war er nämlich gekommen, ohne weitere Umschweife gesagt: Auch wenn du es mir nicht gestanden hast noch je gestehen wirst, weiß ich sehr wohl, daß du nur darauf wartest, daß ich wieder verschwinde, damit du dich verdünnisieren und zu deiner Unterhändlerin Amantina Flores gehen kannst, um zu erfahren, ob sie schon eine Nachricht hat von Telémaco Regidor, denn durch sie hast du ihn bitten lassen, zum Ball zu kommen, damit ihr zwei dort verkleidet miteinander reden könnt, glaubst du doch, daß du ihn bei dieser Unterredung mitten beim Fest wirst überzeugen können, allein dadurch, daß ihr so alte Freunde seid, ich sag dir aber, daß das nicht klappen wird, du wirst ihn nicht überzeugen, und was für ein Unsinn ist das auch zu meinen, daß euch so verkleidet keiner kennt, wo doch alle Eingeladenen gespannt auf das sind, was ihr zu bereden habt, viele gehen nur deshalb hin, denken sich noch rasch Kostüme aus, es ist schon in aller Munde, daß die Gefangene ihr Gefängnis verlassen und in Trauerkleidern in den Saal treten wird wie Anna Boleyn am Fuß der Richtstätte, und ich kann dir sogar sagen, was das verabredete Zeichen für den Fall ist, daß die Angelegenheit ins reine kommt.

Doch sich seiner eigenen Feigheit bewußt, zog es Pater Misael Lorenzano vor, sich noch ein wenig Zeit zu geben. Er trat an eins der Regale, nahm eine Schachtel »Valencia«-Zigaretten, öffnete die Schublade für das Geld, legte einen Zwei-Córdoba-Schein hinein und sagte, während er sein Wechselgeld zählte:

»Schließlich haben die drei Hexenschwestern doch noch ihren Willen bekommen. Ich habe ihnen die Totenmesse in der Kirche nicht verweigern können.«

Was kümmert's Sie denn, Pater, hätte der Beduine antworten müssen, davon leben Sie doch, dafür bezahlt man Sie; oder haben Ihnen die drei etwa nicht die Messe ihrer Hexenmutter bar bezahlt? Denn wenn Sie ihre Totenmesse umsonst gebetet haben, dann schließen Sie besser Ihr Geschäft mit dem »Pater Noster« und dem Weihwasser. Doch tatsächlich war er mit seinen Gedanken weit entfernt vom Begräbnis der Diocleciana Putoya, die sie zur Stunde wohl schon in die Grube hinabließen. Natürlich haben sie bezahlen müssen, und zwar teuer, hätte lachend Pater Misael Lorenzano geantwortet. Und das Geld haben Sie genommen, obwohl es damit verdient worden ist, den Leuten Kröten auf die Bäuche zu setzen? hätte der Beduine, gleichfalls lachend, da versetzt.

Und dann hätte, nach einem langen Zug aus seiner Zigarette, Pater Misael Lorenzano, plötzlich ganz besorgt, gemeint, daß es das Kirchengesetz verböte, diese Leiche, weil sie unrein sei, denn Kräuterhexen seien alle unrein, in die Kirche zu lassen; und wenn man in Managua davon erführe, dann könnte ihn die bischöfliche Kurie hart bestrafen lassen.

Niemand wird in Managua davon erfahren, und außerdem ist es wohl besser so, diese drei Frauen, Altagracia, Deogracia und Engracia, die »Guabine«, soll man sich lieber nicht ohne Not zu Feinden machen, die vielleicht nicht als Zauberinnen, wohl aber wegen ihres losen Mundwerks sehr zu fürchten sind und gegen Sie alle möglichen Geschichten, Verleumdungen und Lügenmärchen in Umlauf bringen könnten, hätte der Beduine darauf gesagt und dabei an nichts anderes gedacht als an die Andeutungen, die hinter vorgehaltener Hand deine Onkel, die Musiker, über das zu machen pflegten, was sie die Schwäche des Paters Misael Lorenzano nannten.

Dein Onkel Edelmiro, der Cellist, war zwar derjenige, der am meisten in der Sache nachbohrte, verteidigte ihn jedoch am Schluß dann immer, indem er sagte: Es stimmt wohl, daß es eine Schwäche ist, doch nicht wie die Schwäche des Italieners Eneas Razzetto, das ist eine vollständige Schwäche; die Schwäche von

Pater Misael Lorenzano ist es nur bis zu einem bestimmten Punkt, besteht sie doch nur darin, von weitem Figuren und ihre Haltungen zu bewundern und sie sogar zu segnen, wie er von weitem die Figur und Haltung von Teófilo Mercado Junior segnete, als er auf seinem Motorrad an der Kirche vorbeifuhr und im Beiwagen mit wehendem Haar seine Schwester Luisa saß. Und bei anderen Anlässen besteht seine Schwäche darin, von nahem zu betrachten und sogar zu messen, doch da verwandelt seine Schwäche sich in Stärke, die darin besteht, nie zu berühren. Was für ein Rätselreim ist das denn jetzt? fragten da die anderen. Und er antwortete, wieder ganz ernst geworden: Mit Rätselraten hab' ich nichts zu tun.

So schwiegen Priester und Beduine vor sich hin, als plötzlich, seine Klarinette in der Hand, dein Onkel Eulalio, der Klarinettist, angelaufen kam, wie man schon weiß, der Jüngste der Musikerbrüder, der gern auf Bäume steigt, um zu beobachten, was er nicht soll und ihm nicht guttut. Er holte nur kurz Luft und sagte dann: Am Friedhofstor zerbrach der Sarg der Hexenmutter. Was soll das heißen, er zerbrach? fragte der Beduine. Ganz einfach so, sie trugen ihn, man hörte ein Geräusch von berstendem Holz und Kraaach, da brach er. Und die Sargträger? Die ließen den mitten durchgebrochenen Sarg auf dem Boden stehen und liefen weg, so schnell sie konnten. Und die Leiche? Da liegt die Hexenmutter auf dem Boden, steif und in ihr Leichentuch gewickelt. Und die drei Hexentöchter? Die stehen neben dem Friedhofstor und weinen sich die Augen aus.

Das mit der Hexenmutter, die auf dem Weg zum Friedhof aus ihrem halbzerbrochenen Sarg fällt, ist das nicht etwas, was der Beduine am Grund des Wassers seiner Erinnerung auszumachen meint, etwas Bekanntes, eine tief unten aufbewahrte Erinnerung, die jetzt in Bewegung kommt, weil das Wasser aufgewühlt wird? Er suchte eine Stimme, die ihm das alles eines Tages angekündigt hatte, eine Stimme, die in der Hitze eines heißen Nachmittags am Ufer einer Lagune eine Prophezeiung ausstieß, doch er suchte sie umsonst, denn er fand die Stimme nicht mehr, fand nicht mehr den heißen Nachmittag und auch nicht die Lagune, und ging deshalb zu anderen Themen über.

»Und die Musiker?« fragte er. Die Musiker waren ebenfalls erschrocken davon gelaufen, dein Großvater Lisandro, die Geige in der Hand, an ihrer Spitze, Eleuterio »Schmutzigwort« war im Lauf ausgeglitten und hatte seine Tuba verbeult, dem Lucas Velero fiel der Stengel seiner Bombarde zu Boden, Pauke und Trommel kullerten einen Abhang hinunter, es war wie das Jüngste Gericht, viel schlimmer noch als der Zwischenfall bei dem nächtlichen Ständchen, als plötzlich Macabeo Regidor auftauchte und in die Luft schoß.

So von der Neuigkeit in Anspruch genommen, über die der eine berichtete und die anderen beiden fragten, brauchten sie eine Weile, um gewahr zu werden, daß Don Avelino Guerrero wieder im Laden stand, wie zuvor das gestreifte Handtuch um den Kopf geschlungen. Noch einmal kam er und wollte um den Preis der Kerzen für seinen Altar für Emiliano Chamorro, den »Cadejo«, feilschen.

»Sie sind an allem schuld«, sagte er wütend zu Pater Misael Lorenzano. »Das war eine große Gotteslästerung, diese Leiche ins Haus Gottes einzulassen.«

»Und Sie stiften dem ›Cadejo‹ Kerzen, als sei er ein Heiliger, das nenne ich erst Gotteslästerung«, ereiferte sich Pater Misael Lorenzano und stieß durch Nase und Mund Rauch aus.

»Jetzt suchen sie nach einem neuen Sarg«, meldete, noch ganz erschrocken, dein Onkel Eulalio, der Klarinettist, und schüttelte dabei die Spucke aus seiner Klarinette.

»Wozu wollen sie denn überhaupt auf einen neuen Sarg warten? Sollen sie sie doch einfach so ins Loch werfen«, meinte der Beduine.

»Gott zeigt sich uns in diesem übernatürlichen Vorgang, um uns daran zu erinnern, daß er mit Hexen oder Hexereien nichts im Sinn hat«, sagte Pater Misael Lorenzano.

»Wer damit was im Sinn hat, weiß ich wohl. Sind Sie es nicht gewesen, der eine Totenmesse für diese Hexe in der Kirche gehalten hat?« fuhr ihn Don Avelino Guerrero an.

»Ich kann niemandem ein Sakrament verweigern!« erzürnte sich jetzt Pater Misael Lorenzano.

»Gleich heute will ich einen Brief an den Erzbischof schreiben und ihm melden, was Sie da getan haben«, drohte ihm Don Avelino Guerrero.

»Mal seh'n, ob Sie wirklich das Geld für das Porto ausgeben«, machte sich Pater Misael Lorenzano über ihn lustig. »Eher holt man doch einen Furz aus einer Statue als aus Ihnen das Geld für eine Briefmarke.«

Bei diesen Worten kam auf der Straße der neue Sarg vorbei, so schnell sie nur konnten, trugen ihn Josías, der Tischler, und seine drei Söhne.

Weil Josías, der Tischler, in der Karzeit im Passionsspiel, das Pater Misael Lorenzano nach dem Libretto von Pérez Escrich aufführte, die Rolle des Judas Ischariot spielen mußte, ließ er sich das ganze Jahr über einen wüsten, wirren Bart stehen, der zum Bild des größten aller Verräter paßte; seine drei Söhne, die ihm in der Tischlerwerkstatt halfen, spielten den Nikodemus, Samuel von Belibet und Simon aus Kyrene; und auch sie mußten wegen ihrer Rollen das Haar immer lang und lockig tragen.

Sie hatten nicht einmal Zeit gehabt, den Sarg zu lackieren; auf dem frischen Holz sah man gut die Spuren des Hobels.

»Gibst du mir jetzt die Kerzen für einen halben Groschen?« fragte Don Avelino Guerrero den Beduinen.

»Da fällt eine Tote aus ihrem Sarg, und Sie sorgen sich um Ihre Kerzen«, antwortete der Beduine.

»Dein Beruf ist das Verkaufen, und nicht, die Kunden auszuschimpfen«, meinte daraufhin Don Avelino Guerrero.

Der Beduine wollte schon sagen, daß er keine Kerzen habe, daß aus Granada keine gekommen seien, daß er aufhören solle, lästig zu sein, als er bemerkte, wie der Alte, als rufe ihn jemand, zu einer der Ladentüren ging und langsam den Kopf in Richtung seines Hauses drehte, das, wie man weiß, eine ganze Straßenecke auf der anderen Seite des Platzes einnahm und dessen Veranda, wo er auf blumengeschmücktem Altar den Passanten das Bild des »Cadejo« zur Verehrung darzubieten pflegte, zwischen den Genízaro- und Guarumostämmen hindurch gut zu sehen war.

»Das Bild!« rief Don Avelin Guerrero aufgeregt.

Von weitem konnte man in der Abenddämerung sehen, wie jemand das Bild des »Cadejo« über den Kopf gehoben hatte, in der klaren Absicht, es über das Geländer auf den Bürgersteig zu werfen.

»Es ist ihr eigener Bruder, ›der Kaiser Maximilian‹! Er will das Bild auf die Straße werfen!« rief dein Onkel Eulalio, der Klarinettist.

»Das tut er nur aus Rache, er sagt, ich hätte ihm die Besitzurkunden des Meeres gestohlen«, sagte Don Avelino Guerrero und hob mit einer resignierten Geste die Hände.

»Gehen Sie lieber rüber, vielleicht können Sie ihn ja noch aufhalten«, sagte der Beduine zu ihm, nahm ihn beim Arm und zwang ihn, die Stufen hinabzusteigen.

Don Avelino Guerrero entfernte sich eilig. Er versuchte zu laufen, um rechtzeitig drüben anzukommen und das Bild zu retten, doch seine Füße ließen es nicht zu.

»Neulich wollte ›der Kaiser Maximilian‹ wegen der gleichen Geschichte mit den Urkunden schon das Haus dort drüben anzünden«, sagte dein Onkel Eulalio, der Klarinettist. »Mit einer Kerze vom Altar des ›Cadejo‹ steckte er die Kleider im Schrank an, und beinahe hätten die Flammen das Dach erreicht.«

»Und du warst sicher wieder mal zur Stelle«, meinte der Beduine. »Du bist immer überall da, wenn's um ein Unglück geht.«

Alle Arten von Unglück, dachte der Beduine. Dein Onkel Eulalio, der Klarinettist, war es gewesen, der, ohne daran zu denken, daß Abendessenszeit war, weshalb allen der Bissen in der Kehle steckenblieb, berichtete, daß er deine Tante Leopoldina im Botanischen Garten dabei überrascht hatte, wie sie auf Knien den Telémaco Regidor anflehte, er möge sie heiraten, weil sie schwanger sei.

Was dein Onkel Eulalio, der Klarinettist, so weit vom Ort entfernt verloren hatte, allein und zu so später Stunde, war nicht mehr Gegenstand von Verhör oder Bestrafung, ließ doch, was kam, nichts anderes mehr zu, deine Tante Leopoldina schwanger, die Älteste ihrer Tochter verirrte sich so in ihrem Alter, fast schon mit vierzig, so klang der erregte Vorwurf deiner Großmutter Petrona, und das machte die Strafe härter, als wenn es sich um eine Halbwüchsige gehandelt hätte. In ihre Kammer eingeschlossen sollte sie niemals mehr herauskommen.

»Dieser Höllenhund, dieser ›Cadejo‹, erscheint der wirklich in der Dunkelheit den Ehebrechern?« fragte dein Onkel Eulaio, der Klarinettist.

»Ehebrecher! Wo hast du denn dies häßliche Wort her?« schalt ihn lächelnd Pater Misael Lorenzano.

»Weil er seine Nase überall hineinsteckt und alles sieht und alles mitbekommt, sogar noch Schweinereien, die man nicht erzählen kann«, sagte der Beduine und dachte an die Geschichte mit der eingeseiften Muschi.

»Ich wünschte, sie wär wahr, die Legende mit dem ›Cadejo‹, damit ein paar Ehebrecher, die ich kenne, endlich ruhiger würden«, meinte Pater Misael Lorenzano und spielte zweifellos auf deinen Onkel Edelmiro, den Cellisten, an.

»Macabeo Regidor ist grad' vorbeigekommen, um anzukündigen, daß es kein Kostümfest geben wird«, sagte da der Beduine.

»Weshalb das denn?« fragte Pater Misael Lorenzano.

»Wegen eines Trauerfalls«, antwortete der Beduine.

»Ein lästiger Mensch, dieser Telémaco Regidor«, sagte Pater Misael Lorenzano. »Doch schön wär's, wenn dieses Fest ohne irgendeinen Unglücksfall abgesagt wird.«

Und was er weiter sagen wollte, war: Dieser Plan, den du dir ausgedacht hast, ist schon zum Scheitern verurteilt, bevor du überhaupt begonnen hast, ihn in die Tat umzusetzen, dein Stolz wird arg verletzt werden, ich befürchte sehr, daß dieser Telémaco Regidor nicht im Traum dran denkt, zum Ball zu gehen, und deine Schwester Leopoldina wird noch einmal Opfer einer grausamen Enttäuschung. Was geschehen ist, ist geschehen, da ist nicht mehr viel zu ändern, doch setz die arme Frau nicht weiterer Demütigung aus.

»Heute mittag machte sich Telémaco Regidor in der Wirtschaft der ›Gluckhennen‹ über die Ehre meiner Schwester Leopoldina lustig«, sagte da plötzlich dein Onkel Eulalio, der Klarinettist.

»Jetzt treibst du dich schon in Kneipen rum?« schalt ihn der Beduine. »Das wird noch schön enden mit dir.«

»Laß ihn nur«, unterbrach da Pater Misael Lorenzano, »na, erzähl mal, wie war das denn?«

Doch dein Onkel Eulalio, der Klarinettist, meinte nur wütend, er würde gar nichts mehr erzählen; und es stimme nicht, daß er sich in Kneipen herumtreibe und daß er nie einen Fuß in die Wirtschaft der »Gluckhennen« gesetzt habe. Diesen Namen hatte Pedro, der Kaufmann, den beiden Schwestern Clotilde und Matilde Potosme gegeben, weil sie so pummelig und stolz einhergingen, weil sie gackerten, wenn sie sich unterhielten, und mit aufgeplusterten Flügeln von Tisch zu Tisch liefen, wenn sie die Gäste bedienten, lange bevor sie sich im Bett Camilo, den fliegenden Küster, aufteilten.

»Ich glaub dir ja, daß du dich nicht in Kneipen rumtreibst«, sagte Pater Misael Lorenzano. »Von wem hast du es denn gehört?«

»Von Eleuterio ›Schmutzigwort‹, vorhin, als wir in der Kirche bei der Messe für die Hexenmutter spielten«, antwortete dein Onkel Eulalio, der Klarinettist.

»Das erfindet Eleuterio ›Schmutzigwort‹ bestimmt, weil die Leopoldina ihn nicht hat erhören wollen«, meinte der Beduine.

»Wart ab, laß ihn nur mal berichten, was Eleuterio ›Schmutzigwort‹ ihm da erzählt hat«, sagte Pater Misael Lorenzano.

Und da wiederholte dein Onkel Eulalio, der Klarinettist, genauso wie er es von Eleuterio »Schmutzigwort« gehört hatte, daß Telémaco Regidor, völlig betrunken, in der Wirtschaft der »Gluckhennen« geprahlt hätte, er warte nur darauf, daß diese Leopoldina das uneheliche Kind zur Welt brächte, das er ihr angedreht hätte, um ihr gleich wieder eins zu machen, denn er brauche sie nur zu rufen, dann würde sie gleich hergelaufen kommen, ohne all diesen Schnickschnack mit Schleier und Brautkleid, denn von Liebespaaren, die nie heirateten und ihr Liebesdrama heimlich lebten, seien doch alle Romane voll.

Der Beduine schwieg und biß sich auf die Lippe. Auf einmal fühlte er sich ziemlich unwohl in seiner Verkleidung; es störte ihn der Haik auf seinem Kopf, es kratzte ihn die Tunika, und der Umhang wog ihm schwer auf seinen Schultern. Und während er so schwieg, dachte er an deine Tante Leopoldina, die zu dieser Stunde sicher anfing, sich als Anna Boleyn, die Trauernde auf dem Schafott, zu verkleiden.

»Ob er hingeht oder nicht, das werde ich bald selbst herausfinden«, sagte er schließlich. »Auf das Wort von eifersüchtigen Musikern kann ich nichts geben.«

»Na gut, dann geh nur«, seufzte traurig und entmutigt Pater Misael Lorenzano. »Es ist Zeit, daß du deine Unterhändlerin, die Amantina Flores, besuchst.«

Und es überraschte oder störte den Beduinen nicht, daß Pater Misael Lorenzano so viel von dem Geheimnis wußte, dafür hatten die Pfaffen schließlich Betschwestern und Beichtstuhl. Und wieder schwieg er nur.

»Häng lieber die Verkleidung weg und bleib bei deiner Frau«, sagte Pater Misael Lorenzano; dann zündete er sich eine neue Zigarette an, und die Flamme des Feuerzeugs färbte sein aschgraues Gesicht ganz rot. »Das ist mein Rat, wenn du ihn hören willst.«

Der Beduine schwieg weiter.

»Hat heut etwa nicht deine Schwester Adelfa geheiratet? Also, begnüg' dich lieber damit, Cecilio Luna ist eine gute Partie«, sagte Pater Misael Lorenzano.

»Dieser Cecilio Luna ist überhaupt keine gute Partie«, sagte dein Onkel Eulalio, der Klarinettist. »Fast hätte er die Hochzeit abgeblasen, als er Auristela, ›die Meerjungfrau‹, weinen hörte.«

»Nun ja, es stimmt wohl, daß der Bräutigam fast umgekehrt und mit seiner ehemaligen Verlobten gegangen wär«, lachte Pater Misael Lorenzano.

»Zeigen Sie mir mal das Feuerzeug, ich möchte sehen, wie man es anzündet«, sagte da dein Onkel Eulalio, der Klarinettist.

Pater Misael Lorenzano aber achtete gar nicht auf ihn und steckte das Feuerzeug wieder in die Tasche seiner Soutane.

IV

Der fromme Cecilio Luna, das muß hier erklärt werden, war ein komischer Heiliger, der sich bis spät in den Abend hinein in der Kirche aufzuhalten pflegte, wo er sich demütig vor jedem einzelnen der Altäre seiner Andacht und seinen Gebeten hingab, bis sich Camilo, der fliegende Küster, gezwungen sah, ihn zu verjagen, indem er laut rief, er würde jetzt die Türen abschließen und ihn im Dunkeln eingeschlossen und den Fledermausschwärmen als Beute lassen, oder, wenn schließlich alle Drohungen versagten, indem er ihm mit dem Stab in die Rippen stieß, mit dem er die Kerzen löschte, wenn er ihm nicht gar sagte, wegen ihm müsse Auristela »die Meerjungfrau« jetzt wieder ganz entsetzlich weinen.

Der fromme Cecilio Luna hatte nämlich vor Jahren, als er sich in deine Tante Adelfa verliebte, Auristela, »der Meerjungfrau«, den Laufpaß gegeben, der Besitzerin des Bingosaals, die auch, wenn kein Orchester da war, beim Rosenkranzgebet um sieben das Harmonium spielte. Und danach brauchte sie ihn nur von weitem in der Kirche zu sehen, von der Balustrade aus, wo das Harmonium stand, und die Melodien der Hymnen an die Jungfrau wurden zu schmerzensreichen Fugen vergangener Liebe.

Danach ging Auristela, »die Meerjungfrau«, ihren Bingosaal öffnen, wo sie höchstpersönlich die Figuren ausrief, die die Spieler mit Maiskörnern auf ihren Spielbrettern markieren mußten; ihren Beinamen hatte sie, weil die Beliebteste dieser Figuren die fischschwänzige Meerjungfrau war, alles oben, unten nichts, die mit ihrem Gesang die Seeleute betört.

Und es geschieht oft genug, daß, während die Hühner frei im Bingosaal umherlaufen und den Mais aufpicken, der zu Boden fällt, Auristela, »die Meerjungfrau«, still ihre Tränen zu vergießen beginnt, wenn sie die Figuren ausruft, der geschniegelte, gebügelte Kavalier, der Trunkenbold mit seiner Flasche, der Mutige mit seinem Mantel und dem Degen in der Hand, wie er den Tod herausfordert, bringen ihr doch diese Figuren die Erinnerung an den frommen Cecilio Luna zurück, auch wenn der denen kein bißchen ähnlich sieht.

Da weint also Auristela, »die Meerjungfrau«, herzzerreißend, und weil wegen des Weinens das Spiel unterbrochen wird, gehen die Spieler ganz aufgebracht zur Kirche hinüber, um Camilo, den fliegenden Küster, zu bitten, er möge den frommen Cecilio Luna mit Gewalt vor die Tür setzen, und wenn er im Vorhof steht, dann zwingen sie ihn, mitzukommen und sich mit einem Häufchen Maiskörner neben dem Brett zum Spielen unter sie zu setzen, denn die Enttäuschte braucht ihn nur zu sehen, dann kehren gesunde Gesichtsfarbe und gute Laune gleich wieder zurück und sie singt weiter ihre Figuren, die fleischfarbene Rose, die mit ihren Stacheln sticht, uns aber ihren Duft schenkt, und der Mond, der in der blauen Nacht das Firmament in Licht taucht.

Sehr früh am Morgen dieses 5. August 1942, während deine Tanten damit beschäftigt waren, die Braut anzukleiden, begann durch den Mund verschiedener Boten eine unerwartete Nachricht einzutreffen. Der fromme Cecilio Luna hatte nach der Beichte, die nötig war, damit er bei der Hochzeit das Abendmahl nehmen durfte, die Kirche verlassen, als Auristela »die Meerjungfrau« völlig in Tränen aufgelöst die Stufen zur Kirche heraufgelaufen kam, das Haar unordentlich und wirr, barfüßig und noch im Nachthemd, um ihn flehend am Fuße des Vergebungskreuzes aufzuhalten.

Da hatte sich zwischen den beiden ein langer Wortwechsel entsponnen, der alle Anzeichen trug, sich ins Unendliche zu dehnen. Die Nachricht von jener öffentlichen Unterredung war nicht nur schon im Brauthause angelangt, sondern verbreitete sich gleichzeitig auch im ganzen Ort, und während der

Morgen ins Land ging, gab es immer mehr Neugierige, die ihre Beschäftigung im Stich ließen und in Scharen von überall her gelaufen kamen, um in einiger Entfernung des Paares dem Schauspiel beizuwohnen, sie, die sich zu Argumenten verstieg, denen man an ihren bittenden Gesten die Verzweiflung ablesen konnte; er, der, ruhig und umständlich, wie er war, auf jeden Vorwurf mit Begründungen antwortete, die er wieder und wieder an seinen Fingern aufzählte.

Bei jedem neuen Bericht, der gegeben wurde, wuchs im Brauthause die Sorge, auch wenn deshalb die Hochzeitsvorbereitungen nicht unterbrochen wurden; deine Großmutter Petrona hielt den Brautschleier im Schoß und nähte eine falsche Perle an, die sich vom Häubchen gelöst hatte, ohne dabei aufzuhören, leise ihr bekanntes Liedchen zu singen, auch wenn sie sichtlich beunruhigt war:

Jetzt ist die Seife alle
was wollen wir da tun …

Unterdessen wand sich deine Tante Adelfa vor dem Spiegel unter den deutlichen Anzeichen von Weinkrämpfen angesichts der beunruhigenden Stimmen, die sich von der Straße hören ließen, die Stufen heraufstiegen und hereinkamen, ihre Botschaft brachten, auf der Suche nach Weiterem wieder hinausgingen, sich entfernten und gleich wieder zurückkehrten, gehörig sensationslüstern, um ihr einen Sturm böser Zungen in die Ohren zu blasen.

Deine Tanten gaben derweil, obwohl sie die Stimmen hörten und die Tränen in die Augen der Braut schießen sahen, darauf acht, daß den Lilien-, Calla- und Gladiolensträußen nicht das Wasser fehlte, die in Blecheimern und Tonkrügen im ganzen Haus verstreut standen, denn es war noch nicht die Weisung gegeben worden, sie in die Kirche zu bringen, nicht daß die Figur des bunten Teufels aus dem Bingospiel auftauchte, der sich mit seinem Schwanz und seinem Dreizack in alles Glück dieser Erde einmischt und dort, wo nur Blütenduft sein sollte, seinen Schwefelgestank verbreitet.

Das Schlimmste an dieser ärgerlichen Situation ist, daß dein Großvater Teófilo und deine Großmutter Luisa, die nicht an Feiern in katholischen Kirchen teilnahmen, um sich nicht Unfreundlichkeiten oder Zurückweisungen auszusetzen, schon seit dem frühen Morgen im Brauthause weilten, um ihre Glückwünsche zu überbringen und sich dann, wenn der Hochzeitszug zur Kirche aufbrach, zurückzuziehen; weil zu jener Zeit der alte Streit längst ausgeräumt war, hatte man sie als erste auf die Liste der Einzuladenden gesetzt, die Inocencio »Niemand« in seiner Funktion als Ausrufer von Haus zu Haus verlesen mußte.

Niemand hätte sie aber jetzt gern dabei gehabt, auch wenn man ihnen ihre freundliche Geste dankte, mußte ihnen doch dein Großvater Lisandro die Ehre erweisen, sich mit ihnen unterhalten, während er gleichzeitig auf das Geflüster hörte, würde nun geheiratet oder nicht, machte Auristela, »die Meerjungfrau«, mit ihrem Weinen und Bitten den Bräutigam nun abspenstig oder nicht.

Unter Drohungen gegen den frommen Cecilio Luna und Spott auf deine Tante Adelfa, die wohl so schön gekleidet und festlich frisiert vor dem Spiegel sitzen bleiben würde, unterhielten sich die Brüder darüber, was jetzt zu tun wäre; Drohungen, Spott und Vorschläge wurden da geflüstert, um deinen Großvater Teófilo und deine Großmutter Luisa nicht zu erschrecken.

So unterhielten sie sich flüsternd, ohne daß eine Lösung in Sicht kam. Denn während zum Beispiel dein Onkel Alejandro, der Flötist, vorschlug, man möge schleunigst Pater Misael Lorenzano benachrichtigen, daß es keine Hochzeit mehr gäbe, er solle die Kirchentüren schließen und der Frömmler solle doch mit seiner Meerjungfrau hingehen, wo er wolle, beten oder Bingospielen, je nachdem, was er lieber wolle, meinte seinerseits und *a sotto voce* dein Onkel Eulogio, der Geiger, es sei besser, sie gingen alle, dem Frömmler eine ordentliche Tracht Prügel zu verabreichen, an die er sich sein Leben lang erinnerte, beides Vorschläge, die nur dazu dienten, deine Tante Adelfa noch mehr in Angst zu versetzen, die nun auch schon hemmungslos weinte, der Spiegel, der dieses Weinen doppelte, war schon ganz feucht und beschlagen von soviel Tränen. Und man muß sich gut vor Augen führen, daß es jetzt schon zwei sind, die da weinen, die Braut vor dem Spiegel und die Verlassene vor der Kirche.

Bis man deine Tante Leopoldina, die Gefangene, wie von weither ganz ruhig sagen hörte: Mein Bruder Pedro soll gehen und mit dem frommen Cecilio Luna reden, er ist der einzige, der ihn überzeugen kann; wußte sie doch, nicht ohne Grund, daß der erwähnte Bruder höchst geduldig und beharrlich war, wenn es darum ging, mit unehrlichen Kavalieren zu verhandeln.

Deine Großmutter Petrona unterbrach ihr Liedchen, sah über die Trennwand in den dunklen Raum, aus dem die Gefangene heraus gesprochen hatte, und brachte sie mit einem Zischen zum Schweigen, du bist still, du hast kein Recht zu reden. Und weil sie mit dem Annähen der abgefallenen Perle fertig war, ging sie hinüber, um der zerknirschten Braut den Schleier wieder auf den Kopf zu setzen.

Warum darf sie denn nicht ihre Meinung sagen, begehrte deine Tante Azucena jetzt nur noch durch Mimik auf, worauf die Braut selbst, trotz ihrer Tränen, vor dem Spiegel, ohne einen Laut zu sprechen, ihre Worte mit den Lippen formte: Werd' nicht frech zu Mamá. Und da ging der Streit aus Gesten und stummen Stimmen nur noch darum, ob deine Tante Leopoldina ihre Meinung sagen durfte oder nicht, bis schließlich Pedro, der Kaufmann, einschritt und versuchte, jenes tosende, immer unkontrolliertere Geistergeschrei zu bremsen, indem er tat, als schriebe er in die Luft: Nehmt euch gefälligst zusammen; und er verdrehte dabei die Augen zum Sofa hin, wo dein Großvater Teófilo und deine Großmutter Luisa saßen, zur Linken und zur

Rechten deines Großvaters Lisandro, und alle drei taten so, als merkten sie von allem nichts, saßen nur ganz still und dicht gedrängt, als warteten sie auf irgendeinen Zug.

Dein Onkel Teófilo, der mit seinem heilen Ohr, wie man weiß, die Meeresbrandung bei Flut und in stillen Nächten das Knirschen des Erdballs in seinen Scharnieren hören konnte, hatte von Anfang an erraten, worum es bei diesem Streit ging, der anfangs in jenem ungezügelten Getuschel und Zischeln und jetzt mit Mienen und Gesten vonstatten ging.

Und so stand er vom Sofa auf und trat, ganz selbstsicher lächelnd, zu denen, die da stumm stritten, um seine Meinung abzugeben. Und seine Meinung, die mit den gleichen Gesten, Zeichen und Mienen gegeben wurde und mit der er ehrlich helfen und die Verwirrung nicht noch größer machen wollte, war, daß man auf die Gefangene hören und folglich Pedro, den Kaufmann, losschicken solle, den Kavalier loszueisen. Genauso sagte er es, Kavalier, indem er mit den Händen ein hübsches Gesicht und eine gute Haltung zeichnete, was allerdings nur ein müdes Lächeln hervorrief, denn, wie man weiß, war jener Cecilio Luna nichts weniger als ein Kavalier; doch er sagte noch mehr, auch dies mit Gesten, so, als nähme er jemanden beim Arm: Ich biete mich an, Pedro, meinen Schwiegersohn, zu begleiten, damit er seine Mission zum glücklichen Ende bringt.

Und so zogen sie alle gemeinsam hinaus, um Schwiegervater und Schwiegersohn das Geleit zu geben, außer der Gefangenen natürlich und deiner Tante Adelfa, die reglos und mit hängendem Kopf vor dem Spiegel saß, als bliebe ihr für den Rest ihres Lebens nichts anderes mehr übrig, als den Duft des Blumenstraußes zu atmen, den sie gegen das Korsett gepreßt hielt, und als ob jenes Bild im Quecksilber des Spiegels ihr Konterfei als Braut sei; ein Konterfei, das immerzu nur weinen wollte.

Denn es fiel deinem Onkel Edelmiro, dem Cellisten, ein, die Hände wie einen Trichter an den Mund zu legen und Pedro, dem Kaufmann, nachzurufen, als der, Arm in Arm mit deinem Großvater Teófilo, schon um die Ecke verschwand: »Und wenn Auristela ›die Meerjungfrau‹ ihn überredet hat und er nicht heiraten will, dann sag diesem verdammten Cecilio Luna, er soll einen Eimer Scheiße fressen!« Da wurde das Konterfei von einem heftigen Weinkrampf geschüttelt, so, als sei der Quecksilberteich des Spiegels von einem Steinwurf erschüttert worden.

Diese Gedankenlosigkeit sollte dein Onkel Edelmiro, der Cellist, sogleich bereuen, zwickten ihn doch die Schwestern erbarmungslos, bevor sie wieder hineinliefen, um die Braut zu trösten, wobei sie im Vorbeilaufen mit einem gekünstelten Lächeln deine Großmutter Luisa bedachten, die immer noch still neben deinem Großvater Lisandro auf dem Sofa saß. Und was dachte sie, so still dasitzend, wohl? Sie dachte: Verstehe einer meinen Mann Teófilo, daß er sich aus freien Stücken da einmischt, wo ihn doch niemand gerufen hat.

Als man Pedro, den Kaufmann, Arm in Arm mit deinem Großvater Teófilo kommen sah, lief ein überraschtes Raunen durch die Menge, die sich auf dem Kirchplatz und auf den Stufen zur Kirche angesammelt hatte, wie ein Wind, der die Bäume biegt und in den Blättern raschelt. Pater Misael Lorenzano, der schon die Soutane für die Trauung angelegt hatte und auf der Schwelle des Kirchenportals stand, sah Schwiegersohn und Schwiegervater die Stufen heraufkommen, sah, wie sie im Vorhof stehenblieben, sah, wie sie miteinander tuschelten und ihren Plan ausheckten, sah, wie Pedro, der Kaufmann, ein paar Schritte vorwärts tat, sah, wie er vorgab, an dem Paar vorbeizugehen, und sah, wie er dann ein paar Schritte entfernt stehenblieb, doch erfuhr nicht, warum und weshalb, genauso wenig wie Mercedes Alborada, die von der Ladentür aus alles beobachtet, um es dann Luisa, der Gebärenden, in ihrem Zimmer weiterzuerzählen.

»Ich bin da stehengeblieben, um Cecilio nach der Zeit zu fragen«, sagte jetzt der Beduine zum Pater Misael Lorenzano.

»Nach der Zeit? Nach der Zeit? Warum das denn?« fragt Pater Misael Lorenzano erstaunt.

»Weil das der Rat war, den mir Don Teófilo gab, als wir uns beratschlagten, ich solle ihn vorsichtig daran erinnern, daß er zu bestimmter Stunde eine Verpflichtung habe«, antwortet der Beduine.

»Da stand ich doch schon in vollem Ornat vor der Kirche, direkt vor ihm, und da sollte dieser Dummkopf von Cecilio Luna nicht wissen, daß eine Verpflichtung auf ihn wartete, wo er schon gebeichtet hatte und alles. Und was für eine Verpflichtung, hör mal«, meint Pater Misael Lorenzano.

»Cecilio, sag mal, wieviel Uhr ist es bitte?« fragte Pedro, der Kaufmann. Und der fromme Cecilio antwortete ihm, zerstreut wie es so seine Art war, er trage keine Uhr, so als sei der, der da vorbeikam und stehenblieb, ein Unbekannter: Tut mir leid, mein Freund, ich habe keine Uhr; und dann widmete er sich weiter ganz aufrichtig der Aufgabe, Auristela »der Meerjungfrau« seine Gründe zu erklären, während sie barfüßig und mit wirrem Haar zu Füßen des Vergebungskreuzes weinte und die neugierigen Gaffer immer neugieriger wurden, neugieriger auch Pater Misael Lorenzano auf den Kirchenstufen und neugieriger Mercedes Alborada, die es gerade noch schaffte, ins Haus zu laufen und Luisa, der Gebärenden, zu erzählen: Er ist an den beiden vorbeigelaufen, hat irgend etwas zu ihnen gesagt und ist dann wieder weggegangen, warten Sie nur, gleich komm' ich wieder und erzähl' Ihnen mehr.

Pedro, der Kaufmann, kehrte um weiteren Rat zu deinem Großvater Teófilo zurück. Wieder tuschelten sie miteinander, und nach eingehender Beratung ging er, jetzt schon entschlossener, wieder los und nahm vor dem Bräutigam Aufstellung. Da stand er also und sagte: »Daß du keine Uhr hast, das weiß ich jetzt, du Dummkopf, und auch keinen Heller, um dir eine zu kaufen; doch sieh wenigstens mal zur Kirchturmuhr hinauf, um acht solltest du heiraten, und gleich ist es schon zehn.«

Auristela, »die Meerjungfrau«, rieb sich, ohne Pedro, den Kaufmann, anzusehen, die Augen, die ganz rot waren vom vielen Weinen und wenigen Schlafen; und ohne auch nur ein

Wort zu sagen, lief sie die Kirchenstufen hinunter und ging auf einem der Wege des Kirchplatzes davon, dem Weg unter den Malinchebäumen, gefolgt von all den Bingospielern, die in der Menge der Neugierigen standen und den ganzen Tag über rauchend und schwatzend vor ihrer Tür blieben, voller Sorge, ob sie wohl an diesem Abend herauskommen würde, um die Figuren des Spiels auszurufen.

Voll Sorge waren sie, weil der fromme Cecilio Luna sicher weit weg sein würde, auf Hochzeitsreise, und niemand ihn wie an anderen Abenden holen konnte, damit er sich mit einem Häufchen Maiskörner zur Seite auf die Bank setzte, um der Enttäuschten, jetzt wieder beschwichtigt, zuzuhören, wie sie die Figur der gurrenden Turteltaube ausrief, den Engel mit der goldenen Kugel, den Teufel mit der Bratpfanne.

»Man sieht, daß Don Teófilo ein guter Coach für meine Basketballmannschaft sein könnte«, lachte Pater Misael Lorenzano.

»Ich wär gern in dieser Mannschaft«, sagte da dein Onkel Eulalio, der Klarinettist.

»Hättest du Lust, Basketball zu spielen?« fragte ihn Pater Misael Lorenzano eifrig. »Man sieht, daß du gute Beine hast.«

»Wenn mein Vater mir die Erlaubnis gibt«, antwortete der und sah den Beduinen an. »Aber wer weiß, ob er das tut. Den ganzen Tag lang bin ich im Haus eingeschlossen und muß Klarinette üben.«

»Was für ein Lügenmaul«, sagte der Beduine. »Im Haus eingeschlossen!«

»Gleich morgen will ich mit Don Lisandro reden«, sagte Pater Misael Lorenzano und tätschelte deinem Onkel Eulalio, dem Klarinettisten, das Gesicht; eine Vertraulichkeit, die dem Beduinen nicht eben gefiel.

»Und warum reden Sie nicht mal mit Telémaco Regidor, Pater?« fragte Eulalio, der Klarinettist.

»Wer hat dich um deine Meinung gefragt?« sagte der Beduine zu seinem Bruder.

»Den werde ich kirchlich trauen, nicht nur standesamtlich,wie es Pedro gern hätte«, meinte Pater Misael Lorenzano und verschluckte sich an seinem Rauch.

Nein, auf gar keinen Fall, dachte der Beduine. Ihm, und niemandem sonst, kam es zu, diese Hochzeit zu arrangieren, ob sie nur standesamtlich sei oder nicht, so wie er auch diejenige an diesem Morgen arrangiert hatte, auch wenn es nicht mal mehr einen Umtrunk oder ein Fest gegeben hatte. Denn die Frischvermählten hatten sich sehr beeilen müssen, um den Elf-Uhr-Zug noch zu erreichen, und deine Tante Adelfa, die keine Zeit mehr hatte, sich umzuziehen, mußte im Brautkleid in den Wagen steigen.

Wie man weiß, war dies der gleiche Elf-Uhr-Zug, in dem, sehr fein gekleidet und zurechtgemacht, Priscila Lira, die verstorbene Gattin des Doktors Santiago Mayor, reiste, sie auf dem Weg zum Friedhof von Masaya, die Brautleute auf dem Weg nach einem Gut in Niquinohomo, das ihnen deine Tante América Tiffer, die Frau von Gregorio Sandino, zur Verfügung gestellt hatte, damit sie dort ihre Flitterwochen verbringen konnten. Der Tote fährt in die Grube, der Tote schmaust in seiner Stube, auch das ist hinlänglich bekannt.

»Da, nimm«, sagte plötzlich Pater Misael Lorenzano zu deinem Onkel Eulalio, dem Klarinettisten. »Ich schenk dir dies Feuerzeug, als Anerkennung dafür, daß du in die Basketballmannschaft eintreten willst. Aber laß dir bloß nicht einfallen, das Rauchen zu lernen.«

»Lernen?« sagte der Beduine. »Der kann Ihnen noch was beibringen.«

»Wo haben Sie das her?« fragte dein Onkel Eulalio, der Klarinettist, und bewunderte das Feuerzeug, das er in seiner Hand wog.

»Das habe ich aus San Francisco mitgebracht, als ich neulich meinen Bruder besuchte«, antwortete Pater Misael Lorenzano.

Im Juni dieses Jahres war Pater Misael Lorenzano nach Kalifornien gereist. Auf der Liste der Fluggäste, die täglich von der Zeitung »La Noticia« veröffentlicht wurde, hatte sein Name gestanden. In Masatepe verabschiedete man ihn mit Glockenläuten, eine ganze Prozession folgte ihm zum Bahnhof, und viele begleiteten ihn noch im Zug bis Niquinohomo, von wo nur noch dein Onkel Edelmiro, der Cellist, mit ihm bis Managua weiterfuhr.

Am nächsten Tag kehrte er zurück und erzählte, Pater Misael Lorenzano sei auf dem Flugplatz Xolotlán in ein Flugzeug der »Panaire« gestiegen, bekleidet mit einem Zweireiher, eine Nelke im Knopfloch, geblümter Krawatte, einem Borsalino-Hut und zweifarbigen Schuhen, den Mantel über dem Arm; und alle Welt kam, um ihn auszufragen: Stimmt es, daß Pater Misael Lorenzano ohne Soutane ins Flugzeug stieg? Hast du ihn wirklich selbst mit geblümter Krawatte gesehen? Und waren sie denn neu, seine zweifarbigen Schuhe?

Das sah schon fast wie ein Straßenfest aus, so, als ob das Orchester probte, die staunende Menge, die fragte, ob das alles wahr sei, was nur dein Onkel Edelmiro, der Cellist, gesehen hatte, dieser Edelmiro, der ein rechter Spaßmacher ist, Edelmiro, der immer gern etwas erfindet.

»Welcher Bruder? Was ist das für ein Land, das San Francisco heißt?« fragte dein Onkel Eulalio, der Klarinettist, wobei er versuchte, das Feuerzeug zu entzünden. Er kannte die Geschichte schon, wollte sie aber noch einmal hören.

Und Pater Misael Lorenzano antwortete: ein Bruder von mir, der Schauspieler war und jetzt gelähmt ist. Und San Francisco ist kein Land, sondern eine Stadt, wo die Straßenbahnen einen steilen Hügel hinauffahren und dabei bimmeln, und aus einer dieser Straßenbahnen meine ich, die verschwundene Victoria Mercado aussteigen gesehen zu haben; und dort steht auch die »Golden Gate Bridge«, das ist eine Hängebrücke, die über und über mit Lichtern behängt auf den Postkarten zu sehen ist. Und ich war auch noch in einer anderen Stadt, die heißt Los Angeles, wo mein Bruder früher wohnte, weil dort alle Filme fürs Kino gemacht werden.

Sein Bruder Milton Lorenzano, der Rodolfo Valentino glich wie ein Ei dem anderen, war auf der Suche nach dem Original nach Kalifornien ausgewandert, weil er bei den Filmaufnahmen sein Double werden wollte. Zu Fuß machte er sich über Tapachula auf den Weg, durchquerte, wie es eben ging, Mexiko und gelangte, auf einem Güterzug versteckt, von Tijuana nach Los Angeles; dort fragte er sich durch, und nach langem Fragen fand er schließlich die von Mauern geschützte Villa von Rodolfo Valentino in Beverly Hills, ein orientalischer Palast auf einem palmenbestandenen Hügel, der nachts von safranfarbenen Scheinwerfern angestrahlt wurde.

Es schellt Milton Lorenzano, Rodolfo Valentino öffnet ihm höchstpersönlich, stumm vor Staunen darüber, daß er sich sozusagen selbst die Tür geöffnet hat, wie ist das möglich, stammelt Rodolfo Valentino, das ist ja nicht zu glauben. Er umarmt ihn ganz gerührt, bittet ihn, hereinzukommen, und schon in derselben Nacht schläft Milton Lorenzano in dem orientalischen Palast, denn Rodolfo Valentino ruft seinen Butler mit Fliege und gestreifter Weste und befiehlt ihm: Bringen Sie ihn in das beste Zimmer. Das war ein Zimmer, wo es kein Bett zu geben schien, doch wenn man auf einen Knopf drückte, öffnete sich eine Wand, und ein frisch bezogenes Bett mit Laken, Decke und Kissen kam heraus.

Und so wurde er zum Double von Rodolfo Valentino, wie er es immer gewollt hatte: ein gefährlicher Sprung oder riskanter Trick, den der andere nicht tun oder wagen wollte, Nahkämpfe mit allen möglichen Banditen, Attacken vom Pferd aus mit gezogenem Säbel, Duelle in der Wüste, all das war seine Aufgabe, außer leidenschaftlichen Küssen, die durch Vertrag ausdrücklich ausgeschlossen waren, denn dort wurde festgelegt, daß er die Schauspielerinnen, glitzernde Sterne der Leinwand, nicht küssen durfte.

Und alles lief bestens, bis Milton Lorenzano bei den Aufnahmen zu einer Szene, in der er die Mauer eines Forts der Fremdenlegion in der Sahara erklimmen mußte, abstürzte und auf immer an den Rollstuhl gefesselt blieb. Er zog nach San Francisco, und dort wohnt er jetzt, mit einer Pension, die ihm bis heute von der »Warner Bros« gezahlt wird.

Heute bewohnt Dorothy Lamour den orientalischen Palast, Pater Misael Lorenzano hat ihn natürlich besucht. Sonntags dürfen Touristen hinein, die Eintrittskarte berechtigt dazu, die Rasenflächen zu begehen, die Teiche zu besichtigen, die Rennpferde auf ihren Koppeln zu sehen und schließlich die Marmortreppen zum Palast auf dem Hügel emporzusteigen, aus der Nähe die goldgefaßten Fenster zu bewundern und in die prunkvollen Säle zu treten, wo die Feste der Gesellschaft gefeiert werden, Säle mit Podien für zehn verschiedene Orchester, wo bequem bis zu zweitausend Paare tanzen können.

An jenem Sonntag ging die Silhouette von Dorothy Lamour an einem entlegenen Fenster vorüber, und der Führer murmelte, als handele es sich um eine Erscheinung: Dort geht sie. Dann gab er jedem der Besucher sein Fernglas, doch als die Reihe an Pater Misael Lorenzano kam, konnte der, als er das Glas scharfstellte, nur noch die Rüschen des Kleides der Schauspielerin die Wendeltreppe hinauf verschwinden sehen, Rüschen wie von einer schaumigen Welle, die bei Ebbe ins Meer abläuft.

Daß Milton Lorenzano als Double von Rodolfo Valentino in Filmen aufgetreten war, daran bestand kein Zweifel. Vor einer ganzen Reihe von Jahren hatte dein Großvater Lisandro mit seiner Geige die Stummfilmvorstellungen begleitet, auf einer Kuhweide, die Domitilo Regidor, dem Vater von Macabeo, Saulo und Telémaco Regidor gehörte, wo er Walzer, Mazurkas und Polkas spielte. Eines Abends hatte deine Großmutter Petrona ihren Mann begleitet und ihm die Geige getragen, damit sie keinen Eintritt zahlen mußte; und als sie auf der Leinwand die Straßenbahn voller Menschen sah, die zu den Fenstern herauswinkten, da entdeckte sie, daß der, auf den sich die Kamera aus nächster Nähe richtete, nicht Roldolfo Valentino war, sondern Milton Lorenzano, und sie erwiderte seinen Gruß.

»Adios! Adios!« hörte man sie entzückt im Dunkeln rufen. »Pater Misael Lorenzano geht es gut, er läßt dich grüßen, hier geht es allen gut ...!«

Wer jedoch Rodolfo Valentino überhaupt nicht ähnlich sah, war Pedro, viel zu mager, meinte nachdrücklich Pater Misael Lorenzano mit unterdrücktem Stolz und dachte an die ruhmreichen Zeiten seines Bruders Milton Lorenzano, der jetzt für immer ruiniert im Rollstuhl saß und dem nichts anderes übrigblieb, als seinen Schniepel in einen Gummibeutel zu hängen, wenn er pinkeln muß. Und er sagte noch: Eher als Beduine scheint mir Pedro für das Passionsspiel verkleidet zu sein, um zusammen mit Josías, dem Tischler, aufzutreten, der die Rolle des Judas Ischariot spielt; möchtest du nicht nächstes Jahr die Rolle des Kaifas übernehmen, Pedro?

»Von Herzen gern, wenn Sie den Barrabas spielen«, antwortete der Beduine.

Und noch etwas wollte der Beduine über das Passionsspiel von Pater Misael Lorenzano frotzelnd hinzufügen, zum Beispiel über die Heilige Jungfrau, die einmal mit Sebedeo durchgebrannt war und die Vorstellungen vermasselt hatte, oder Luzifer, den gefallenen Engel, dargestellt von Lucas Velero, dem Gerichtsdiener und Musiker mit dem Gummirüssel, der die Bombarde und die Bratsche spielt und der in der Szene der Versuchung in der Wüste einen ziemlich angetrunkenen Jesus Christus bedrängt, Juan Castil, den unverbesserlichen Taschendieb, von Leutant Sócrates Chocano auf Zeit aus dem Gefängnis entliehen. Kennst du mich, Menschensohn? fragte der Teufel immer wieder den Nazarener, nur um am Ende zur Antwort zu bekommen: Natürlich kenn' ich dich, Lucas Velero, so eine Schandschnauze wie du bist, was das angeht, ist selbst der Teufel gegen dich ein Waisenknabe. Ein Grund übrigens dafür, daß Pater Misael Lorenzano Juan Castil auf ewig die Rolle des himmlischen Meisters entzog.

Doch dann konnte er gar nichts mehr hinzufügen, denn in diesem Moment rief dein Onkel Eulalio, der Klarinettist:

»Da kommen die drei Kräuterhexen!«

Und mit der Klarinette in seiner Hand zeigte er auf die drei trauertragenden Schwestern, Altagracia, Deogracia und Engracia, »die Guabine«, die von der Beerdigung zurückkamen und sich auf einem der Wege des Kirchplatzes näherten, dem gleichen Weg unter den Malinchebäumen, auf dem sich an diesem Morgen Auristela, »die Meerjungfrau«, nach ihrer Niederlage davongemacht hatte.

»Ist es wahr, daß der Sarg zerbrochen ist?« rief ihnen der Beduine entgegen.

Dabei dachte er nicht mehr an seine flüchtige Erinnerung, in der es ihm schien, als habe ihm irgendwann einmal eine Stimme jenes Ereignis vorhergesagt, sondern nur daran, Pater Misael Lorenzano zu provozieren.

»Sei nicht so unvorsichtig!« zischte ihm Pater Misael Lorenzano erschrocken zu.

»Lassen Sie mich nur, das sind Freundinnen von mir. Ich verkaufe ihnen die Flaschen für ihre Liebeswässerchen«, brüstete sich der Beduine.

»Was werden das für Freundinnen von dir sein«, flüsterte Pater Misael Lorenzano wieder. »Freundinnen des Leibhaftigen sind das. Ich zittere vor denen.«

»Guten Abend, Herr Pfarrer. Und vielen Dank für alles«, ließ sich Engracia, »die Guabine«, im Vorbeigehen hören.

»Nichts zu danken« – der Beduine verdeckte den Mund mit seinem Haik und ahmte die Stimme von Pater Misael Lorenzano nach.

»Und hüten Sie sich vor den kostümierten Verrückten, die scheinen heute ganz besonders ihr Unwesen zu treiben«, sagte Engracia, »die Guabine«, noch.

»Da hast du dein Fett, für deine lose Zunge«, sagte lachend Pater Misael Lorenzano.

Und als die Kräuterhexen zum Nimboja–Viertel hin verschwunden waren, nahm er den Beduinen beim Arm und trat ein paar Schritte beiseite mit ihm:

»Komm mit mir zum Pfarrhaus, ich will dir etwas zeigen«, sagte er; »dein Bruder Eulalio kann doch ein Weilchen auf den Laden aufpassen.«

»Ich weiß schon, was er dir zeigen will«, sagte dein Onkel Eulalio, der Klarinettist, und blies einen schelmenhaften Ton auf seiner Klarinette.

»Was denn?« Ohne zu wissen, weshalb, oder weil der unterschwellige Ton der Klarinette ihn stutzig werden ließ, war der Beduine plötzlich irgendwie peinlich berührt.

»Pater Misael Lorenzano hat dem Christus der Dreifaltigkeit die Farbe gewechselt. Jetzt ist der Christus nicht mehr schwarz, sondern rosa, wie alle anderen Heiligen auch«, sagte dein Onkel Eulalio, der Klarinettist.

»Ist das wahr, daß Sie eine solche Gotteslästerung begangen haben?« fragte der Beduine voller Staunen.

»Dieser Bursche ist ja nicht mehr zum Aushalten, überall steckt er seine Nase hinein, alles hört er, alles kriegt er mit«, sagte Pater Misael Lorenzano und nahm mit einem schnellen Griff deinem Onkel Eulalio, dem Klarinettisten, das Feuerzeug weg, das er ihm geschenkt hatte, um sich hastig eine neue Zigarette anzuzünden.

Es stimmte. Pater Misael Lorenzano hatte heimlich aus Granada den Heiligenfigurenschnitzer Pío Galán kommen lassen, als franziskanischer Bettelmönch verkleidet, damit niemand Verdacht schöpfte. Und so verbrachte der Schnitzer mehrere Tage damit, das Holz zu schmirgeln und dann der Figur den neuen Lack aufzutragen, in einem Zimmer ganz hinten im Pfarrhaus eingeschlossen, wo an einem Abend, von dem noch die Rede sein soll, Eleuterio »Schmutzigmund« einen Wettbewerb gewann, was wiederum mit jenem Rätsel vom Sehen, Messen und Nicht Anfassen zu tun hat.

Und so, wie er ins Pfarrhaus gelangt war, in den Lumpen eines bettelnden Franziskaners, so war, als er seine Arbeit beendet hatte, Pío Galán auch wieder gegangen, um den Vier-

Uhr-Zug zu nehmen, auf seinen Stab gestützt, an eben diesem 5. August 1942.

»Wie zum Teufel hast du davon Wind bekommen?« schnauzte Pater Misael Lorenzano deinen Onkel Eulalio, den Klarinettisten an. »Das war ein Geheimnis, von dem nur Meister Lisandro und ich wußten.«

Er wurde es gewahr, gestand da dein Onkel Eulalio, der Klarinettist – und er ließ dabei weder Schuld noch Reue spüren, sondern eher eine gehörige Portion unverschämter Dreistigkeit –, weil er gehört hatte, wie dein Großvater Lisandro es eines nachts im Schlafzimmer, als im Haus schon alles still war, deiner Großmutter Petrona erzählt hatte, ganz erschrocken über seine Komplizenschaft, denn Pater Misael Lorenzano hatte ihn mitgenommen, der Arbeit des Schnitzers Pío Galán zuzusehen, der eingesperrt schlafen und essen mußte und dort auch einen Blecheimer für seine Bedürfnisse hatte, die großen wie die kleinen.

»Geben Sie dem schwarzen Christus auf der Stelle seine richtige Farbe zurück, sonst kriegen Sie jede Menge Ärger mit den Indios von Nimboja«, sagte der Beduine.

»Was soll ich denn auf Fanatismus und Aberglauben achten?« fragte Pater Misael Lorenzano.

»Dieser schwarze Christus ist der Schutzheilige dieses Ortes«, meinte der Beduine eindringlich; »man wird behaupten, Sie hätten die richtige Figur verkauft und gegen eine andere ausgetauscht.«

»Dasselbe hat mir Meister Lisandro auch prophezeit«, fuhr Pater Misael Lorenzano unbekümmert fort: »daß man sagen wird, ich sei nur deswegen in die Vereinigten Staaten gefahren, um dort die Figur an irgendeinen Millionär zu verschachern.«

»Na, da sehen Sie es ja, ich übertreibe nicht«, sagte der Beduine. »Die Kräuterhexen werden Ihnen den ganzen Haufen Indios auf den Hals schicken, die machen ja mit denen, was sie wollen, und dann wird man Sie gefesselt durch die Straßen jagen, wenn man Sie nicht gleich am höchsten Baum aufknüpft.«

Doch Pater Misael Lorenzano blieb genauso verstockt, wie er es gegenüber deinem Großvater Lisandro gewesen war, was für einen Unsinn muß ich da hören, ich wollte dir den Christus zeigen, bevor ich ihn wieder auf den Hochaltar stelle, denn jetzt gleich werde ich ihn noch aufstellen lassen, damit er beim Rosenkranzgebet um sieben wieder in seiner Nische steht, doch da wird nichts mehr draus, dir steht es wirklich nicht, so hinter dem Mond zu sein, Jesus Christus war doch kein schwarzer Bastard, kein Nigger oder irgendein Mulatte oder kupferbrauner Indio wie die da aus Nimboja, um seine göttliche Haut dunkel wie die ihre aussehen zu lassen, das fehlte noch.

»Sie werden noch an mich denken«, sagte der Beduine. »Wenn Sie einen Strick um den Hals haben und grün und blau und blutig geschlagen sind, dann werden Sie noch an mich denken.«

»Dort kommt schon wieder Don Avelino Guerrero«, sagte jetzt dein Onkel Eulalio, der Klarinettist, und imitierte auf seiner Klarinette mit gedehnten Tönen die schleppenden Schritte des Alten.

Don Avelino Guerrero, jetzt im Nachthemd, leuchtete sich selbst mit einer Petroleumlampe. Es wurde langsam dunkel, und die Schatten ließen ihn aussehen, als entferne er sich. Anstatt näher zu kommen, bewegte sich der Schein der Lampe auf der Straße rückwärts.

»Kruzifixnocheinmal!« fluchte der Beduine. »Der Alte meint wohl, ich hätte nichts zu tun.«

»Den überlasse ich dir gern«, lachte Pater Misael Lorenzano und ging, Richtung Pfarrhaus, eilig davon. Doch dann hielt er noch einmal an und rief deinen Onkel Eulalio, den Klarinettisten, um ihm das Feuerzeug zurückzugeben, das er ihm erst geschenkt und dann wieder weggenommen hatte.

»Stimmt es eigentlich, daß Pater Misael Lorenzano eine Schwäche hat?« fragte dein Onkel Eulalio, der Klarinettist, den Beduinen, als er den Laden wieder betrat.

»Weshalb?« fragte der Beduine vorsichtig und beunruhigt zurück.

»Weil er Wettbewerbe für männliche Glieder abhält, bei denen er selbst Maß nimmt«, antwortete dein Onkel Eulalio, der Klarinettist.

»Was soll das denn mit den männlichen Gliedern?« schalt ihn der Beduine mit zitternder Stimme, erschrocken über die Richtung, die die Unterhaltung jetzt nahm, doch gleichzeitig neugierig zu erfahren, was das für Wettbewerbe waren. Vielleicht sollte er nun endlich erfahren, was es mit dem Geheimnis des Sehens, Messens und Nicht-Anfassens auf sich hatte.

»Ich erzähl's dir besser ein andres Mal«, antwortete dein Onkel Eulalio, der Klarinettist.

»Von wegen ein andres Mal!« bestand der Beduine.

Mehrere Nächte nacheinander, wenn die Kinovorstellung zu Ende und der Kirchplatz stockdunkel war, hatte dein Onkel Eulalio, der Klarinettist, verwundert gesehen, wie eine Reihe Burschen, richtige Männer schon mit allem drum und dran, ohne Anzuklopfen ins Pfarrhaus traten, durch die Gartentür, die unverschlossen war und nur aufgestoßen werden mußte; drinnen wurden sie von einer Taschenlampe in Empfang genommen, die sich hin- und herbewegte. Und in einer jener Nächte beschloß er, den Schatten, die da heimlich eintraten, in den Garten hinein zu folgen und herauszufinden, um was für einen Schabernack und welche Geheimnisse es denn da ginge.

»Sag mal: war einer dieser Schatten zufällig der deines Onkels Edelmiro?« fragte der Beduine.

»Das war er«, antwortete dein Onkel Eulalio, der Klarinettist.

»Wie tief Edelmiro gesunken ist!« rief der Beduine aus. »Aber gut. Mach weiter.«

In einem Schuppen hinten im Garten, wo Engelsflügel, Pedestale und arm- oder kopflose Heilige aufbewahrt wurden, die nicht mehr zu reparieren und von den Altären geholt worden waren, und wo kürzlich der Schnitzer Pío Galán dem

Heiligen Christus der Dreifaltigkeit einen neuen Anstrich verpaßt hatte, ging in jener Nacht der Wettbewerb männlicher Glieder zu Ende; und dein Onkel Eulalio, der Klarinettist, konnte, versteckt hinter ein paar Wolken aus Pappmaché, der letzten Prüfung zusehen, die Eleuterio »Schmutzigmund« bestehen mußte, der Tuba- und Posaunenspieler.

Einer Liste nach, die dort verlesen wurde, waren in den vohergehenden Nächten des Wettbewerbs ordentlich und eigenhändig von Pater Misael Lorenzano vermessen worden: Tobias »von der nackten Haut«, der Schuster eleganten Schuhwerks; Inocencio »Niemand«, der zeitungsaustragende Albino; Ireneo »aus der Dunkelheit«, der Brunnen-, Schatztopf- und Friedhofsgräber; Lucas Velero, der Gerichtsschreiber und Musiker mit dem Gummirüssel, der die Bombarde und die Bratsche spielte; Juan Cubero, der Schneider und Erbe der heldenhaften Rafaela Herrera; Camilo, der fliegende Küster; Josías, der Tischler, der beim Passionsspiel den Judas Ischariot spielte; Juan Castil, der unverbesserliche Taschendieb, der nicht mehr die Rolle des Jesus spielen durfte; und sogar noch Perfecto Guerrero, »der Kaiser Maximilian«, hatte sich stolz und mit Freuden dazu herbeigelassen, sein Gemächt zu präsentieren, das, wie die Liste zeigte, den anderen in nichts nachstand, denn neben jedem Namen war das entsprechende Maß eingetragen.

»Und Edelmiro, wurde der etwa auch vermessen?« fragte der Beduine und ärgerte sich selbst, daß er gefragt hatte.

Er war vermessen worden und stand auch auf der Liste, doch wieviel sein Maß betrug, daran erinnerte sich dein Onkel Eulalio, der Klarinettist, nicht mehr. Und da dachte der Beduine, ganz gegen seinen Willen: Schämen sollte er sich, wenn er am Ende der Liste gelandet wäre.

Eleuterio »Schmutzigmund« wurde von den Umstehenden unter Klatschen und Johlen aufgefordert, das Seine in voller Länge auf eine Hobelbank zu legen, damit Pater Misael Lorenzano es vermessen konnte; eine unnötige Prozedur, wenn man so will, und ein nutzloser Wettbewerb zudem, denn alle anderen Teilnehmer der vorigen Nächte und Pater Misael Lorenzano selbst wußten nur zu gut, daß der, der hier antrat, weder heute noch irgendwann sonst bei diesem Wettstreit besiegt werden konnte.

Es zögerte der Musiker, der Aufforderung Folge zu leisten, war er doch, wie wir schon erfahren haben, eher zurückhaltend und nur beim Kreuzworträtsellösen ein Draufgänger, englische Maßeinheit, entsprechend dem zwölften Teil eines Fußes: Zoll. Doch schließlich entschloß er sich doch, die Knöpfe seines Hosenlatzes zu öffnen, und jenes Ding, kalt, schrumpelig und leblos wie der Hals eines toten Hahns, kam aus seinem Versteck und fiel mit lustlosem Klatschen auf das Holz, unter höhnischen und verächtlichen Rufen, die ungläubiges Staunen vorschützen sollten, der ist ja nicht mal einen Zoll lang, einschließlich Knauf, Spitze und Hütchen, ein Spatz ist dicker und ein Akkordeon weniger knittrig, bitte, nehmt das da weg, das ist ja nur peinlich.

Den Meterstab in der Hand, näherte sich Pater Misael Lorenzano mit flinken Augen dem Wesen, das da so matt und leblos zu liegen schien, als sei es das Opfer eines tötlichen Zusammenbruchs geworden, und das zwischen den Falten seines gerafften Mantels die Buchstaben einer Inschrift erkennen ließ.

»Ruhe!« rief Pater Misael Lorenzano, der sich schon im voraus über die ihm längst bekannte Überraschung freute, die Umstehenden zur Ordnung. »Laß hören: Was bedeuten diese Buchstaben, die dort unter soviel überflüssiger Haut versteckt, zu sehen sind?«

»Da steht ERLIPEL«, ließ sich, aus tiefster Scham, die Stimme von Eleuterio »Schmutzigmund« vernehmen.

»Tatsächlich, ERLIPEL steht da geschrieben«, flüsterte Pater Misael Lorenzano und streifte mit der Nase fast schon das Wesen, das da noch geruhsam schlief, doch mit jenem Atemhauch und Fast-Berühren Zeichen des Aufwachens erkennen ließ, als sei es im Schlaf gestört worden.

Angesichts der gespielten Neugier Pater Misael Lorenzanos wurde der Spaß der umstehenden Meute noch größer.

»Welch seltsamer Name. Wer hat ihn dir dort hingeschrieben, und was hat er zu bedeuten?« fragte Pater Misael Lorenzano, mehr an den Wicht als an seinen Besitzer gewandt.

Doch nicht einmal im wachen Zustand hätte das schlafende Kindlein antworten können, daß zwar einen Mund hatte, doch keinen zum Reden, sondern nur zum Spucken; und sein Besitzer verhielt, schüchterner und verängstigter als je zuvor, in tiefem Schweigen. Die anderen steckten die Köpfe zusammen und hielten den Atem an, wußten sie doch, was gleich kommen würde. Da forderte Inocencio »Niemand«, der, als er an der Reihe gewesen war, etwas auf die Bank gelegt hatte, was nicht viel mehr als ein Stück Kreide zu sein schien, daß man ein- für allemal zur Federprobe schritte, denn der Wicht ließ nicht erkennen, daß er sich erinnern wollte.

Da sagte Pater Misael Lorenzano: Also gut. Und holte aus der Tasche seiner Soutane eine Hühnerfeder, und begann mit der Feder den schlafenden Wicht zu streicheln, und der, der begann sich zu bewegen, streckte sich und reckte sich und wachte schließlich mit so kräftigem Ruck und mit solcher Macht auf, daß der Schiedsrichter erschrocken, doch über seinen Schrecken froh, einen Satz zurück tun mußte, denn jenes Ding dehnte sich und kroch so schnell über den Tisch, als verfolge es eine Beute, fast wie eine Schlange, eine Mazacuata, eine Toboba, Quebrantahuesos, Desnucasapos, die sich jetzt schon aufrichtete, stolz und herausfordernd und hart wie ein Heiligenarm, dick wie ein Mühlstein, massiv wie eine Eisenschiene. Und die vorher bescheidene und zusammengezogene Inschrift ERLIPEL stand nun in ganzer Länge und Pracht zu lesen:

Erinnerung an eine Liebesnacht in Konstantinopel.

»Dieses Ungeheuer ist genau richtig, um es der buschigen, zahnlosen Muschi der Kräuterhexe auf den Hals zu hetzen, die immer davonläuft und sich nicht fangen läßt, damit es sie ein für allemal und ohne ein Stück Brot dazu verputzt, Amen«, seufzte Ireneo »aus der Dunkelheit«, der Brunnen-, Schatztopf- und Friedhofsgräber.

»Amen von wegen, das ist Religionslästerung«, schalt ihn Pater Misael Lorenzano.

»Und wenn du sowas noch einmal sagst, dann verpaß ich dir eine, daß du wirklich im Dunkeln stehst«, versprach ihm seinerseits dein Onkel Edelmiro, der Cellist.

Mit aufrichtiger Hochachtung und Vorsicht nahm darauf Pater Misael Lorenzano in seiner Eigenschaft als Schiedsrichter seinen Zollstock und machte sich daran, die Stolze zu messen, wobei er eine gewisse Entfernung einhielt, um sie nicht zu Tollkühnheiten herauszufordern, auch wenn es ihn traurig stimmte, daß er sie nicht streicheln konnte, denn, wie man weiß, sah er und maß er, doch faßte nicht an, denn im ersteren lag seine Schwäche und im letzteren seine Stärke; und alle anderen waren sich so restlos sicher wie am Anfang, daß keine andere Rivalin der Stolzen Siegerdiadem noch Ehrenthron nehmen konnte.

»Ich brauche drei Kerzen«, hörte der Beduine sagen und fühlte, wie er am Ärmel seiner Tunika gezupft wurde. »Was kosten deine Kerzen?«

Erschrocken wandte er sich um und sah Don Avelino Guerrero im Nachthemd und mit der Petroleumlampe in der Hand vor sich stehen.

»Sie kommen mir schon vor wie eine Seele aus dem Fegefeuer«, sagte der Beduine, während er sich noch von seinem Schreck erholte. »Und Kerzen gibt es nicht. Lassen Sie sich das ein- für allemal gesagt sein.«

»Ich werde dem Erzbischoff einen Brief schreiben und Pater Misael Lorenzano anzeigen, daß er diesen Knaben verdirbt«, sagte Don Avelino Guerrero.

»Wie kommen Sie denn dazu?« spielte der Beduine den Unschuldigen.

»Wegen dieser ganzen Ferkeleien, die ich da die ganze Zeit gehört habe«, antwortete der andere.

»Die ganze Zeit?«

»Seit Eleuterio ›Schmutzigmund‹ sein schlafendes Ding herausgeholt und auf den Tisch gelegt hat, bin ich hier«, gab Don Avelino Guerrero zurück.

Erzählen Sie mir nichts von Ferkeleien, Sie haben doch selbst Ihre eigene Frau beim Würfeln verspielt, wollte der Beduine schon sagen, zog es dann jedoch vor, sich zurückzuhalten. Und das stimmte wohl, etwas davon ist hier schon berichtet worden. Don Avelino Guerrero hatte beim Spiel nicht nur die gesamte Erbschaft seiner Frau, Doña Tadea Toribio, verloren, sondern auch, als er nichts mehr zu verspielen hatte, sie selbst gesetzt und sie ebenfalls verloren.

Zur Zeit, als er sie kennenlernte, war diese Tadea Toribio, eine helle Mulattin, Tochter des Witwers Jonatan Toribio, eines Kakaohändlers, der von der Insel Curaçao in die Nachbarstadt Masaya gekommen war, ein stattliches Weibsbild, und stattlicher noch ihr Hinterteil. Sie besaß außerdem alles, was sie wollte, ein Pianola, das ganz von alleine spielte, Spitzenvorhänge, die an der Haustür im Wind schwangen, der von der Straße hereinwehte, einen ganzen Schwarm Wiener Schaukelstühle in ihrem Salon, ein halbes Dutzend Kleiderschränke aus Zedernholz, die von Organza- und von Seidenkleidern nur so überquollen, und ein Bett mit einem Baldachin auf vier Pfosten, dessen Tüll von der nächtlichen Brise gebläht wurde wie die Segel eines Schiffes. Und außerdem, wenn sie darum gebeten hätte, was sie jedoch nicht tat, wohl noch einen Nachttopf aus purem Gold, um sich darauf standesgemäß in der Abgeschiedenheit ihres Gemachs zum Wasserlassen niederzusetzen; sie jedoch, sie pinkelte überall und wo es ihr gerade gefiel, und solche Leichtfertigkeit hat auch mit unserer Geschichte zu tun.

Wie sie, so reich und hübsch, dazu kam, jenen Avelino Guerrero, Feldscher von Beruf und außergewöhnlich nur wegen seiner Nase, zu heiraten, läßt sich nur dadurch erklären, daß sie so verwöhnt und verzogen war, und außerdem ein ausgemachtes Ferkel, allen Unterkleidern abhold, die sie, weil sie mit so breiten Hüften und kräftigen Schenkeln gesegnet war, ganz ordentlich störten; und weil sie deshalb unter dem Rock oft genug so herumlief, wie Gott sie schuf, und weil es ihr außerdem noch Spaß machte, hatte sie auch noch die Angewohnheit, sich zum Pinkeln in den Garten zu setzen, Rock und Unterrock bis über die Taille gehoben und in ihrer ganzen Pracht den Blicken der männlichen Dienstboten preisgegeben, die sich einen Spaß daraus machten, ihr nachzuschleichen, um sie heimlich zu beobachten und ihren Allerwertesten in seiner besten Stellung zu bewundern, nämlich in der Hockstellung.

So pinkelte sie auch wieder einmal eines hellen Mittags auf eben diese Weise in den Garten, als der Witwer Jonatan Toribio auf der Suche nach ein paar Stricken, die er zum Verschnüren der Kakaosäcke noch brauchte, zufällig nach Hause kam, des Schauspiels gewahr wurde und sie, außer sich vor Empörung, mit dem Strick in seiner Hand züchtigen wollte. Sie aber lief auf die Straße hinaus, von wo aus sie, genauso empört, zu schreien begann, wenn er ihr dorthin folge, dann wolle sie sich am Erstbesten festhalten, der vorbeikäme. Und wer vorbeikam, denn so ist nun mal das Schicksal, das war der Barbier Avelino Guerrero in der Uniform eines Milizrekruten, denn es war die Zeit des Krieges gegen den General José Santos Zelaya und er diente, wie wir uns erinnern, als Feldscher von »El Cadejo«.

Er war an diesem Tag losgezogen, um bei einem Sattler in Masaya Lederreste für seinen schon sehr abgewetzten Schleifriemen zu kaufen, denn die Truppen der Konservativen lagen ganz in der Nähe, auf der Ebene von Tisma, bereit zum Sturm auf die Linien der Liberalen. Es sei berichtet, daß »El Cadejo« niemals in eine Schlacht ging, ohne sich zu rasieren und sich den Schnauzbart einfetten zu lassen; und man mußte ihn rasieren, ohne ihn zu verletzen, denn wenn Blut floß, dann zog er gar nicht erst in den Kampf.

Der Kakaohändler sah die traurige Gestalt des Soldaten, des einzigen auf der Straße Vorüberkommenden, sah seine Nase, das einzig Bemerkenswerte an ihm, und bekam einen gehörigen Schreck, kannte er doch die Dickköpfigkeit seiner Tochter. Und so rief er ihr warnend zu: »Wenn du diesen Hungerleider irgendwo anfaßt, egal wo, und sei es auch nur ein ganz klein bißchen, dann wirst du dies Haus niemals mehr betreten.« Sie aber brauchte diese Drohung nur zu hören, und schon ergriff sie den Barbier, wie angekündigt, beim besten, was er hatte, genauso, wie es der Kakaohändler Jonatan Toribio am meisten befürchtete, daß sie ihn grad' dort packen würde.

Der Witwer Jonatan Toribio richtete eine prächtige Hochzeit aus, bei der sogar »El Cadejo« Trauzeuge war, sollte doch die Ehre seiner Tochter nicht auch noch in Frage gestellt sein, nachdem sie so beherzt nach dem gegriffen hatte, was nicht ihr gehörte; und wo er sie schon verheiratete, da ließ er sich nicht lumpen. Und noch am Abend des Hochzeitsfestes hatten Schwiegervater und frischgebackener Ehemann eine Unterhaltung, die ungefähr so ablief: »Ich werde Ihnen schon noch beweisen, daß ich Ihre Tochter nicht wegen des Geldes heirate, sondern weil sie mir das Schicksal zur Frau gegeben hat«, sagte der Schwiegersohn. »Na, wie willst du das denn beweisen?« fragte der Schwiegervater, ganz überrascht wegen dieses wohlmeinenden Versprechens. »Indem ich beim Spiel alles Gut und Geld durchbringe, das Sie haben«, gab der Schwiegersohn zurück. Da wurde der Schwiegervater, so genasführt, ordentlich wütend: »Da müßt ich erst dieser langen Nase da was von dem zu riechen geben, das mein ist, doch sei gewiß, da wirst du leer ausgehen«, schimpfte er. »Nur wenn Sie ewig lebten«, antwortete der Schwiegersohn; »doch meine ich, ja, ich bin mir beinahe sicher, daß auch Sie eines Tages sterben werden.«

Und genauso, wie er es versprochen hatte, tat er es auch. Er bat »El Cadejo« um seine Entlassung, die ihm dieser nur höchst ungern gewährte, denn ein guter Feldscher war dieser Avelino Guerrero wohl, imstande, mit dem Rasiermesser nicht daneben zu schneiden, selbst wenn ihm in der Schlacht die Schüsse um die Ohren pfiffen. Und weil es nicht ein einziges Mal vorkam, daß er ihn schnitt, so passierte es »El Cadejo« auch nicht ein einziges Mal, daß er nicht pünktlich im Schützengraben erschien, oder in mehreren gleichzeitig, wissen wir doch, daß er die Gabe hatte, an mehreren Orten zur gleichen Zeit aufzutauchen.

Er eröffnete wieder den Barbierladen in seinem großen, alten Haus mit der Veranda zur Straße am Kirchplatz und ließ sich dort mit seiner Frau Tadea Toribio nieder, der hellen Mulattin mit dem üppigen Hinterteil, die mit ihren Kisten und Koffern voller Kleider und anderer Besiztümer nach Masatepe kam, getragen von einem Maultierzug, den ihr der Kaufmann Jonatán Toribio unter den Worten gestellt hatte: Nimm alles mit, was die Maultiere tragen können, auch das Bett mit dem Baldachin, und dann ist Schluß. Und er spie dies letzte Wort mit dem Zorn der Erinnerung an das Versprechen seines Schwiegersohnes aus, das für ihn nichts weiter war als die Drohung, ihn an den Bettelstab zu bringen, ein Zorn, der ihn nicht mehr zur Ruhe kommen lassen sollte.

So dauerte es nicht lange, daß er starb, erstickt an seiner eigenen Galle. Da schloß der Barbier Avelino Guerrero sein Barbiergeschäft, um sich, wie er es versprochen hatte, ganz und gar der Aufgabe zu widmen, alles Geld und Gut beim Glücksspiel durchzubringen.

Er verspielte in einer Nacht einen Hof, ein Haus, ein Gespann Ochsen, eine Ladung Kakao, in der nächsten gewann er das Verlorene zurück und vermehrte noch seinen Gewinn; und so spielte er jahrelang hoch in allen Dörfern der Umgebung. Doch dann machte er es sich zur Angewohnheit, nur noch in einer Spelunke in Jinotepe zu verkehren, einer Spielhölle, die im Hinterzimmer eines Ladens chinesischer Händler funktionierte, zweier Brüder mit Namen Aníbal Wong und Leónidas Wong, abgefeimte Zocker mit dem Ruf von Falschspielern, von denen es außerdem hieß, sie seien Zwillinge, obwohl sich dies, da sie Chinesen waren und zudem noch Brüder, gleichblieb; und dort begann er, weil man ihm mit Opium das Hirn vernebelte, weil ihn das Glück verließ oder wer weiß weshalb, ohne Unterlaß zu verlieren.

Eines Nachts, als vom Erbe des Kaufmanns Jonatan Toribio endlich nichts mehr übrig war, sagte er zu ihnen: Wartet hier auf mich. Und bestieg sein Pferd und galoppierte nach Masatepe, um noch vor dem Morgengrauen, wieder im Galopp, zurückzukehren, während die Chinesen auf ihn warteten, am gleichen Platz sitzend und rauchend, denn man weiß ja, daß die Chinesen hierin, im Rauchen und Geduldigsein, ihresgleichen suchen. Er trat ein und legte die Fotografie seiner Frau Tadea Toribio auf den Spieltisch, doch ihr Foto als junge Frau, als er sie geheiratet hatte, als sie noch diese saftigen Schenkel hatte, als sie sich zum Pinkeln in den Garten hockte und die männlichen Dienstboten ganz benommen waren vom Anblick des goldenen Baches, der zwischen den Alabasterbacken ihres Hinterns hervorquoll. Und er sagte: Ich setze meine Frau Gemahlin, mehr habe ich nicht. Ist sie denn auch so wie auf dem Bild? fragte Aníbal Wong. Genauso, antwortete er. Obwohl das nicht stimmte, natürlich nicht, Tadea Toribio, die hellhäutige Mulattin war ja inzwischen schon Doña Tadea, wie alt mochte sie sein, vielleicht fünfzig und schon etwas grau, obwohl ihr fülliger Hintern immer noch recht ansehnlich war. Und wenn wir gewinnen, kommt sie dann hierher zu uns? fragte Leónidas Wong. Das tut sie, antwortete er. Und können wir sie auch als unsere Frau ansehen, fragte Aníbal Wong. Ja, das könnt ihr, antwortete er wieder. Na, dann spiel, sagten die Chinesen.

Er warf den Würfel und verlor. Und er, der große Feigling, der sich nicht traute, vor seine Frau zu treten, um sie davon in Kenntnis zu setzen, daß er sie beim Würfeln gesetzt und verloren hatte, was bedeutete, daß sie in den Besitz der Chinesen überging, zog es vor, ihr von Jinotepe aus ein Telegramm zu schicken, das nur aus wenigen Worten bestand, als Nachricht von ihrem Unglück: Hab dich gesetzt, verloren, verzeih. Übles Telegramm, würde Don Vicente Noguera, der Telegrafist, sagen, der es persönlich in die Hände der Empfängerin legte, denn es durfte, wie er meinte, keine Mühe gescheut werden, um Nachrichten solchen Ausmaßes zu überbringen.

Die Chinesen erschienen am nächsten Tag in Masatepe, um ihren Gewinn einzufordern, in Anwesenheit des ganze Städtchens, das vor der Kirche und auf dem Marktplatz wartete, denn der Vorfall war schon öffentlich geworden. Doch hatte nicht etwa Don Vicente Noguera, der Telegrafist, die Nachricht verbreitet, von dem noch nie bekannt geworden war, daß er sich erlaubt hätte, irgend etwas öffentlich zu machen, was im Morseschlüssel durch den Draht an sein Ohr gelangte oder mit seinem Finger gehämmert durch den Draht entschwand. Nein, sie selbst, die gesetzte und verspielte Tadea Toribio, war die Urheberin des Auflaufs gewesen.

Sie hatte ja schon gewisse Hinweise auf den Niedergang des Glücks ihres Ehemanns im Hinterzimmer der Chinesen gehabt. Und in diesem Morgengrauen, als sie den eiligen Hufschlag des Pferdes hörte, der näherkam und sich wieder entfernte, ging sie, die Petroleumlampe in der Hand, ins Wohnzimmer, weil sie ahnte, daß im Bilderrahmen nicht mehr ihr Bild als junge Frau war; und als sie den Rahmen beleuchtete und feststellte, daß er leer war, öffnete sie die Tür zur Straße sperrangelweit, trat auf die Veranda hinaus und tat einen Schrei, den in der Stille des Morgens ein jeder hörte, ob im Bett oder in der Küche: Da reitet dieser Hurensohn und will mich bei den Chinesen im Würfelspiel setzen! Durch diesen Schrei also wußten es bald alle.

Und daß Don Avelino Guerrero seine Frau beim Würfelspiel verloren hatte, das sahen die Leute im Städtchen auch daran, daß man Doña Tadea nach Erhalt des Telegramms sah, wie sie emsig das Haus fegte und aufräumte, um alles ordentlich zu hinterlassen. Dann, als der Menschenauflauf schon dichter geworden war, setzte sie sich auf der Veranda ganz ruhig auf eine Kiste, die sie rasch mit ihren Kleidern, ihren Erinnerungsstücken und anderen Habseligkeiten gefüllt hatte, und wartete auf die Chinesen, wobei sie eine von den handgedrehten Zigarren rauchte, die deine Großmutter Petrona verkaufte. Und so, wie sie dort saß und rauchte, konnte man sie noch den Nachbarn auftragen hören, sie möchten ihrem Schwager Perfecto Guerrero, dem »Kaiser Maximilian«, einen Happen zu essen geben, für den Fall, daß es Abend würde und ihr Mann noch nicht da wäre, der noch an diesem Tage, auch wenn es spät werden sollte, nach Hause kommen müsse.

Vielleicht kommt er ja gar nicht mehr, weil er auch das Haus verspielt hat, sagte jemand von der Straße her. Das hat er ganz sicher nicht, antwortete sie, dies ist doch das Haus seiner Familie, sein eigenes Erbe. Und wie ihr seht, haßt er nur mein Erbe bis aufs Blut. Und fügte noch hinzu: Und mich auch.

Die Chinesen kamen auf dem Fahrrad angefahren. Alles lief auf der Veranda im Angesicht der Menschenmenge ab, was die Chinesen nicht weiter überraschte, dachten sie doch, in Masatepe würde das Fest des Schutzheiligen gefeiert oder sonst irgendein Fest. Sie stiegen, ihre Fahrräder tragend, die Stufen zur Veranda hinauf, und Aníbal Wong fragte, ob dies das Haus von Avelino Guerrero sei, worauf sie antwortete, ja, das wäre es. Daraufhin fragte Leónidas Wong: Ist denn seine Frau wohl zu Hause? Sie antwortete: Das bin ich. Das kann nicht sein, meinte Aníbal Wong. Und sie begannen, hitzig miteinander zu streiten, auf der einen Seite die beiden, die, das Foto in der Hand, darauf bestanden, daß sie es nicht sein könne, und auf der anderen sie, die antwortete, aber ja doch, ich bin es höchstpersönlich, und daß sie bereit sei, auf einem der Fahrräder mitzuradeln, wo sie nun mal auf dem Fahrrad gekommen seien, auch wenn sie so ihre Kiste nicht mitnehmen könne, nach der würde sie eben später schicken; eins wollen wir jedoch erstmal klarstellen, sagte sie, und zwar bei wem von euch beiden ich schlafen muß, denn auf keinen Fall werde ich euer beider Konkubine sein, und ich will bei demjenigen bleiben, der nicht ins Bett pieselt und keinen Knoblauch ißt, denn ich weiß wohl, daß ihr Chinesen aus Faulheit, nachts aufzustehen, das Bett naßmacht, und daß ihr gern Knoblauch mögt, ich aber nicht, und wenn das euer beider Gewohnheit sein sollte, ja, dann habt ihr eben Pech gehabt, denn dann kann ich bei euch zwar fegen, waschen, bügeln und kochen, doch soll mich keiner von euch beiden zur Frau haben.

So eine Alte nehmen wir nicht mit, wir haben eine junge, hübsche, helle Mulattin mit einem großen Hintern gewonnen, sagte Aníbal Wong und starrte das Foto an. Und sie meinte, also gut, es ist keine andere da, die ihr mitnehmen könntet, ihr könnt ja meinen Hintern ansehen und vergleichen, dann werdet ihr sehen, daß ich noch genau dieselbe bin, die Frau, die von ihrem eigenen Mann gesetzt und von euch gewonnen wurde, und wenn ich den Rest meines Lebens bei Chinesen verbringen und junge Ratten essen soll, gut, dann soll das wohl so sein.

Und so stritten sie noch ein Weilchen weiter, sie bestand darauf, mit ihnen auf dem Fahrrad wegzufahren, und die Chinesen sagten nein und hörten dabei nicht auf, das Foto zu bewundern, das zwischen ihnen hin- und herging. Und dann gingen sie auch schon, stiegen mit ihren Fahrrädern wieder die Stufen hinab, und sie forderte, flehte immer noch, so nehmt mich doch mit, ich bin wirklich der Preis, den ihr gewonnen habt, ich will mein Haus verlassen und zu Chinesen ziehen, wenn es denn sein muß, für euch beide will ich da sein, wenn ihr es so wollt, also gut, und wenn ihr Knoblauch eßt und ins Bett pinkelt, dann macht das auch nichts, ihr werdet schon noch sehen, daß ich nackt noch genauso stramm bin wie auf diesem Foto. Genauso wie an jenem hellen Mittag, als sie auf der Flucht vor der Peitsche des Jonatan Toribio auf die Straße hinausgerannt war, um den Erstbesten, der gerade vorbeikam, beim Edelsten zu packen, das er sein eigen nannte.

Der Beduine hörte, wie sich die Schritte deiner Großmutter Luisa näherten, die gleich unter dem Portrait Winston Churchills auftauchen mußte.

»Seien Sie schon still und nehmen Sie«, sagte der Beduine zu Don Avelino Guerrero und nahm aus einer Schublade des

Tresens ein halbes Dutzend Kerzen. »Ich schenke sie Ihnen, aber gehen Sie schon nach Hause und beleuchten Sie Ihren Heiligen.«

»Damit kannst du mich nicht zum Schweigen bringen«, antwortete der andere. Dann aber nahm er die Kerzen von der Ladentheke, und im gleichen Augenblick, als deine Großmutter Luisa unter dem Bild Winston Churchills erschien, nahm er seine Petroleumlampe vom Boden auf, wünschte eine gute Nacht und verlor sich in der Dunkelheit.

Predigt von Pater Ater Misael Lorenzano über den Boxkampf zwischen dem spanischen Dichter Quevedo und Jesus Christus

Und so mußte es also geschehen, meine liebe Gemeinde, daß eines Nachts, als es beinahe lautlos regnete, denn es gibt sanfte Regen, die wie Kinderfüßchen auf die Dachziegel trommeln, ein Geräusch am Himmel erklang und ein Licht zu sehen war, das kreiste und kreiste und immer tiefer kam, und es war ein Flugzeug, das zu landen versuchte, wie vom Kirchturm aus Camilo, der fliegende Küster, meldete; er selbst kann sagen, ob das stimmt, er hört mich ja vom Geländer der Empore aus, denn weil er so gern fliegt, läßt er sich dort hingekauert nieder, den Kopf an die Brust gelegt, als sei er ein nachdenklicher Vogel.

Da landete das Flugzeug also auf dem Baseballfeld, und ich ging hin, um herauszufinden, was das für ein Flugzeug war und wer der Pilot, schien es mir doch nicht normal, wie ihr euch vorstellen könnt, wenn ihr es einen Augenblick bedenkt, daß hier bei uns zu so später Stunde ein Flugzeug landen wollte. Und es war dies ein Flugzeug mit Flügeln aus Leinwand, ganz vom Wind zerrissen, der Holzrahmen ziemlich mitgenommen, und, natürlich, wer anders saß darin als Pilot als dieser unverbesserliche Bösewicht von Quevedo, der, großmäulig und

Witze machend wie immer, ausstieg, sich die Ledermütze und die Fliegerbrille abnahm und mich aufforderte, ich solle ihm noch in dieser Nacht die Kirche öffnen, habe er doch einen Boxkampf über fünfzehn Runden vereinbart, zwischen ihm und unserem Herrn Jesus Christus; ein Boxkampf, der direkt vor dem Hochaltar ausgetragen werden sollte, und bei dem er ein- für allemal unseren himmlischen Meister K.O. schlagen wollte.

Groß war da meine Verblüffung, als ich diese lästerliche Rede hörte, ist doch Quevedo ein wahrer Meister der Gotteslästerung, und Camilo, der fliegende Küster, der dort bei mir war, soll euch sagen, ob es gelogen ist, daß ich ihm ins Gesicht spuckte wegen seiner lästerlichen Worte, doch er lachte mich nur aus mit seinem bösen, unheimlichen Lachen und meinte: Nun lassen Sie uns schon zur Kirche gehen, dort wartet mein Betreuer auf mich, und übernehmen Sie, Herr Pfarrer, wie es Ihrem Amt entspricht, die Rolle des Betreuers für meinen Gegner Jesus Christus.

Und wißt ihr, wer der Betreuer dieses perversen Quevedo war, wie er es selbst mit seinen ölig-hinterhältigen Worten nannte? Na, niemand anderes als der, der dort im Orchester sitzt, die Bratsche in der Hand, als könne er kein Wässerchen trüben. Lucas Velero, der Gerichtsschreiber und Musiker mit dem Gummirüssel, der die Bombarde bläst, sich jedoch besser damit beschäftigte, in die Flammen des Fegefeuers zu blasen, das dort brennt, von wo Quevedo in jener Nacht mit seinem klapprigen Flugzeug gekommen war, denn man konnte kein bißchen Benzin in seiner Umgebung riechen, wie das in der Nähe von Flugzeugen üblich ist, sondern nur den Geruch nach reinem Schwefel. Und findet ihr es, wenn ihr das hört, nicht auch logisch, daß es Lucas Velero ist, der in der Judea die Rolle Satans übernimmt? Irgendeine Verwandtschaft muß da bestehen!

Und so gingen wir im Dunkeln zur Kirche hinüber, denn wenn Quevedo Jesus Christus zum Boxen herausforderte, wollte ich ihn nicht im Stich lassen; und als wir ankamen, wartete dort schon Lucas Velero, in seiner erbärmlichen Rolle als Betreuer, an einer Ecke des Hochaltars auf seinen Komplizen, den Eimer in der Hand und das Handtuch über der Schulter; und kaum sahen sie sich und erkannten sich, da begann zwischen ihnen ein großes Hallo alberner Begrüßungen, schmutziger Witze und vulgären Gelächters, wie es unter Spitzbuben so üblich ist, und dann gingen sie ein Stück beiseite, um in aller Heimlichkeit ihre üblen Tricks zu planen, während Quevedo Mantel, Wams und knielange Hosen ablegte, bis nur noch die schamlosen Boxershorts übrigblieb. Und jener andere, von dem ich euch berichtete, Lucas Velero, der sich was schämen soll, band ihm die Handschuhe fest.

Ich ging in die Ecke von Jesus Christus, den ich traurig und niedergeschlagen wegen der Sünden der Welt antraf, und nackt außerdem, aber nicht aus Schamlosigkeit, wie Quevedo, sein Gegner, der jetzt damit beschäftigt war, sich mit Schattenboxen aufzuwärmen, sondern in der Nacktheit, in der er gekreuzigt wurde, blutig von Kopf bis Fuß, die Nagellöcher in Händen und Füßen, den Lanzenstich in der Seite, die Dornenkrone auf dem Haupt, und ich sage euch, kein Juan Castil hätte ihn in dieser Leidenspose darstellen können, die mehr denn je Mitleid erweckte. Wenn er schließlich zustimmte, sich die Handschuhe anzulegen, wußte er doch überhaupt nicht, daß man zum Boxen Handschuhe braucht, dann nur wegen meines inständigen Bittens. Und später, zwischen den Runden, müßt ihr wissen, sollte er kein Wasser gegen seinen Durst annehmen, sondern nur Essig und Galle.

Einen Ringrichter wollte Quevedo dann noch haben, und darin unterstützte ihn sein Betreuer Lucas Velero, und das sollte nicht Camilo, der fliegende Küster, sein, sondern einer, den sie schon in petto hatten, trat er doch urplötzlich aus dem Schatten, und das war niemand anders als der Araber aus Kyrene, Abdel Mahmud, der unreine Moslem und fliegende Händler, unverbesserlicher Anhänger von Allah, ihr habt ihn sicher schon gesehen, wenn er seine Kisten und Kasten beiseite läßt, um sich mitten auf der Straße hinzuknien und seine Gebete zu leiern, wobei er sich dorthin wendet, wo nach seiner Meinung Mekka liegt, ein ebensolcher Schwindler wie Don Teófilo Mercado, wenn er seine Hallelujas zum Jehova von Luther und Jakob betet, denn all diese Gebete sind, die einen wie die anderen, gleich falsch.

Habt ihr jemals den Araber aus Kyrene, Abdel Mahmud, diese Kirche betreten sehen, außer auf der Suche nach seinen Ziegen, die einfach hier hereinkommen, um zwischen den Kirchenbänken ihren Dung zu verteilen? Denn wenn er nicht gerade von Tür zu Tür geht und seine Stoffe verkauft, dann mästet er seine Herde Ziegen, indem er sie quer durch den ganzen Ort weiden läßt, wo sie nach Herzenslust die Hecken abfressen und das Gras, das auf den Wegen wächst, nur um kein Geld für Futter auszugeben.

Der Araber aus Kyrene, das seht ihr schon, konnte kein unparteiischer Schiedsrichter dieses Boxkampfes sein, und das war er auch nicht, sondern ein heimtückischer Komplize des Quevedo, der von vornherein alle Tricks mit Lucas Velero abgesprochen hatte, denn kaum hatte Camilo, der fliegende Küster, die Glocke der Abendmahlsankündigung erklingen lassen, die die erste Runde eröffnete, da begann der unreine Araber, auf schamloseste Weise Quevedo zu bevorteilen, der bemüht war, Tiefschlag um Tiefschlag Jesus Christus so bald wie möglich zu Boden zu schicken, der sich kaum verteidigen konnte noch sich wirklich verteidigen wollte, trotz der Ratschläge, die ich ihm lauthals aus meiner Ecke zurief; doch kaum bekam der Göttliche Hirte einen *Jab* auf die eine Wange, da hielt er auch schon, so überaus sanftmütig, wie er war, die andere hin.

Und so ging es den ganzen Kampf über, Unser Herr Jesus Christus, immer ramponierter und blutiger, viel mehr, als er es zu Anfang schon gewesen war, erduldete einen ununterbrochenen Hagel von *Uppercuts*, *Jabs* und Graden direkt in sein göttliches Antlitz hinein, und vor allem einen Haufen verbotener Schläge, mit denen ihn Quevedo traktierte, so daß es ein reines Wunder war, daß sich das arme Lamm, das die Sünden der Welt auf sich nimmt, noch auf den Beinen hielt; und Lucas Velero erklärte andauernd aus seiner Ecke heraus Quevedo schon im voraus zum sicheren Sieger durch K.O. und prahlte lauthals damit, er habe in seinem Haus in der Rondastraße schon alles für die Siegesfeier vorbereitet, mit Schlagermusik, lästerlichen Witzen, jeder Menge Schnaps und leichten Mädchen, ein Fest, das bis zum Tagesanbruch dauern sollte, wenn Quevedo wieder in sein Flugzeug stiege und aus Masatepe abreiste, zurück nach dort, wo wir schon gehört haben.

Und du sagtest auch – war es etwa nicht so, Lucas Velero? –, daß zu diesem Fest, außer dem Schiedsrichter, der sogar schon ein Zicklein gebraten hatte, auch noch weitere eingeladen waren, die ich wohl kenne und die auch hier unter uns sind und die, wenn ich ihren Namen nennen würde, über ihre eigene Verderbtheit weinen würden, ein Brunnen- und Schatztopfgräber, ein zeitungsaustragender Albino, ein Schuster eleganten Schuhwerks, ein cellospielender Musiker, der intimen Umgang mit Kräuterhexen pflegt, und noch ein Musiker, der Tuba und Posaune spielt, den ich mich am wenigsten zu nennen wagte, so peinlich ist sein Spitzname, und der so tut, als mache er bei diesen Sachen nur gezwungen mit, dabei weiß ich genau, daß er mit Freuden und aus freien Stücken daran teilnimmt.

Es erklang wieder die Glocke und eröffnete die fünfte Runde, Quevedo kam, angefeuert von seinem Betreuer Lucas Velero, aus seiner Ecke, und sie meinten schon, als sie Jesus Christus so erschöpft und übel zugerichtet sahen, die letzte Stunde des Kampfes sei gekommen, brauchte es doch nur noch einen guten Kinnhaken, um ihn zu Boden zu schicken. Doch es soll niemand zu früh seinen Sieg über unseren Herrn feiern, ist er doch schließlich Herr seines Throns und des Zepters seiner Macht.

Es hob Unser Herr seine behandschuhte Faust, ohne gewaltsame Absichten zu zeigen noch Schaden anzurichten, der Handschuh streifte kaum das Kinn Quevedos, und es reichte jene zarte Geste, daß der andere davon hingestreckt wurde, zuerst auf die Knie, als bitte er seinen göttlichen Gegner um Gnade, hatte ich ihn doch immer genauso sehen wollen, diesen vermaledeiten Unhold, in die Knie gezwungen, und der Wunsch ging in Erfüllung; dann legte er die Stirn auf den Boden, verhielt einen Augenblick entkräftet, fiel auf eine Seite und blieb schließlich, die Arme ausgebreitet, mit dem Gesicht nach oben reglos liegen, womit der Araber Abdel Mahmud, sehr zu seinem Leidwesen, bis zehn zählen mußte, und obwohl Lucas Velero ihn dazu anhielt, so langsam wie möglich zu zählen, war da nichts mehr zu retten, und Quevedo wachte nicht mehr auf, denn er war tatsächlich prachtvoll gewesen, der Schlag, den ihm Jesus Christus mit seiner seligen Kraft verpaßt hatte und der so sanft aussah.

Ein Fest mit Schlagermusik, lästerlichen Witzen, jeder Menge Schnaps und leichten Mädchen gab es an jenem Abend im Hause von Lucas Velero keines mehr, sondern oben im Himmel, wo jener Sieg auch mit Musik gefeiert wurde, doch mit Harfenmusik, die von Engeln gezupft wurde, und Chorälen, die der Chor der Cherubime anstimmte; und als Quevedo wieder zu sich kam, zog er sich abweisend und hochmütig selbst wieder an, ohne sich von Lucas Velero helfen zu lassen, den er seine Verstimmung ordentlich spüren ließ, als sei der schuld an seiner deutlichen Niederlage durch K.O. Und allein und noch ein wenig schwindlig von dem Schwinger bestieg er sein Flugzeug, startete den Motor und flog davon, bis sich sein Flugzeug in der Ferne verlor, hinter dem Vulkan, als es schon hell zu werden begann.

Nun, Lucas Velero, es ist gut, daß du beschämt und reumütig weinst, wie ich hier von der Kanzel aus sehen kann und wie ich auch die Geladenen deines Festes weinen sehe, das ihr nicht mehr feiern konntet, ihr verdorbenen Sünder, die ich nicht beim Namen nennen wollte, die sich jedoch durch ihr Weinen selbst verraten haben. Und ich bitte Camilo, den fliegenden Küster, hergeflogen zu kommen und die Hostienschale aus dem Tabernakel zu holen, damit sie bereit sind, denn dir und allen deinen Komplizen will ich heute als erste die Heilige Kommunion geben.

Und ich würde sie auch gern dem Abdel Mahmud geben, dem Araber aus Kyrene; doch der kommt ja nur als unfairer Schiedsrichter gegen Jesus Christus hierher, oder um seine weggelaufenen Ziegen einzufangen, und wenn ich nicht irre, wird er zu dieser Stunde irgendwo wer-weiß-wen mit den Preisen seiner Stoffe übers Ohr hauen, selbst wenn er sie auf Pump abgibt, Amen.

V

Kaum war Don Avelino Guerrero gegangen, da setzte der Wolkenbruch ein, doch kurz nach sieben gab der Himmel eine Atempause, es klarte auf, und endlich konnte der Beduine losgehen, um seine Aufgabe zu erledigen. Deine Großmutter Luisa blieb, um sich um den Laden zu kümmern, so wie die beiden es verabredet hatten, und es kamen ein paar Kunden, die früh zum Kino unterwegs waren und vorher noch ein paar einzelne Zigaretten kaufen wollten, oder »Sen-Sen« für frischen Atmen; und einer kam und fragte nach einer Harmonika, setzte verschiedene an den Mund, blies kräftig in sie hinein, wollte unbedingt eine der Marke »Diamond«, und weil es davon keine gab, nahm er schließlich gar keine.

Wegen des Regens begann das Rosenkranzgebet mit Verspätung, ohne Streichorchester, denn es war ein ganz gewöhnlicher Rosenkranz, und die Musiker hatten außerdem, wie man weiß, eine Verpflichtung bei einem Maskenball; ohne Harmoniumsmusik auch, war doch Auristela, »die Meerjungfrau«, nicht in der Kirche erschienen, niemand wußte, ob sie an diesem Abend ihren Bingosalon öffnen würde, und selbst wenn sie ihn öffnete, ob nicht schon bald das Spiel durch ihr herzzerreißendes, untröstliches Weinen unterbrochen werden würde; und genau deshalb schließlich auch ein Rosenkranz ohne den frommen Cecilio Luna, der allein in der Kirche zurückbliebe, und Camilo, den fliegenden Küster, beim Türenschließen aufhielte. Denn dieser Cecilio, weit entfernt davon, kniend vor Altären zu beten, mußte zu dieser Stunde sicher schon mit den typischen Pflichten seiner Flitterwochen beschäftigt sein. Doch wird es dennoch in der Kirche nicht ganz still zugehen. Es werden berichtenswerte Dinge geschehen, die später, wenn Zeit zum Erzählen ist, auch erzählt werden sollen.

Unterdessen kam, auf der Suche nach deiner Großmutter Luisa, ganz durchnäßt die Köchin herbei, mit einer Nachricht, die von deinem Großvater Teófilo eigenhändig geschrieben worden war. Das Regenwasser hatte die Buchstaben auf den Linien des Blattes verlaufen lassen, und nur mit Mühe konnte sie die Nachricht lesen, die folgendermaßen lautete:

Meine sehr geschätzte und verehrte Luisa:
Du erfreust Dich, wie ich hoffe, bei Erhalt dieser Zeilen bester Gesundheit, und ohne weitere Umschweife will ich Dir folgendes übermitteln: Als ich heute nachmittag vom Bahnhof zurückkehrte, vergaß ich Dir etwas sehr Wichtiges zur Kenntnis zu bringen, und ich vergaß es leider noch einmal, als ich Dich nachher an der Haustür verabschiedete; und zwar sah ich heute den Doktor Santiago Mayor nicht aus dem Vier-Uhr-Zug steigen; und wie ich persönlich vom Schaffner der 1. Klasse erfahren konnte, hat besagter Arzt den Zug in Masaya gar nicht bestiegen, wohin er heute morgen gefahren war, um seine Gattin Priscila Lira zu bestatten, die unvorhergesehenerweise verstorben war; so daß es nur noch einen weiteren verfügbaren Geburtshelfer in Masatepe gibt, deinen Neffen, den Doktor Macario Salamanca, der sehr fähig ist, hat er doch sein Studium in Mexiko abgeschlossen.

Ich bitte demzufolge um die Zustimmung unseres Herrn Schwiegersohnes Pedro, den Doktor bei der Kinovorstellung aufsuchen zu dürfen, wo er sicher, gemeinsam mit seiner mexikanischen Gattin, Doña Minerva Negrete, weilt, denn heute abend zeigt man, wie ich erfahren habe, einen mexikanischen Film, »Frauen und Stiere«, mit dem Charmeur Emilio Tuero und der unvergleichlichen Marina Tamayo in den Hauptrollen, und die beiden mögen doch die Filme so gern, die von dort zu uns kommen; dies in der Absicht, ihn um den besonderen Gefallen zu bitten, sich um unsere Tochter Luisa zu kümmern, wozu ich ihn persönlich hinüberbringen werde, im Falle, daß er und daß auch Pedro einverstanden ist, weiß ich doch um die alte Feindschaft, die es da gibt und die ich Dir nicht in allen Einzelheiten in Erinnerung zu rufen brauche, da Du all diese Einzelheiten gut genug kennst.

Allerherzlichst
Dein
Teófilo

PS: Ich muß Dir noch eine seltsame Geschichte erzählen, und zwar kam hier jener unfreundliche Mensch, Macabeo Regidor, vorbei und meinte, es gäbe heute abend keinen Maskenball, wegen irgendeines Trauerfalls; davon bitte ich Dich, Pedro ins Bild zu setzen. T.M.

Als sie zu Ende gelesen hatte, hob deine Großmutter Luisa besorgt das Gesicht und ließ das sonderbare Betragen deines Großvaters Teófilo beiseite, der, anstatt persönlich zu kommen, eine solch lange Nachricht schrieb, mit soviel überflüssigen Bemerkungen, als lebe sie im Ausland und nicht in Masatepe; und weshalb war er zuhause geblieben, wo doch das Kino, in dem er den Doktor Macario Salamanca treffen wollte, gleich um die Ecke vom Laden lag.

Der Beduine war schon fort, und seine Zustimmung war unerläßlich. Wie dein Großvater Teófilo sehr richtig erwähnt hatte, ging es um eine Todfeindschaft. Und während die Köchin, vor Kälte zitternd, auf die Antwort wartete, grübelte deine Großmutter Luisa über die haarige Situation.

Im Jahre 1936, nach dem Staatsstreich, mit dem der General Anastasio Somoza seinen Onkel Juan Bautista Sacasa aus dem Präsidentenamt jagte, ergriffen der Doktor Macario Salamanca und dein Onkel Eulogio, der Geiger, die Nachbarn, liberale Parteifreunde und auch sonst enge Freunde und Gevatter waren, jeder für eine Seite Partei, Doktor Macario Salamanca für Sacasa, der schon in der mexikanischen Botschaft Schutz gesucht hatte, und dein Onkel Eulogio, der Geiger, für Somoza, der im Präsidentenpalast auf dem Tiscapahügel saß.

Jeder der beiden organisierte ein paar Tage nach dem Putsch seine eigene Demonstration, und die beiden lärmenden Demonstrationszüge trafen sich genau an der Ecke, wo sie beide wohnten. Zunächst traktierten sich die Demonstranten nur mit Beschimpfungen und Flüchen, dann hagelte es Steinwürfe und Knüppelhiebe, und es entbrannte eine Schlägerei, die sich noch verschlimmerte, als Leutnant Sócrates Chocano, an der Spitze der drei einzigen Soldaten der Nationalgarde, die im Ort stationiert waren, zur Stelle eilte, um die Somozaanhänger gegen die Sacasaanhänger zu unterstützen.

Im Handgemenge gelang es dem Doktor Macario Salamanca, einem der Soldaten sein Gewehr zu entreißen, weshalb er später wegen Aufruhr vor ein Kriegsgericht gestellt wurde; und dein Onkel Eulogio, der Geiger, wurde durch einen versehentlichen Kolbenhieb am Kopf verletzt, wofür ihn hernach der Leutnant Sócrates Chocano tausendmal um Verzeihung bat, direkt am Krankenbett, in dem er lag und Funken sprühte vor Wut und nichts wissen wollte von Entschuldigungen oder Erklärungen.

Der Doktor Macario Salamanca floh über mehrere Hinterhöfe, nachdem er das Gewehr in ein Plumpsklo geworfen hatte, denn als er gewahr wurde, daß er ein Gewehr in der Hand hatte, wußte er, der nicht mit Waffen umgehen konnte, nicht mehr, was er damit anfangen sollte. Und so flohen auch seine Parteigänger, und die Türen seines Hauses, in dem er auch seine Praxis hatte, wurden von der feindlichen Meute aufgebrochen, die sich schon zum Plündern anschickte. Doch da trat Doña Minerva Negrete heraus und stellte sich, in eine Fahne Mexikos gehüllt, den Angreifern entgegen, und als er sie so sah, lief Leutnant Sócrates Chocano herbei und rief: »Halt, man achte diese Fahne, General Somoza will keinen Krieg mit einer ausländischen Macht!«

Der Streit verschärfte sich noch, als nach dem Handgemenge dein Onkel Eulogio, der Geiger, vor dem Kriegsgericht erschien, das in Masatepe zusammentrat und aus hohen Militärs gebildet wurde, die eigens aus Managua gekommen waren, und aussagte, er habe genau gesehen, wie der Angeklagte dem Soldaten die Waffe entwendete, was nicht der Wahrheit entsprach, da er zu diesem Zeitpunkt schon den Kolbenhieb abbekommen hatte und blutüberströmt zu Boden gegangen war.

Da erhob sich der Doktor Macario Salamanca von seinem Sitz, wandte sich deinem Onkel Eulogio, dem Geiger, zu, winkte, als schaue er aus dem Fenster eines anfahrenden Zuges, mit seinem hocherhobenen Hut und verabschiedete sich so von einer langen Freundschaft. Und dein Onkel Eulogio, der Geiger, sagte, ohne den Blick zu senken, voller Spott, doch gleichzeitig von einem stechenden Schmerz durchbohrt, den er nicht verheimlichen konnte: Na gut, dann eben Adios, und alles Gute.

Warte mal einen Augenblick, sagte deine Großmutter Luisa zur Köchin und trat, sehr in Sorge, ins Schlafzimmer, um ihre Tochter um Rat zu fragen. Und Luisa, die Gebärende, antwortete ohne jedes Zögern: Holt nur den Doktor Macario Salamanca, ich übernehme die Verantwortung.

Unterdessen lief der Beduine eilig durch die dunklen Straßen und raffte die Tunika, um über die Sturzbäche zu springen, die zur Lagune hinunterrauschten. Auf seinem Wege traf er andere Kostümierte, die schon zum Fest unterwegs waren und sich mit Karbidlampen leuchteten, ein kräftiger Husar mit falschem Schnauzbart, der mit seinen Lackstiefeln im Schlamm versank, weil er in seinen Armen einen zarten Schmetterling mit Zellophanflügeln trug, der ängstlich und fröhlich zugleich lachte; einen Heiligen Franz von Assisi, der einen bissigen Hund an der Leine führte, seinen Wolf aus Gubbio, ohne daran zu denken, wie gefährlich es war, diesen Hund noch einmal zum Fest mitzubringen, hatte er sich doch schon im vorigen Jahr losgerissen und mehrere Paare gebissen, die gerade das »Bierfäßchen« tanzten.

Und eine Straße weiter, schon kurz vor seinem Ziele, sollte er auch noch auf Amada Laguna treffen, die, auf ihrem Schemel sitzend, auf den Schultern von vier starken Trägern schaukelte, eine in wallende Schleier gehüllte Fee mit einem Diadem auf der Stirn und einem Zauberstab in der Hand, den an einem Ende ein Stern zierte, die Gitarre auf den Knien, denn sie wird uns, erinnern wir uns, bei einem Intermezzo des Balls die Eingangsarie der Amina aus der »Nachtwandlerin« singen.

Der Beduine kam schnellen Schritts am Haus von Filomela Rayo vorbeigelaufen, die er selbst mit dem Spitznamen »die Weiße Frau« bedacht hatte, und sah sie von weitem die Veranda des Innenhofes fegen. Sie war eben erst aufgestanden, um ihre Hausarbeit zu beginnen, denn vor Jahren schon hatte sie die Nacht mit dem Tag vertauscht und zündete die Lampen in ihrem Haus und das Feuer in ihrem Herd an, wenn sie woanders schon verloschen, und ging schlafen, wenn die Hähne krähten.

Im Morgengrauen, wenn alle Arbeit getan war, setzte sie sich hin und beschrieb ganze Bogen Papier für ihren Mann und jedes einzelne ihrer Kinder, mit sehr genauen Anweisungen darüber, was sie zu tun und zu lassen hätten, während sie schlief, zum Beispiel sogar noch die genaue Summe, die Ireneo »aus der Dunkelheit«, der Brunnen-, Schatztopf- und Friedhofsgräber, der nie fertig wurde mit dem Brunnen in ihrem Garten, für seine tägliche Arbeit zu bekommen hatte. Und sie schrieb ihnen außerdem auf diesen Bogen Ratschläge, Lebensweisheiten und Sinnsprüche auf, erwähnte angenehme Erinnerungen und erzählte ihnen lustige Geschichten und Anekdoten, als unterhielte sie sich mit ihnen.

Und weil sie sich um Mitternacht hinsetzte, um ihre Rindersuppe zu löffeln, drang viele Häuser weit in der Umgebung der Geruch von Koriander in die Schlafzimmer, sehr eindringlich, denn so sind die Gerüche in der Stille der Nacht; sehr sonderbar, war dies doch ein Geruch nach Mittag; und sehr zum Lachen, denn wer außer der »Weißen Frau« setzte sich zu solch mitternächtlicher Stunde dem Schwitzen aus, das Gesicht ganz rot vom Dampf aus der Suppenschüssel, während sie da löffelte.

Endlich gelangte der Beduine an die Tür, zu der er wollte, er klopfte, die Tür öffnete sich, und es erschien rauchend seine Unterhändlerin Amantina Flores, obwohl sie in diesem Augenblick gar nicht rauchte. Doch alles an ihrer Figur und ihrem Wesen war so gehalten, als rauche sie. Die Art und Weise, wie sie den Arm bog, die Haltung ihrer Hand, die leicht geöffneten Finger, so hielt sie immer ihre Zigarette. Die Art, das Gesicht zu wenden und die Augen mit den langen Wimpern halb zu schließen, war so, als sauge sie den Rauch ein.

Und der Raum, der hinter der Tür lag, ein einziger Raum, aus dem ihre ganze Wohnung bestand, war der Wohnraum von jemandem, der nur wartend lebt, wartend auf den Zeitpunkt, wenn eine Spritze gegeben werden oder wenn man an das Bett eines Kranken muß, wissen wir doch schon, daß es ihr Beruf ist, Spritzen zu geben und Kranke zu pflegen, tief in der Nacht, im Morgengrauen, schlaflos wartend auf dem Bett liegend, die brennende Zigarette zwischen den Fingern. Das Kind des Sündenfalls, das schon an die zwölf Jahre alt sein muß, schläft, weiß und dünn wie ein Wurm, auf einem Feldbett an der Wand. Wenn es jetzt aufwachte, dann könnte man sehen, daß es die gleichen goldenen Locken und die gleichen blauen Augen hat wie seine Mutter, und auch die gleichen langen Wimpern und die gleiche Art und Weise, mit ihnen zu klimpern.

Das Kind des Sündenfalls, so nennt man es in Masatepe ganz einfach. Denn als sie noch eine Schülerin der sechsten Klasse war, da stellte sich eines Tages heraus, daß sie schwanger war, niemand erfuhr jemals, von wem, und so wurde der Sündenfall selbst zum Vater des Kindes. Und sie war damals noch so jung, daß jenes Kind des Sündenfalls in ihren Armen wie eine Zelluloidpuppe wirkte, mit der sie spielte, denn mit Puppen zu spielen entsprach noch ganz ihrem Alter, und nicht die Brust zu geben, hatte sie doch noch überhaupt keine Brüste, ganz im Gegensatz zu jener Zelmira, der Fakirsfrau, die welche von verblüffendem Ausmaß besaß.

Und sie war zudem ein sehr hübsches Mädchen, zu der Zeit, als sie mit dem Sündenfall anbandelte. Es gab keine Prozession und kein Krippenspiel, bei dem sie nicht irgendeine Art Engel spielen mußte, den Engel mit der Waage, den Schutzengel, den Engel vom göttlichen Thron, den Engel mit der goldenen Kugel, den Engel des göttlichen Zorns, den Wachengel des Heiligen Grabes, den Verkündigungsengel. Und jetzt, trotz ihrer Armut, ein erwachsener Engel ihrem Aussehen nach, denn obwohl sie keine Flügel hat, sieht sie aus wie ein Engel, der aus dem Modeheft geschnitten ist, oder aus einer Anzeige für ein Desodorant oder eine Zahnpasta, den Arm erhoben, um die trockene Achsel zu zeigen, die porzellanweißen Zähne zu einem Lächeln entblößt, bekämpfen Sie Körpergeruch, ein frischer Atem gefällt immer.

Bedingt durch ihren Beruf ging diese Amantina Flores zu bestimmten Zeiten zu Telémaco Regidor, um ihm Ampullen von »Opovitan-Forte« zu spritzen, das ihm der Doktor Macario Salamanca verschrieben hatte, weil er, wenn seine Sauftouren zu lange anhielten, den Verstand und jegliche Haltung zu verlieren pflegte und man ihn voller Angst vor den blauen Teufeln heulen hören konnte, die sich durch die Dachsparren hindurchzwängten und seinen Schuppen bevölkerten und ihm, wenn sie drinnen waren, den Kopf mit ihrem Schreien und Kreischen verwirrten. Ein dunkler Schuppen, der schon von weitem nach Branntwein riecht wie eine Destillerie, die Wände immer schimmlig und feucht, wie alkoholgetränkt.

Dieser Schuppen von Telémaco Regidor, aus dem die blauen Teufel nicht so einfach verschwinden und in dem später noch andere überraschende Dinge geschehen werden, ist ein Bau aus Lehmziegeln mit einem einzigen Raum, der versteckt unter den Guanacastebäumen und Königszedern ganz hinten im Garten des großen Haupthauses liegt, das seit dem Tode seiner Mutter Agueda Catarina, der Witwe von Domitilo Regidor, verwaist ist. Dorthin hat er sich zurückgezogen, denn er ist nicht nur ein großer Trinker, sondern auch ein ganz scheuer, abweisender Mensch, außer wenn es darum geht, Fakirfrauen zu verführen oder bei Wohltätigkeitsfesten Duett oder Quadrilla zu tanzen. Mit seiner Mutter sprach er zum Beispiel nie, nicht weil er sie nicht liebte, sondern weil er es nicht für nötig hielt.

Und würde er gehen? Ja, er würde gehen, ließ Telémaco Regidor dem Beduinen ausrichten. Wie verabredet, hatte sie ihn am selben Nachmittag in seinem Schuppen besucht, obwohl es heute nicht notwendig war, ihm eine Spritze »Opovitan-Forte« in die Hüfte zu geben. Er würde zum Kostümfest gehen und ihn nicht versetzen. Und er solle nicht diese Geschichten glauben, die da in Umlauf wären, er habe sich in der Kneipe »Zu den Gluckhennen« schlecht über deine Tante Leopoldina geäußert, er sei schon lange nicht mehr in irgendeiner Kneipe gewesen, er wolle mit dem Trinken aufhören, habe seinen Willen daran gesetzt, dieses verdammte Laster aufzugeben, um ein ordentlicher und rechtschaffener Mann zu werden.

Und in welchem Kostüm wolle er denn kommen? ging der Beduine zur nächsten Frage über, immer weniger verhalten in seinen Hoffnungen. Er würde als ägyptische Mumie verkleidet sein, wie Boris Karloff, Arme, Beine, Kopf und Gesicht in Mullbinden gehüllt, denn es sei empfehlenswert, daß man ihn nicht auf den ersten Blick erkenne, sonst könne alles vergeblich sein. Sie selbst, die hilfsbereite Amantina Flores, wollte ihn verbinden gehen, so gegen acht, also schon bald, mit den Streifen weißen Leinens, die sie selbst auch zugeschnitten habe.

Nun wollte der Beduine nicht länger Zeit verlieren und kam zur entscheidenden Frage. Und was sagt er zu dem Zeichen? Was das Zeichen anging, so sei Telémaco Regidor ganz einverstanden, ließ er gleichfalls ausrichten. Käme man zu einer Vereinbarung, und nichts ließ befürchten, daß das nicht so wäre, denn der Täter zeigte sich mehr als bereit, seine Missetat wiedergutzumachen, dann sei er bereit, deine Tante Leopoldina, die Gefangene, um einen Tanz zu bitten, und in diesem Augenblick brauchte er nicht mehr zu verbergen, wer er sei. Wenn eine Mumie mit deiner Tante Leopoldina tanzte, dann konnte diese Mumie niemand anders sein als Telémaco Regidor, und dieser Tanz bedeutete, daß er seine Schuld vor aller Augen eingestand, und die kostümierte Menge würde fröhlich beginnen, ausgelassen um das Paar herumzutanzen.

Aber wie würde sie kostümiert sein? Telémaco Regidor mußte das wissen, um sie nicht zu verwechseln, wenn er sie zum Tanz aufforderte: als Anna Boleyn, von Kopf bis Fuß in Schwarz gekleidet, beeilte sich der Beduine, seiner treuen Unterhändlerin Amantina Flores zu berichten. Den blutigen Schnitt des Scharfrichters wolle sie mit Anilin rot auf den Hals gezeichnet tragen, um einen abgehackten Kopf vorzutäuschen, der ihr wieder auf die Schultern gesetzt worden war, das sei das Besondere an der Verkleidung.

Gut, gut, meint, lächelnd und rauchend, Amantina Flores, und jetzt sag mir mal: Welches Stück sollen denn die beiden tanzen? Das muß ich Telémaco Regidor auch weitersagen. Dieses Stück ist der Foxtrott *Girls on bycicle around the Central Park*, vertraut ihr der Beduine an und senkt dabei die Stimme, obwohl da sonst niemand ist, außer dem Kind des Sündenfalls, das auf seinem Feldbett schläft. Und Amantina Flores antwortet: Wie schön, schade, daß ich nicht dabei sein kann, es kommt mir vor, als sähe ich es durch ein Löchlein in der Wand, das Orchester Ramírez spielt diesen Foxtrott, und die Mumie tanzt mit der schwangeren Anna Boleyn und feiert mit ihr das große Glück, daß alles doch noch gut ausgegangen ist. Und es scheint fast so, als weine Amantina Flores vor lauter Rührung, doch vielleicht ist es nur der Rauch ihrer Zigarette, der ihr die Tränen in die Augen treibt.

Fröhlich verabschiedete sich der Beduine von Amantina Flores, fröhlich ging er von dannen: Jetzt brauchte er nur noch beim Doktor Santiago Mayor vorbeizugehen und ihn daran zu erinnern, daß er sich mit seinem Köfferchen bereithalten solle, um sofort zu kommen, wenn ihm Mercedes Alborada Bescheid sagen kam. Doch kaum stand er auf dem Bürgersteig, da hörte er in der Dunkelheit eine Stimme zu ihm sprechen, das war die Stimme von Aurora Cabestrán, die hinter verschlossenen Fensterläden auf ihn gewartet hatte, und jetzt öffneten sich die Läden weit, und er sah sie, wie sie mit ausgebreiteten Armen die Läden hielt und ihr schwarzes Haar herabgekrochen kam und sich auf den Bürgersteig ergoß, während sie im hellen Viereck des Fensters stand wie ein Heiligenbildchen.

Der Beduine überquerte hüpfend die Straße, stieg auf den Bürgersteig, und sie sagte zu ihm: Stell dir nur vor, Pedro, Don Salomón Barquero hat, in Komplizenschaft mit seinem Bruder, dem General Macedonio Barquero, deinen Busenfreund Ulises einsperren lassen, weil er schon seit einer Woche trinkt, direkt aus der Kneipe weg haben ihn die Soldaten verhaftet, und jetzt sitzt er im Knast, in Isolierhaft, auf Befehl seines Vaters, und nicht mal mich als seine Ehefrau lassen sie zu ihm hinein, dieser seelenlose Hunnenbarbar, seinen eigenen Sohn hinter Gitter zu bringen, und ich, um Gottes willen, was soll ich denn machen, außer als hier vor Kummer zu sterben? Geh du zum Kommando, sprich mit dem Leutnant Sócrates Chocano und sieh zu, was du bewirken kannst, denn mir hat er schon nein gesagt, dir wird er ihn vielleicht überlassen, er soll ihn mir zurückgeben, sag ihm das, ich warte hier solange auf dich. Du gehst doch und holst ihn mir, nicht wahr?

Es stimmt, was Aurora Cabestrán schluchzend gestammelt hat, der Beduine und Ulises Barquero, auch er Kaufmann, wenn auch feinerer Waren, waren Busenfreunde gewesen, eine Freundschaft, die sich auf der dritten Seite mit Telémaco Regidor schloß. Busenfreunde also alle drei und von Kindheit an, als sie nackt in der Lagune badeten und sich in den ruhigen Wassern treiben ließen, ohne daran zu denken, wieviel Uhr es war, es ist spät geworden, Freunde, danach, bei den endlosen Billardpartien an den Pooltischen oder beim gemeinsamen Besuch der Kostümfeste von Saul Regidor, dem Tuchfärber, und beim Freud und Leid komplizenhaft geteilter Liebschaften, und auch, wie hübsch dein neues Hemd, laß es mich auch mal anprobieren, ich schenk dir diese Krawatte, trag du sie ruhig, mir gefallen deine Hosenträger, da, nimm sie nur, mit Vergnügen.

Jene zwei fielen dem Laster des Alkohols anheim, und dem fiel dann auch zur gleichen Zeit die Vertrautheit der drei zum Opfer, war doch der Beduine kein Mann der Kneipen noch langer Zechgelage bei einer Flasche und noch einer Flasche bis zum Tagesanbruch, oder schlimmer noch, bis die Sonne wieder unterging, noch war er so leichtsinnig bei seinen Späßen, allzu tollkühne Wetten abzuschließen, wie diejenige, einem Fakir vor seinen Augen die Frau auszuspannen.

Wobei allerdings gesagt sein soll, daß, trafen sie sich bei irgendeinem Fest, ohne daß Alkohol im Spiel war, oder wenn sie den Beduinen in seinem Laden besuchen kamen, die Freundschaft mit schallendem Gelächter und derben Späßen schnell wieder aufleben konnte. Und daß sich daran, das Hemd auszuziehen, um es dem anderen zu schenken, nie etwas änderte, das soll auch gesagt sein.

Die blauen Teufel, die sich zuhauf zwischen den Dachsparren des Schuppens von Telémaco Regidor hindurchzwängten, um ihn mit ihrem Kreischen und Schreien zu quälen, luden Ulises Barquero mit Listen und Kniffen zum Trinken ein, flüsterten ihm heimlich ins Ohr, mit verführerischem Gelächter. Dann ließ er alles stehen und liegen, was es auch war, wenn er gerade ein Stück Stoff zuschnitt, dann blieb die Schere auf halbem Wege stecken, wenn er dabei war, einen Hut zu verkaufen, dann blieb der Hut auf dem Kopf des Kunden, der ihn gerade anprobierte, und er zog los, ohne irgend jemandem zu sagen, wohin er ging. Bis er irgendwann wieder auftauchte, barfuß und vor Schmutz starrend und sich die Hose mit den Händen haltend, etwas, was Don Salomón Barquero nicht mehr sehen wollte, und deshalb hatte er sich heute, in Kenntnis der Kneipe, wo er zu stranden pflegte, welches keine andere war als die Kneipe der »Gluckhennen«, mit seinem Bruder, dem General Macedonio Barquero verständigt, um ihn ins Gefängnis werfen zu lassen.

»Die Kneipe der ›Gluckhennen‹, sagst du?« fragt der Beduine, weil er wissen will, ob er richtig gehört hat.

»Von dort haben sie ihn mir weggeholt, haben ihn geschlagen und weggeschleift, als sei er ein gemeiner Verbrecher«, antwortet Aurora Cabestrán und fängt wieder mit dem Weinen an.

»Und du weißt nicht zufällig, ob nicht auch Telémaco Regidor dort mit ihm trank?« fragt jetzt der Beduine, schon mit einem leichten Zittern in der Stimme.

Sie sieht ihn durch ihren Tränenschleier an, will antworten, doch bringt sie nur ein Stottern heraus, verhaspelt sich, sagt ein Wort halb und dann ein anderes, und kann am Ende nur ohne rechte Überzeugung sagen: Nein, genau weiß ich das nicht, aber ich meine, gehört zu haben, daß Telémaco Regidor nicht da war. Was dem Beduinen natürlich nicht genügt, hat er doch den Verdacht, daß ihn Aurora Cabestrán vielleicht belügt. Belügt sie ihn? Nein, vielleicht belügt sie ihn nicht, sie ist sicher nur nervös, wer kann das wissen. Das einzige, was er wirklich weiß, ist, daß er keine Zeit hat, sich mit unnützen Gedanken aufzuhalten.

Er hat keine Zeit. Er will auf und davon. Soviele Dinge muß er lösen, und da soll er sich noch mehr aufhalsen? Mach dir keine Sorgen, sagt er zu ihr, wenn er eine Nacht im Knast schläft, vergeht ihm die Lust am Saufen, und du wirst sehen, morgen geht es ihm schon viel besser. Doch wie konnte er nur darauf kommen, Aurora Cabestrán heult noch viel mehr: Verstehst du nicht, Pedro, wenn ihn die blauen Teufel da hinter Gittern erwischen, dann verliert er den Verstand! Ist dir nicht klar, daß etwas ganz Furchtbares geschehen kann, wenn sie ihn mir nicht noch heute abend zurückbringen?

Und der Beduine seufzt ergeben. Also gut, ich gehe im Kommando vorbei und sehe nach, ob Leutnant Sócrates Chocano noch nicht zum Ball gegangen ist, und wenn er schon los ist, dann sprech ich ihn beim Ball darauf an, auf jeden Fall halte ich dich auf dem laufenden.

Das überlaß ich alles dir, meint Aurora Cabestrán, und jetzt glänzen die Tränen beruhigt in ihren schönen schwarzen Augen. Armvoll auf Armvoll holt sie ihr Haar herein. Und dann schließt sie Läden und Fenster, worauf die Straße wieder im Dunkeln liegt, weil kein Viereck mehr leuchtet.

Die nächste Station des Beduinen ist, wie man weiß, das Haus des Doktors Santiago Mayor, des Geburtshelfers. Er klopft, niemand kommt aufmachen. Er klopft noch einmal, jetzt schon drängender. Endlich öffnet sich die Tür, und zu seinen Füßen hört er die Stimme einer Bauchrednerpuppe, die meint, der Doktor Santiago Mayor sei nicht da. Was heißt, er ist nicht da? Na, wie ich's sage, er ist nicht da, und er kommt auch nicht mehr, wiederholt vom Boden herauf die Stimme, das ist Maclovio, der Zwerg, der scharlachrot gekleidete Narr aus »Die Prinzessin ist so traurig«. Der Zwerg Maclovio ist in eine gestreifte Decke eingehüllt, die er wie einen Königsmantel hinter sich herschleppt, und seine Lider sehen geschwollen aus, denn er schlief zu dieser Stunde schon in der hölzernen Wiege neben der Tür zur Straße, um aufstehen zu können, wenn jemand zur Nacht auf der Suche nach Doktor Santiago Mayor an die Tür klopft.

Das kann aber nicht sein, daß er nicht da ist, beschwert sich der Beduine. Ist er denn etwa nicht aus Masaya zurückgekehrt, ist er denn etwa nicht rechtzeitig zur Beerdigung gekommen, ist ihm denn etwa etwas zugestoßen, von dem ich nichts weiß? Und Maclovio, der Zwerg, amüsiert sich ordentlich: Daß er nicht da ist, das kann sehr wohl sein, denn Sie sehen ja, daß er nicht da ist; wenn er Ihnen versichert hat, daß er zurückkäme, dann wird er das nicht einhalten; und eine Beerdigung, die hat es nicht gegeben, weil seine Frau Priscila Lira wieder auferstanden ist.

Auferstanden? Was soll das heißen? Ausgerechnet jetzt muß er seine Witze machen, dieser freche Zwerg, der vielleicht Haare auf den Zähnen, aber sonst an keinem anderen Teil seines Körpers besitzt, weshalb er gut und gern als Kind durchgehen könnte, was er bei seinen Narreteien, an denen es ihm weiß Gott nicht fehlt, weidlich ausnutzt. Unbemerkt schleicht er sich in Schlafkammern und Badezimmer, um dort irgendeine nackte Frau zu überraschen, verheiratet oder nicht, die er verführen kann. Und da mag jemand fragen, welche Frau denn ein Zwerg mit kurzen Beinen, platter Nase und Pferdegesicht verführen kann, doch die Wahrheit, wenn man sie wissen will, ist eine andere.

Da ritt eines Tages sehr früh am Morgen Saul Regidor, der Tuchfärber, zu seinem Gut »Maguncia« hinaus, derselbe, der heute abend das Kostümfest gibt, und als er bemerkte, daß er sein Schlüsselbund vergessen hatte, mit dem er Scheunen und Schuppen öffnete, lenkte er die Zügel seines Pferdes wieder dem Hause zu. Und er wollte gerade, auf der Suche nach dem Schlüsselbund, ins Schlafzimmer treten, als ein seltsames Bild ihn überrascht in der Tür stehenbleiben ließ.

Seine Frau, die Dickste aller Dicken, Adelina Mantilla, dicker noch als die sehr dicke Amada Laguna, die er kurz zuvor noch wohlig schlummernd zurückgelassen hatte, lag jetzt ganz wach auf dem Bett, um das Laken und Kissen unordentlich verstreut waren. Und nicht nur ganz wach und ganz nackt lag sie da, sondern auch mit ganz weit geöffneten Beinen. Und als stürbe sie vor Wonne dahin, verging sie schier vor Keuchen und todessehnsüchtigen Seufzern, nur um gleich darauf mit spitzem Schrei den Himmel um wer weiß für welche Gnade zu bitten. Dabei klang in ihrem Flehen nicht die Spur von Angst, sondern nichts als außerordentliches Wohlbehagen.

Und während sich Saulo Regidor, der Tuchfärber, vorsichtig dem Bette näherte, fragte er sich, höchst erstaunt, was das wohl für ein Wunder sei, seine Frau so nackt und breitbeinig, wie er selber sie noch nie gesehen hatte. Und wundersamer noch hörte er sie jetzt, als er schon näher kam, atemlos gewisse ordinäre Schreie ausstoßen. Nackt, breitbeinig und mit so schmutzigem Mundwerk? Sie, die sonst so fromm und sittsam war und als Kostüm für den Maskenball an ihrem Geburtstag jedes Jahr das einer Salesianernonne wählte, wie wir später noch an diesem Abend sehen werden.

So trat er also ans Bett, mit langsam-leisen Schritt. Und mitten im spitzesten und flehendsten jener unanständigen Schreie unterbrach er sie und faßte sie sanft an der Schulter:

»Adelina, Adelina, was ist denn nur los mit dir?«

Sie brauchte eine Weile, um von dort zurückzukehren, wohin sie sich verirrt hatte und sah ihn dann lange mit verlorenem Blick an, schweißgebadet, ohne ein Wort herauszubringen. Und als sie endlich ihre Sprache wiederfand, antwortete sie:

»Ich bekomme ein Kind von dir, ich hab' es gerade geboren.« Und erst da entdeckte Saulo Regidor, der Tuchfärber, Maclovio, den haarlosen Zwerg zwischen den Beinen der Dicksten aller Dicken, Adelina Mantilla, die ihn anscheinend wirklich wie eine Steißgeburt zur Welt zu bringen schien.

»Ja, Priscila Lira ist wieder auferstanden, auch wenn man es nicht glauben mag«, antwortete Maclovio, der Zwerg, dem Beduinen, jetzt schon in anderem Tonfall, seine eben noch frotzelnde Stimme ernster werdend: »Im Zug ist sie auferstanden, hinter dem Tunnel bei Catarina; da hat sie aus dem Fenster geschaut, zur Lagune von Apoyo hinunter, und zum Doktor Santiago Mayor gesagt: Wie wunderschön ist es hier. So, ganz natürlich. Und der Doktor Santiago Mayor hat ihr, statt zu erschrecken, geantwortet: Diese Landschaften Nicaraguas sind herrlich, sie finden in ganz Zentralamerika nicht ihresgleichen.«

»Und woher weißt du all die Einzelheiten?« fragt der Beduine.

»Weil der Doktor Santiago Mayor mir ein Telegramm geschickt hat, das so lang ist, daß es drei Seiten umfaßt«, antwortet Maclovio, der Zwerg. »Don Vicente Noguera höchstpersönlich hat es mir gebracht, so groß war die Neuigkeit. Wollen Sie es nicht lesen?«

»Ich habe keine Zeit, Telegramme zu lesen«, meint der Beduine. »Und wann will er zurückkommen?«

Das stand nicht im Telegramm, da stand nur, daß sie in Masaya mit einem großen Fest mit Marimbamusik, Speisen und Getränken und aller Art von Kurzweil die Auferstehung feierten. Wieviele Tage also dieses Fest dauern würde, das konnte er nicht wissen. Eine Wiederauferstandene zu feiern, das war keine kleine Angelegenheit.

Bevor Maclovio, der Zwerg, die Tür wieder schloß, bemerkte der Beduine mitten in der Praxis einen Sarg ohne Deckel. Da fragte er: Und dieser Sarg da? Worauf Maclovio, der Zwerg, antwortete: Das ist der Sarg, den Josías, der Tischler, für die verstorbene Priscila Lira gemacht hat, die so plötzlich verschieden war, doch wiederauferstand, als sie im Zug saß und eine kühle Brise, die von der Lagune von Apoyo heraufkam, ihr ins Gesicht blies; und weil der Sarg leer stand, hab ich mich darin schlafen gelegt, denn das Seidenfutter und das bestickte Kissen sind viel bequemer als meine Holzwiege. Haben Sie nicht Lust, mal zu probieren? Du kannst mich mal, antwortete der Beduine nur und beeilte sich zu gehen, wobei er den Zwerg Maclovio mit lachendem Mund zurückließ, in dem nur noch ein einziger Zahn stak.

Zum Henker mit Ulises Barquero, der wegen seines unverbesserlichen Saufens im Gefängnis sitzt, und den blauen Teufeln, die ihn holen werden, und dem Maskenball und der ägyptischen Mumie und der schwangeren Anna Boleyn, fluchte der Beduine in Gedanken, während er durch die dunkle Straße lief und zu stolpern und sich den Schädel einzuschlagen riskierte, weil die Sturzbäche viele Steine verstreut und viele Äste mitgeschleppt hatten, ich muß sofort nach Haus, meiner Frau die schlechte Nachricht sagen, daß Priscila Lira auferstanden ist, und beraten, was wir ohne Geburtshelfer tun werden, vielleicht eine Hebamme, Graciana »Jilinjoche« sollten wir aus Jalata holen, die schlachtet aber Schweine, und wer weiß, ob's da nicht eine Infektion gibt, oder wen sonst?

Als er ankam, war im Laden schon dein Großvater Teófilo. Er unterhielt sich hinter dem Tresen leise mit deiner Großmutter Luisa, und kaum sah er seinen Schwiegersohn hereinkommen, da ging er mit ernstem Gesicht auf ihn zu, um ihn zu begrüßen. Ob er überrascht, amüsiert oder verärgert war, ihn so als Beduinen verkleidet zu sehen, das ließ er sich nicht mit dem geringsten Wimpernschlag oder dem kleinsten Seitenblick anmerken. Er nahm ihn am Arm und sagte: Laß uns nach drinnen gehen und uns hinsetzen, wir haben zu reden. Und der Beduine antwortete: Selbstverständlich, Don Teófilo, aber erlauben Sie mir, vorher einen Augenblick mit Ihrer Tochter zu sprechen, es gibt da ein Problem, denn Doktor Santiago Mayor ist in Masaya geblieben, weil, wie Maclovio, der Zwerg, sagt, seine Frau Priscila Lira unterwegs während der Zugfahrt wieder auferstanden ist. Und dein Großvater Teófilo meinte, ohne ihn loszulassen: Daß der Doktor Santiago Mayor nicht zurückgekehrt ist, das weiß ich schon, und genau darüber will ich mit dir reden. Die Wiederauferstehung lassen wir für später.

Und so redeten sie. Und obwohl der Beduine, kaum hörte er den Vorschlag, zu sich selbst meinte, einverstanden, laß Feindschaft Feindschaft sein, nie würde er Luisa, die Gebärende in die Hände irgendeiner Hebamme geben, so begann er, um den Schein zu wahren, doch, sich zu weigern, nein, Don Teófilo, das geht auf keinen Fall, nach allem, was geschehen ist, zu viele Jahre Streit sind das, weigerte sich, damit seine Brüder, und vor allem dein Onkel Eulogio, der Geiger, später nicht sagten, er hätte allzu einfach die Waffen gestreckt, und war gleichzeitig ungeduldig mit sich selbst wegen seines eigenen Hinauszögerns, denn es gab ja keine Zeit zu verlieren, und so suchte er, von Mal zu Mal schwächer seine Argumente, die beste Art, sich selbst den Weg abzukürzen und ein- für allemal zu antworten, wie er es schließlich tat, also gut, wenn es nicht anders geht, was soll man machen, gehen Sie, Don Teófilo, und sehen Sie, ob Sie den Mann im Kino treffen, und finden Sie heraus, ob er bereit ist, zu kommen.

»Bin schon gegangen, hab ihn gesucht, und er hat angenommen«, sagte da mit breitem Lächeln dein Großvater Teófilo.

Im dunklen Kino hatte er ihn gesucht, hatte sich neben ihn gesetzt und hatte ihm die Bitte vorgetragen. Der andere hatte sich erst gesträubt, hatte ihm dann aber sein Ehrenwort gegeben. Er nahm an. Sobald die Vorstellung vorüber ist, wollte er nach Hause gehen, seine Tasche holen und direkt hierherkommen.

Sollte er sich über die Rücksichtslosigkeit beschweren? Und war es, angesichts der Umstände, wirklich eine, jenen Feind ohne seine Erlaubnis aufgesucht zu haben. Er hatte seinem Schwiegervater nichts vorzuwerfen, sagte er sich, und viel weniger noch Luisa, der Gebärenden, dafür, daß sie aus eigener Verantwortung ihre Zustimmung gegeben hatte. Er ging ins Schlafzimmer, trat ans Bett und sah, daß sie schlief, doch sie spürte ihn, wachte auf und sagte: Mir träumte, mein Bruder Teófilo und ich flögen durch die Wolken, er auf seinem Motorrad, und ich nebendran im Beiwagen. Und unterhalb der Wolken sah man nur Bergspitzen und tiefe Abgründe.

»Wenn Camilo, der fliegende Küster, nur mit den Armen zu wedeln brauchte, um zu fliegen, wie sollen da nicht auch Motorräder über Bergspitzen fliegen können?« fragte ganz leise der Beduine und strich ihr über den Kopf.

Sie schloß erneut die Augen, er wurde gewahr, daß sie wieder schlief, und ging auf Zehenspitzen aus dem Zimmer, ohne ihr noch sagen zu können: Einen Besuch muß ich noch machen, doch bevor ich auf das Fest gehe, komm ich noch einmal vorbei.

Er ging über den Kirchplatz, kam zum Rathaus, stieg die Stufen zum Kommando empor und fragte die Wache nach dem Leutnant Sócrates Chocano. Den Wachsoldaten überraschte es nicht, jenen Beduinen dort auftauchen zu sehen, wußte er doch, daß drinnen der Stadtkommandant ebenfalls dabei war, sich zu verkleiden. Und so sagte er: Er ist drinnen, in seiner Stube, und verkleidet sich gerade, gehen Sie nur hinein.

Leutnant Sócrates Chocano wohnte in einer Amtsstube im Kommando, in dessen Hinterhof sich auch die Zellen für die Gefangenen befanden. Und abends setzte er sich an die Eingangstür des Kommandos, um zu häkeln, so dick und scheeläugig wie er war und wie wir ihn schon kennen, wobei er die Häkelnadel mit bewundernswerter Geschicklichkeit handhabte, während das Garnknäuel wie ein anhänglicher Kater zu seinen Füßen spielte. Aus diesem Grund war auch sein erstes Geschenk als Kavalier deiner Tante Azucena ein Kissenbezug gewesen, den er aus buntem Garn gehäkelt hatte und der die Namen der beiden, »Sócrates und Azucena«, auf einem Band trug, das vom Schnabel eines Kolibris zum Schnabel eines zweiten reichte.

Der Beduine fand ihn auf seinem Feldbett sitzend, frisch geduscht, doch schon wieder ordentlich schwitzend und damit beschäftigt, sich die Schnüre seiner goldenen Sandalen zu binden, die sich bis über die Knöchel verwoben. Er trug eine Tunika aus weißem Taft mit goldenen Streifen am Hals, an den Ärmeln und am Saum, und einen Mantel aus purpurrotem Samt über der Schulter, all dies so teuer und fein, daß der Beduine an seine eigene ärmliche Verkleidung denken mußte, den Haik aus gestreiftem Tüll, die Tunika aus einfacher weißer Baumwolle, den Mantel aus grünem Popelin. Woher sollte er das Geld für ein besseres Kostüm haben? Er hatte keine Einnahmen aus Kautionen für das Freilassen von Gefangenen oder Lizenzen von Bordells und Kneipen und den Schmiergeldern für Würfelspiele und Roulettetische.

Er brauchte nicht zu fragen, um zu wissen, daß er nicht als irgendein römischer Prokonsul zum Ball ging, sondern als Pontius Pilatus höchstpersönlich, hatte er doch auf dem Wege zur Amtsstube Juan Castil, den unverbesserlichen Taschendieb und Vertrauenshäftling, im Kostüm eines römischen Sklaven damit beschäftigt gesehen, ein Tablett aus Alpakasilber, eine Schüssel und einen Krug aus demselben Metall zu polieren. Ein armseliges Kostüm, dieses Kostüm eines römischen Sklaven, wenn man bedenkt, daß er einmal die Rolle des Jesus von Nazareth im Passionsspiel von Pater Misael Lorenzano innegehabt hatte.

Diesen Gefangenen kann ich nicht rauslassen, lieber Pedro, meinte Pontius Pilatus, kaum daß er die Bitte hörte, da ist nichts zu machen. Der eindeutige Befehl, Ulises Barquero gefangen zu halten, war direkt aus Managua gekommen, denn der General Macedonio Barquero hatte ihn auf Drängen seines Bruders Salomón Barquero vom militärischen Oberkommando erwirkt, und schlimmer noch, die Unterschrift auf dem telegrafischen Befehl, den er erhalten hatte, war die von Tacho Somoza höchstpersönlich. Wie schwerwiegend mochte die Angelegenheit sein, daß ihm Don Vicente Noguera, der Telegrafist, als er das Telegramm mit zitternder Hand überreichte, sagte: Verzeihen Sie, Leutnant, ich will Ihnen nicht zu nahe treten, aber zerreißen Sie bloß nicht beim Auseinanderfalten das Telegramm, denn wenn Sie diese Unterschrift beschädigen, dann kann das ein schweres Vergehen darstellen, und ich will hiermit ein- für allemal klarstellen, daß ich es Ihnen unbeschadet ausgehändigt habe, ohne einen einzigen Riß.

Im Gefängnis mußte er bleiben, um nicht weiterzutrinken. Und obwohl der Leutnant als Soldat an alle Grobheiten seines Berufes gewöhnt war, gingen sie ihm doch ans Herz, die Schreie jenes Herrn aus der feinen Gesellschaft, den er zudem für seinen guten Freund hielt und der verzweifelt flehte, man möge ihm einen Schnaps bringen. Und das sagte Pontius Pilatus gerade, als man von den Zellen aus nach dem Beduinen rufen hörte: Pedro! Pedro! Bist du das? Bist du da? Und weil der Beduine nicht antwortete, begann der Gefangene zu schreien: Pedro, sei nicht so gemein, laß mich nicht allein! Du kannst doch nicht einfach so weggehen! Denk an die Zauberin! Denk dran, heut ist die Diocleciana Putoya aus ihrem Sarg gefallen!

Kann ich nicht wenigstens mal ans Gitter treten, fragte der Beduine den Pontius Pilatus. Denn jetzt fühlte er in sich einen Drang emporsteigen, den Drang, Ulises Barquero zu fragen: Wovon redest du? Was weißt du noch von einer Zauberin, die aus ihrem Sarg fallen sollte, vielleicht ist es das gleiche, an das ich mich zu erinnern meine? Erinnerst du dich etwa an eine Stimme mitten im windstill-heißen Nachmittag? War das, als du und ich und noch einer, vor langer Zeit, auf dem Rücken in der Lagune trieben, als wir das hörten? Oder war's das nicht?

Bitte mich erst gar nicht drum, lieber Pedro, tut mir leid, niemand darf in die Nähe des Gitters, nicht einmal diese arme Aurora Cabestrán, der meine allerhöchste Achtung und Wertschätzung gebührt und die ich schon tausendmal um Verzeihung gebeten habe für mein Nein. Was soll man da machen, was bleibt mir anderes, als zu Aurora Cabestrán zu gehen und ihr weiterzugeben, was du mir gerade gesagt hast, meint da der Beduine und vergißt schon wieder Lagune, Stimme und windstille Hitze. Ich hab's ihr doch schon hundertmal gesagt, daß ich damit nichts zu tun habe, hob Pontius Pilatus die Schultern; zu essen darf sie ihm schicken, sie hat ihm ja schon mit dem Mädchen das Abendessen geschickt. Doch er ißt überhaupt nichts. Nur die Flasche will er.

»Bevor ich gehe, möchte ich dich noch etwas fragen«, sagte plötzlich der Beduine zu Pontius Pilatus. »Aber lüg' mich nicht an.«

»Ich pflege nie zu lügen«, sagte Pontius Pilatus sehr militärisch.

»War in der Kneipe der ›Gluckhennen‹ auch Telémaco Regidor, als die Soldaten Ulises Barquero verhaften kamen?« so lautete die Frage des Beduinen.

Pontius Pilatus zögerte, doch dann antwortete er: Ja, das war er. Er hatte versprochen, nicht zu lügen, und das war die Wahrheit. Die beiden tranken zusammen, hatten die Kneipe schließen lassen, damit niemand sonst hereinkäme, sie wollten keine Gesellschaft oder Störung. Man hatte von draußen sehr energisch befehlen müssen, daß geöffnet werde, und beinahe hätten die Soldaten auch noch den anderen Trinker mitgenommen, der sich ungebührlich gegenüber der Obrigkeit aufführte. Dann ließen sie ihn jedoch da, schade, es gab keinen Haftbefehl; denn er, als der untadelige Soldat, der er sich zu sein rühmte, war überzeugt, daß der seine gerechte Strafe verdient hatte, der sich über eine so freundliche, umgängliche Frau lustig machte, eine Künstlerin, die so auf den Bühnenbrettern zuhause war wie die Tante Leopoldina.

Nichts wollte da der Beduine antworten, er machte keinerlei Bemerkung, sagte nichts mehr und ging still hinaus. Ein niedergeschlagener Beduine zog von dannen, und ein dicklicher, scheeläugiger Pontius Pilatus verabschiedete ihn, so sah es, von seinem Platz im Schatten aus, die Wache. Nichts außer irgend etwas Banalem, das von weitem jene Wache den Beduinen sagen hörte: Wir sehen uns nachher beim Fest. Und eine kurze Antwort, schon von ferne, auf eine letzte Frage von Pontius Pilatus: Kann sein, daß es heute auf die Welt kommt, hoffentlich, aber wer weiß.

Warum hatte ihn seine Unterhändlerin, Amantina Flores, belogen und ihm versichert, Telémaco Regidor sei an diesem Tage nicht in der Kneipe gewesen? Und diese andere Lüge, daß er sich vorgenommen habe, nicht mehr zu trinken? Ich lüg mir selbst was in die Tasche, sagte sich der Beduine. Hatte er nicht selbst die versteckte Lüge in der zögerlichen Antwort der Amantina Flores bemerkt? Vielleicht hatte sie ihn nur nicht enttäuschen wollen, weil sie nur zu gut wußte, wie sehr er bemüht war, das Unglück seiner Schwester in Ordnung zu bringen.

Und wenn Telémaco Regidor am hellichten Tage mit Ulises Barquero in der Kneipe der »Gluckhennen« hinter verschlossenen Türen trank, wie es ihm jetzt Pontius Pilatus bestätigt hatte, dann mußte er sich klarmachen, daß es eine Wahrheit und eine Lüge gab: Es stimmte also, daß er sich über deine Tante

Leopoldina lustig gemacht hatte; und es war gelogen, daß er zum Fest gehen würde.

Sicher war er jetzt noch da, in der Kneipe, und trank, oder er lag im Bett, sturzbesoffen und taub gegenüber jeglicher Bitte und jeglichem Flehen der Amantina Flores, komm, steh auf, ich muß dich als ägyptische Mumie verkleiden, damit du zum Ball gehen kannst, ein Wüstenbeduine erwartet dich, damit ihr miteinander redet und zu einer Übereinkunft kommt, und sobald das geschieht, tanzt du mit Leopoldina Ramírez den Foxtrott *Girls on bycicle around the Central Park*.

Doch wenn er sich schon seit dem Vormittag in einem solchen Zustand befand: Wie konnte da Telémaco Regidor der Amantina Flores all jene Versprechungen gemacht haben? Hatte sie ihn vielleicht betrunken angetroffen, nachdem er aus der Kneipe heimgekehrt war, ihm eine Spritze »Opovitan-Forte« gegeben und ihm, mehr oder weniger bei Bewußtsein, das Versprechen entrissen, zum Fest zu gehen?

Doch weshalb hatte sie ihm dann all diese Widernisse verschwiegen? Wollte sie ihn vielleicht nicht noch mehr beunruhigen, in der Hoffnung, Telémaco Regidor werde ausgenüchtert und bei klarem Verstand sein, wenn sie wiederkäme, um ihm die Mullbinden seiner Verkleidung anzulegen. Jetzt war sie sicher schon dort bei ihm im Schuppen. Gott sei dank, er war aufgestanden und hatte kalt geduscht, hatte sich gekämmt und parfümiert und trank gerade eine Tasse heißen Kaffee. Er schob die Tasse von sich fort und sagte zu ihr: Komm, Amantina, beeil dich, mein Busenfreund Pedro erwartet mich auf dem Fest, den darf ich nicht versetzen. Und wenn im Gegenteil nichts von all dem stimmte? Eine schöne Bescherung, sagte sich der Beduine. Zweifel, Unsicherheit, Verwirrung, Argwohn drängten sich haufenweise in seinem Kopf und peinigten ihn mit ihrem Kreischen, wie die blauen Teufel eines Abstinenzlers.

Zwischen den Malinchebäumen hindurch konnte er auf der anderen Seite des Kirchplatzes sein Haus sehen, in Schatten getaucht, nur eine Tür des Ladens stand noch offen, ein Mann kam heraus und verlor sich in der Dunkelheit. Irgendein später Kunde, jemand, der sich im Kino gelangweilt hatte und dem deine Großmutter Zigaretten verkauft hatte. Und er dachte, daß noch Zeit sei, umzukehren, noch einmal zu Amantina Flores zu gehen und sie zu fragen: Warum hast du mich angelogen? Oder hat dich Telémaco Regidor belogen? Traf er sie an, dann hatte sie ihn belogen, traf er sie nicht an, dann war sie ihn, wie versprochen, in die Mullbinden wickeln gegangen.

Umzukehren und zwei Fliegen mit einer Klappe zu schlagen, denn er konnte gleichzeitig bei Aurora Cabestrán vorbeigehen und ihr mitteilen, daß da nichts möglich gewesen war, daß sich vielleicht morgen, bei Tageslicht, mehr machen ließe, ich kann dir anbieten, selbst zu General Macedonio Barquero nach Hause zu gehen, wenn es sein muß.

Er wußte, wie er den General Macedonio Barquero überzeugen konnte. An jenem Tage, als er in Gegenwart seiner Onkel verkündet hatte, er würde ihn um ein Empfehlungsschreiben bitten, damit man ihn zum Wächter des Steuereinnahmebüros in Diriamba ernannte, hatten sich alle im Chor über ihn lustig gemacht, der beißt dich gleich, der verletzt dich, der macht dich fertig, der General Macedonio Barquero hat jedem, der es hören will, gesagt, daß er niemandem ein Empfehlungsschreiben ausstellt, nicht einmal seiner eigenen Mutter, damit sie wieder auferstehen kann.

Und dennoch kehrte er mit dem Schreiben in der Brusttasche seines Hemdes nach Hause zurück. Er hatte ihn angetroffen, wie er im Garten seinen Tauben zerstoßenen Weizen gab, gekleidet in grobes Leinen, Strohhut und Gamaschen. Er hörte sich die Bitte an, verharrte in Schweigen, als sei dort sonst niemand oder als habe er den Besucher völlig vergessen, und hörte nur dem Gurren seiner Tauben zu, und plötzlich drückte er ihm, immer noch wie abwesend, die Schale mit dem Weizen in die Hand.

Er trat an einen hohen Tisch, der gleich dort im Garten stand, unter einer Laube wilden Weins, der seine trockenen Blätter auf

Stapel von Büchern, Zeichnungen und Dokumente fallen ließ und wo es auch eine Flasche Cognac »Martell« 5-Sterne gab, mit einem einzigen Glas, denn der General Barquero war berühmt dafür, nie mit jemandem gemeinsam zu trinken. Ohne sich zu setzen, schrieb er, auf den Tisch gestützt, mit seinem grüngestreiften Füllfederhalter. Er wedelte mit dem Blatt Papier, um die Tinte zu trocknen, faltete es dann und steckte es in einen Umschlag mit dem Wappen der Republik, sei es, weil er noch Briefpapier aus seiner Zeit als Präsident übrig hatte, sei es, weil er das Recht zu haben meinte, es immer noch zu benutzen, wer soll das wissen. Mit der Flamme einer Kerze schmolz er ein Stück Siegellack, goß den geschmolzenen Lack auf den Verschluß des Umschlags, siegelte den Lack mit seinem Ring, ohne ihn sich vom Finger zu ziehen, und kam dann zurück, überreichte ihm den Brief und nahm ihm die Schale mit dem zerstoßenen Weizen aus der Hand.

Umkehren oder den Park durchqueren. Und er beschloß, den Park zu durchqueren, genug der Verwirrungen. Wenn die Mumie zum Ball kommt, dann gut, und wenn nicht, dann auch gut, wir werden's schon sehen, so sagte er sich, als er in die Schlafkammer trat. Und Ulises Barquero, liegt es etwa in meiner Hand, ihn zu befreien? Wenn nicht einmal Leutant Sócrates Chocano das kann, wie wirst du es dann können, du hast völlig recht, meinte auch Luisa, die Gebärende und hielt sich den Bauch, denn jetzt wurde der Schmerz wirklich stärker. Tut es sehr weh? fragte er mit einem Anflug von Angst in der Stimme. Nein, nein, nicht der Rede wert, log sie. Und er fuhr fort: Ich glaube, es ist besser, ich bleibe gleich hier und gehe gar nicht erst zu diesem Ball, was meinst du? Als Beduine verkleidet haben sie mich jetzt eh' schon gesehen, im ganzen Dorf hab' ich mich so gezeigt, als wollte ich, daß mir die Hunde nachlaufen wegen meines Aufzugs, wie Don Avelino Guerrero sehr richtig gesagt hat. Und Luisa, die Gebärende, antwortete aus der Tiefe der Kissen, die Mercedes Alborada hinter ihrem Kopf aufgetürmt hatte, mit einem Lächeln, den

Schmerz zurückhaltend: Nein, der Beduine muß noch tanzen gehen.

Da sagte er: Also gut, ich gehe hin, aber lange bleibe ich nicht. Sobald ich kommen kann, komme ich. Und er war schon dabei, hinauszugehen, da hielt er mit einem plötzlichen Druck im Magen an, denn dort im Laden ließ sich eine tiefe, sonore Stimme hören, die hereinkam und grüßte, Guten Abend, Tante Luisa, Guten Abend, Don Teófilo, sehr interessant, dieser Film *Children of Showbusiness*, mit diesem sympathischen Schelm Mickey Rooney, aber ich bin rausgegangen, denn zuerst kommt meine Pflicht als Geburtshelfer; meine Frau sieht ihn sich zu Ende an und erzählt mir morgen alles. Wollten sie denn heute nicht »Frauen und Stiere« zeigen, mit Emilio Tuero und Marina Tamayo? fragte dein Großvaterr Teófilo. Und die Baßstimme antwortete: Man hat die Schachteln mit den Filmrollen auf dem Bahnhof von Managua vertauscht, dieser Film ist nach Jinotepe geschickt worden, und der andere kam hierher; kann ich jetzt bitte zu meiner Cousine hinein? Und Luisa, die Gebärende, flüsterte dem Beduinen zu: Da ist er schon, geh raus und sag ihm guten Abend, und sei höflich zu ihm. Und der Beduine, der seine Nervosität zu beruhigen suchte, die ihm auf den Magen drückte, flüsterte zurück: Ich hoffe nur, daß die Quittung, die er mir verpaßt, nicht die Quittung eines Todfeindes ist. Und sie lachten gemeinsam und leise.

Der Beduine ging hinaus, um sich dem zu stellen, was da kommen mochte, doch gab ihm der Doktor Macario Salamanca keine Zeit, Worte vorzubereiten, Überraschung zu heucheln, Höflichkeiten auszudenken, Gleichgültigkeit und Kälte vorzuspiegeln. Er hatte die Tür unter dem Konterfei von Winston Churchill schon durchschritten, stand schon im Gang, kam schon auf ihn zu, breit der schlecht rasierte Unterkiefer, rund der gebeugte Rücken, dick die Handgelenke, die mit einem Griff einen Soldaten entwaffnen konnten, weit das Sakko, weit die Hosen, die von Hosenträgern aus Gummi gehalten wurden und deren zu lange Aufschläge schmutzig waren vom Schlamm der überschwemmten Straßen. Und als sei nie etwas geschehen, als hätten sie sich gerade erst am Nachmittag voneinander verabschiedet, nahm er ihn bei den Schultern, musterte ihn eindringlich durch die dicken Gläser seiner Hornbrille und sagte: Donnerwetter, sehr hübsch und originell, dein Beduinenkostüm, das erinnert mich an den unsterblichen Filmstar Rodolfo Valentino. Ich habe gehört, du weißt immer noch nicht, ob du am Fest teilnehmen sollst. Warum denn nur? Du kannst ganz beruhigt hingehen, ich bin ja jetzt hier, und hier ist auch Mercedes Alborada, die einen guten Ruf als Helferin hat, was diese Dinge angeht, und völlig zu Recht, guten Abend, Mercedes Alborada. Doch sie, die gerade vorbeiging, wandte beleidigt das Gesicht ab und dankte nicht für das Kompliment noch erwiderte wenigstens den Gruß, wie sollte es denn möglich sein, daß eine jahrelange Todfeindschaft mit einem solchen Gegner in einer einzigen Geburtsnacht beigelegt wurde.

Der Beduine fühlte nicht nur, wie sein Magen zu hüpfen aufhörte. Er spürte auch eine große Erleichterung und Freude, denn eigentlich haßte er allen Streit, und da schickte sich dieser entsetzliche Streit plötzlich an, zu gehen, Adios, ich gehe und komme nicht wieder. Der Doktor Macario Salamanca, der ihm zuvorkam, legte ihm einen Arm um die Schulter, schwer wie ein Stück Holz, und wieder spürte er den Geruch nach Mersolat, Jod und Wasserstoffsuperoxyd, der in jenen Jahren von Zwist und Hader so weit entschwunden war.

Außerdem sind ja auch noch Don Teófilo und meine Tante Luisa da, sagte er, indem er ihn, den Arm immer noch um seine Schulter gelegt, zu einem kleinen Gang über die Veranda des Innenhofes veranlaßte: Wir werden schon wieder munter, wenn wir von Dingen reden, die uns drei interessieren: die Theosophie der Rosenkreutzer, die esoterische Philosophie, die Wanderung der Psyche, das heißt, der Seele, die Metempsicose, das heißt, die Reinkarnation – und er lachte mit seiner Baßstimme, während er so sich selbst erklärte und den Beduinen im Arm zurückführte, denn es waren dies, das mußte er zugeben, keine allgemein gebräuchlichen Ausdrücke. (Und es stimmte natürlich gar nicht, daß sich deine Großmutter Luisa gern in endlose Unterhaltungen über so sonderbare Dinge verstricken ließ, viel weniger noch von Doktor Macario Salamanca, ihrem Neffen, der ein redseliger Mensch war, dein Großvater Teófilo hingegen wohl. Dem leuchteten schon die Augen beim Gedanken an das Plauderfest, das er da bis zum Überdruß feiern würde. Außer natürlich, die Geburt käme dazwischen, denn dann, leb wohl, Gelegenheit, wann seh ich dich wieder.)

Und Mercedes Alborada, die wieder vorbeikam und beschäftigt war, immerzu beschäftigt, mal holte sie etwas aus der Schlafkammer, mal brachte sie was, Laken, Handtücher, eine Wasserschale, einen Krug, lächelte jetzt doch dem Doktor Macario Salamanca zu: Immerhin habe ich mit diesem Streit nichts zu tun gehabt, Camilo, dem fliegenden Küster, haben sie, als er noch mein Schatz war, in jener Schlägerei beim Staatsstreich die Zähne eingeschlagen, und da kam auch kein einziger und sagte, das tut mir aber leid, was kosten denn die neuen Zähne, ich will dir helfen, ihn nach Masaya zu schicken, damit ihm dort der Zahnarzt Soto Carillo welche macht, und deshalb hab' ich mich ja auch nicht mit irgend jemandem verkracht oder es übel genommen, ob sich die, die Streit haben, wieder vertragen, das ist deren Sache, schließlich kann jedermann auf dieser Welt mit seinem Hintern machen, was er will.

Und überzeugt von soviel Argumenten, viel mehr noch, als er nötig gehabt hätte, ging der Wüstenbeduine wieder in die Schlafkammer zurück, zog vor dem Spiegel des Kleiderschrankes die Schminke nach, die ihn dunkler erscheinen ließ, rückte sich den Haik zurecht und Tunika und Mantel und zog zum Schluß den in Silberpapier gewickelten Säbel aus der Scheide und reckte ihn siegreich vor Luisa, der Gebärenden, in die Luft. Dann bedeckte er sich das Gesicht bis zur Nase mit einem Ende seines Haik, und auf ging es zum Ball.

VI

Um diese Zeit waren die drei Kräuterhexen noch mit gewissen auswärtigen Kunden beschäftigt, die auf ihre Rückkehr von der Beerdigung gewartet und deshalb ohnehin den Zug verpaßt hatten; das mochten Damen sein, die sich im Meer der Eifersucht verirrt hatten, welches ja ein sehr stürmisches Meer ist; oder schon in die Jahre gekommene Witwer, die auf Freiersfüßen wandelten, oder leichtfüßige verheiratete Frauen, oder Ehemänner in Nöten, oder verliebte Señoritas, wobei sie alle drei, Engracia, »die Guabine«, und ihre zwei Schwestern Altagracia und Deogracia, in ihren Trauerkleidern arbeiteten, denn wegen des Todesfalls wollten sie nicht das beste Erbe vernachlässigen, das ihnen ihre Hexenmutter Dioclesiana Putoya hinterlassen hatte: die Zauberei, Mittel und Gegenmittel, um aus den Bäuchen geschwollene Kröten und giftige Schlangen zu holen und in andere Bäuche schlimmeres Viehzeug zu befördern; ehedem vor Gesundheit strotzende Liebhaber zu Haut und Knochen werden zu lassen, ihnen die gute Gesichtsfarbe zu nehmen und ihnen statt dessen ein galliges Gelb zur Farbe zu geben; einen Mann so blöde werden zu lassen, daß er kein vernünftiges Wort herausbringt und Schaum vor dem Mund trägt wie ein Vollidiot; eine Feindin dazu zu bringen, daß sie dummes Zeug redet und unsinnige Dinge tut, wie allein mitten auf der Straße zu tanzen oder sich vor dem Haus auf den Bürgersteig zu setzen, um ihr Geschäft zu verrichten; eine makellos Tugendhafte so zu entfesseln, daß sie das Schloß ihrer Beine öffnet, wo sie geizig ihren Schatz bewahrt, und sie so ihren Geiz gegen Zärtlichkeit tauschen lassen, und einer anderen so den Kopf zu verwirren, daß sie nicht mehr ruhig schläft noch mit Genuß ißt noch irgendeine Liebe in Frieden genießt.

Da saßen sie also, die drei zaubernden Schwestern, jede in ihr eigenes Tun vertieft, als sie alle drei zur gleichen Zeit den einzelnen Schuß hörten, der durch den Gewitterdonner hallte, der zum Vulkan hin zog; doch sie fragten nichts und sagten nichts und liefen nicht hinaus, um zu sehen, was los war, bis der letzte Kunde mit seiner Flasche Zaubertrank, in eine halbe Zeitungsseite eingewickelt, gegangen war.

Der Schuß hatte hinten im Garten geklungen, wo das Badehäuschen stand, und dorthin brachen die drei schließlich auf, den Weg leuchtete mit einer Petroleumlampe Engracia, »die Guabine«. Sie stellten fest, daß die Tür des Häuschens von innen verriegelt war, und daß unter der Tür ein Bächlein dicken, dunklen Blutes hervorquoll. War dies nicht dasselbe Badehäuschen, wo sich Engracia, »die Guabine«, einschloß, wenn sie ihren Mann Macabeo Regidor, wegen seiner mürrischen, abweisenden Art auch »Salzsäure« genannt, gehörig gelockt hatte, indem sie ihm den eingeseiften Pelz ihres frechen Tiers zeigte, die Muschi mit ihrem hungrigen Maul aus zwei Lippen, große Lippe und kleine Lippe? Genau dieses.

Doch hatten die Rollen gewechselt, denn wer sich jetzt im Häuschen eingeschlossen hatte, das war er selbst, aber nur, um sich eine Kugel durch den Kopf zu jagen, eine schöne Art, die schlimme Drohung wahrzumachen, die er den ganzen Tag über so geheimnisvoll im ganzen Ort verbreitet hatte. Die also sichtlich vorsätzliche Drohung, daß der Maskenball seines Bruders Saulo Regidor, des Tuchfärbers, wegen eines Trauerfalles abgesagt werden müsse.

Eben jetzt ist Saulo Regidor damit fertig, sich vor dem Spiegel die Halskrause von Francisco Hernández de Córdoba anzulegen, des Eroberers von Nicaragua, und weiß noch nichts vom grad' geschehenen Unglück. Er denkt natürlich gar nicht an seinen Bruder Macabeo Regidor, der zusammengesackt in diesem Häuschen liegt, den Oberkörper gegen die Holzwand gelehnt, den Kopf auf die Brust gesunken, den Revolver zwischen seinen kraftlosen Fingern. Er erwartet ihn nicht zum

Fest, ganz einfach deshalb, weil er nicht eingeladen ist; vor Jahren schon wurde er, diesmal ohne lauten Streit zwischen ihm und der Dicksten aller Dicken, Adelina Mantilla, von der Liste gestrichen. Sie hatten keinen Vorwand, er ging hin und heiratete die Kräuterhexe, um seiner Familie eins auszuwischen, da hatten sie ihren Vorwand.

Er denkt auch nicht an seinen anderen Bruder, den verräterischen Telémaco Regidor, und es interessiert ihn wenig, ob er zum Ball kommt oder nicht, obwohl er eingeladen ist, noch weiß er etwas von verabredeten Gesprächen zwischen einer Mumie und einem Beduinen oder von Zeichen für Eheabkommen, wenn das Orchester Ramírez einen bestimmten Foxtrott spielt. Er weiß nur, daß dieser Bruder, der auf Wohltätigkeitsveranstaltungen tanzt und Fakirfrauen verführt, nicht nur Liebesromane liest, was an sich schon ein Laster ist, sondern sich auch tagelang betrinkt, obwohl es ihm recht gleichgültig ist, ob er die Kneipe der »Gluckhennen« leersäuft oder nicht, ob er über Bordsteinkanten stolpert oder nicht, ob er im Freien schläft oder nicht, ob ihn die blauen Teufel unter ihre behaarten Hufe nehmen oder nicht. Und er weiß, und erinnert sich sehr gut daran, daß er zum Alkoholiker wurde, weil Macabeo Regidor, der Selbstmörder, der älteste der drei Brüder, ihm aus reiner Bosheit von Kindheit an das Trinken beibrachte.

Gute Tat eines älteren Bruders. Mit zwölf Jahren setzte er ihn auf einen Barhocker und zwang ihn, Schnaps zu probieren, erst einen kleinen Schluck, dann einen größeren, bis er völlig betrunken war; und weil Macabeo Regidor, der Selbstmörder, seine Verachtung über alles und jeden ausgoß, selbst noch über Vater und Mutter, brachte er ihn nachts torkelnd nach Hause, ging ins Schlafzimmer von Domitilo Regidor und seiner Frau Ageda, weckte sie und übergab ihnen den Jungen, der umherhüpfte und Unsinn lallte; und als er ihn übergab, hatte er gelacht und gesagt: Das ist das Schicksal, das ihn erwartet, das Beste überhaupt.

Wenn er Saulo Regidor, den Tuchfärber, seinen Altersnachbarn, nicht zum Opfer von Lastern machen konnte, so hegte er doch einen unerbittlichen Groll gegen ihn. Und dieser Groll, wird man fragen, woher kam der denn? Er kam daher, weil sich Domitilo Regidor in den Kopf gesetzt hatte, in Masatepe eine Fabrik für Duftseifen zu errichten. Und so schickte er Saulo Regidor, den Tuchfärber, ins Deutschland des Dritten Reichs, um Chemie zu studieren, hatte er ihn doch auserwählt, die Fabrik zu leiten, während Macabeo Regidor, der Selbstmörder, dazu verdonnert wurde, sich um die Landwirtschaft zu kümmern, denn er hatte es in der Schule nicht weiter gebracht, als mehr schlecht als recht in der Fibel zu lesen. Und das nicht einmal fließend, denn wie wir wissen, stotterte er ja.

Nur weil sein Sohn in Deutschland studierte, wurde Domitilo Regidor zum Bewunderer des Hakenkreuzes und lauschte aufmerksam jeden Abend auf seinem Kurzwellenempfänger den Sendungen von Radio Berlin, wenn von Bayer, dann bestens, einen seiner Höfe nannte er »Brandenburgo«, einen anderen »Maguncia«, Mainz, und einen weiteren »Baviera«, Bayern, und auf seinem Grammophon erklangen Siegfried, die Walküren und die Nibelungen; und wenn dein Großvater Teófilo sich wie Josef Stalin kleidete, so kämmte sich Domitilo Regidor das Haar zur Seite und ließ sich einen Fliegenschiß als Schnurrbart stehen wie der Führer Adolf Hitler.

Saulo Regidor, der Tuchfärber, in Berlin fotografiert, Anzug mit Weste, Wollpaletot und Filzhut, wie er seinerseits mit seiner »Leica« die Fackelzüge der arischen Jugend in kurzen Hosen fotografiert, die durchs Brandenburger Tor die Straße »Unter den Linden« entlang defilieren, Fotos, die Domitilo Regidor an allen Türen zeigte, ohne vom Pferd zu steigen. Und unterdessen? Unterdessen molk Macabeo Regidor, der Selbstmörder, von frühester Frühe an auf »Brandenburgo«, »Maguncia« und »Baviera« die Kühe, deren Milch verkauft wurde und so Tag für Tag den Scheck zahlte, den der Vater jeden Monat beim Bankhaus »Hammer & Stein« in Managua kaufte und so das Chemiestudium bezahlte, das einmal für Duftseife deutscher Qualität sorgen sollte.

In dem Jahr, als die abgestürzten Zwillinge begraben wurden, besetzten die Deutschen das Sudetenland; Saulo Regidor, der Tuchfärber, roch deutlich den Gestank des Krieges, nahm das erstbeste Schiff, das aus Hamburg abfuhr, und kehrte nach Nicaragua zurück, sehr zum Leidwesen seines Vaters, und ohne die Herstellung von Duftseifen zu Ende erlernt zu haben. Doch jeder Baum trägt seine Früchte. Zu irgend etwas sollten die Chemiekenntnisse schon nützlich sein, denn seine Fähigkeit, alte Frauenkleider so zu färben, daß sie wie neu aussahen, war schnell beliebt. Er selbst rührte zum eigenen Vergnügen, denn er nahm nicht gern Geld dafür, mit dem großen Holzlöffel die kochende Farbe in den dampfenden Zubern voller Kleidungsstücke, die er später an Schnüren im Obstgarten des Hauses von Domitilo Regidor aufhängte, soviel Aufträge waren es, daß er am Abend mit den Farben eingefärbt war, die jener Dampf destillierte, rosa, preußisch-blau, feuerrot, lila oder karmesin; eine, mehrere oder alle Farben, vermischt oder in Streifen, auf seine Haut tätowiert, in seine Arbeitskleidung und seine Schürze gesogen.

Doch jetzt wollen wir sehen, ob es stimmt, daß jetzt, wo Macabeo Regidor, der Selbstmörder, tot ist, Saulo Regidor, der Tuchfärber, sich entschließen wird, den Maskenball abzusagen, den er am Abend dieses 5. August wie jedes Jahr aus Anlaß des Geburtstags seiner Ehefrau, der Dicksten aller Dicken, Adelina Mantilla, seinen Gästen gibt.

Ein wichtiges Ereignis, dieser Ball, der mindestens für einen Monat Gesprächsstoff liefert: das Kostüm des buckligen Quasimodo war das beste, wurde aber nicht prämiert, aber weshalb denn auch, wo der Verkleidete doch tatsächlich einen Buckel hat, der soundso ist als Tarzan gegangen, aber seine Frau, die wie ein Affe aussieht, hätte die Chita spielen sollen, viel zu schwach, dieser Samson, und unter seinem Löwenfell lugten die Unterhosen hervor, einer Margarita Gautier haben sie einmal den Preis nur gegeben, weil sie so stark hustete, und im Jahr darauf ist sie ohnehin an Schwindsucht gestorben, den, der als Sandino ging, wollte Leutnant Sócrates Chocano schon verhaften, und er mußte über die Hinterhöfe fliehen, der Heilige Franz von Assisi, dem der bissige Hund gehört, wollte nicht die Rechnung von Doktor Macario Salamanca zahlen, der die gebissenen Tänzer behandelt hatte, doch die Dickste aller Dicken, Adelina Mantila, drohte, ihn von der Liste zu streichen, und, siehst du wohl, da hat er gleich gezahlt, die verrückte Adriana ist hereingekommen und fing an, allein zu tanzen, wobei sie ihr Baumwollkleidchen hob, und da sah man, zur Wonne aller Männer, daß sie darunter nichts anhatte. Was, überhaupt nichts? Nein, überhaupt rein gar nichts.

Die ganze Woche über hatte das Orchester Ramírez hinter verschlossener Tür im Hause deines Großvaters Lisandro seine Walzer, Foxtrotts, Swing, Rumbas und Boogies geprobt, und diesmal waren keine Schaulustigen oder spontane Tänze zugelassen. Auch wenn deine Tante Leopoldina, die Gefangene, wegen ihres schwangeren Bauches in ihr Gefängnis eingesperrt war, konnte deine Großmutter Petrona doch nicht die Musik verbieten, sie war ja in diesem Hause Broterwerb und Tagesgeschäft, wohl jedoch Besuche, Jubel und Trubel, denn ich bin so, wie ich bin, ich fühle mich in Trauer, und wenn ich mir nicht schwarze Kleider anziehe, dann nur deshalb, um nicht noch mehr Pech auf mich zu ziehen, als ich schon abbekommen habe.

So, wie es bei dieser Gelegenheit üblich ist, wird das musikalische Programm des Orchesters Ramírez mit dem Preludium aus »Ein Maskenball« von Guiseppe Verdi eröffnet, das nicht getanzt, sondern nur angehört wird; dann wird der Walzer »Nacht voll Illusionen und Gelächter« uraufgeführt, Text und Musik von deinem Großvater Lisandro; ein weiterer Walzer, der gespielt wird, ist »Der Wolgaschiffer«, von E. Pastermacki, immer sehr gern gehört; und, unter vielen anderen Stücken des reichhaltigen Repertoires, es wurde schon gesagt, der Foxtrott *Girls on bycicle around the Central Park*. Es soll der Beduine sein, der jetzt unterwegs zum Fest ist, der im entsprechenden Augenblick deinem Großvater Lisandro das Zeichen gibt, indem er seinen in Silberpapier gewickelten Säbel hebt, so wie er es schon vor Luisa, der Gebärenden, geprobt hat: Jetzt ist es soweit, jetzt könnt ihr ihn spielen.

Manchmal nahm auch der General Macedonio Barquero an diesem Fest teil, doch ohne sich zu verkleiden oder irgend jemanden darzustellen, wen denn auch sonst, wenn nicht sich selbst, und ohne auch nur eine Maske zu tragen. Dann kam er in seiner Buick-Limousine, der Chauffeur öffnete ihm mit großer Geste den Wagenschlag, er schritt inmitten großer Erwartung, die seine Gegenwart hervorrief, hinein, ging einmal im Salon hin und her, grüßte mit verhaltenem Spott, wenn er dieses oder jene Kostüm sah, trank ein paar Gläser seines Cognac »Martell« 5-Sterne, die ihm sein Chauffeur bereithielt, und dann, wenn seine Glatze schon dunkelrot angelaufen war, zog er sich mit leicht unsicherem Trippelschritt zurück, nicht ohne vorher das Orchester Ramírez mit Schmiß den Militärmarsch »Der Zimtbusch« spielen gehört zu haben, den dein Großvater Lisandro ihm zu Ehren komponiert hatte, war dies doch der Name, den man ihm wegen seines zimtfarbenen Aussehens in Masatepe gegeben hatte.

Im Jahre 1931, dem gleichen Jahr, als das große Erdbeben Managua heimsuchte, hatte der General Macedonio Barquero, damals Präsident der Republik, deinem Großvater Lisandro alle Instrumente für das Orchester Ramírez geschenkt, hergestellt von der Firma »R. Hoffmann« in Dresden, Saiteninstrumente, Rhythmus- und Blasinstrumente; die Kisten aus Tannenholz, die deklariert ankamen, wurden noch auf dem Bahnsteig von den Musikern geöffnet. Sie begannen die Instrumente auszuprobieren, und in dem Maße, wie sie sich im Spiel fanden, Melodien zu produzieren; und von der Begeisterung getrieben bildeten sie, ohne mit dem Spielen aufzuhören, spontan einen Musikzug die Hauptstraße hinunter, dem sich in fröhlichem Gedränge die gerade ankommenden Fahrgäste anschlossen, die nachmittäglichen Spaziergänger und alle, die an ihre Türen traten, angezogen von den festlichen Märschen, die die Musiker auf dem Weg zum Hause deines Großvaters Lisandro zum besten gaben, wo das Fest bis tief in die Nacht hinein weiterging.

Von da an war es die Pflicht der Musiker des Orchesters Ramírez, kostenlos bei den Empfängen aufzuspielen, die der General Macedonio Barquero dem amerikanischen Botschafter, Mister Hanna, in seinem Chalet im maurischen Stil an der Lagune von Masaya ausrichtete, das er, wie schon berichtet, »Venecia« getauft hatte; oder, ebenfalls gratis, zu musizieren, wenn er in Begleitung gewisser Damen, die er, seiner Meinung nach heimlich, mit dem Zug aus Managua holen ließ, eine Bootsfahrt in einer Mondnacht unternahm. Bei diesen Gelegenheiten fuhren nur Geige, Querflöte und Cello mit, dein Onkel Eulogio, der Geiger, dein Onkel Alejandro, der Flötist, und dein Onkel Edelmiro, der Cellist. Von seiner im Dunkeln liegenden Hängematte aus rief der »Zimtbusch«, schon leicht angesäuselt: Spielt mal *Tomo y obligo, mándese un trago*, und jetzt *Por una cabeza, todas las locuras*, und jetzt *Volvió una noche, no la esperaba*. Dann nichts mehr, nur noch Schweigen. Das leichte Mädchen flüsterte ihm etwas Ordinäres ins Ohr, er lachte lauthals und lüstern, und wenn es dann still wurde und das Schaukeln der Hängematte das Boot schwanken ließen, dann sahen die Musiker sich nur ratlos an und machten sich Zeichen, ohne entscheiden zu können, ob sie irgendein leichtes Stück spielen sollten oder nicht.

Jetzt tritt der Beduine endlich in den von Lichterketten aus Hundert-Watt-Birnen erleuchteten Salon, ein sehr großer Salon, an dessen Wänden ringsherum Klappstühle stehen und in dem außer den Klappstühlen und dem Tischchen für die Preise kein anderes Möbelstück zu sehen ist, denn schon am Vortage sind alle Schaukelstühle, Sofas, Rauchtische und Ecktischchen hinausbefördert und in die Obhut von Nachbarn übergeben worden, zusammen mit dem Messingbett und den Kleiderschränken aus dem vorderen, ebenso großen Raum, dem Schlafzimmer der Hausherrn, wo jetzt Buffet und Ausschank Platz gefunden haben. Jedes Jahr erfordert es große Mühe und ganze Trupps von Arbeitern, diese Kleiderschränke aus Granada von der Stelle zu bewegen, die alle möglichen Verzierungen tragen und so gut eingeölt sind, daß man sich in voller Größe darin spiegeln kann.

Die Augen des Beduinen, der sein Gesicht bis zur Nase mit einer Falte seines Haik bedeckt hält, suchen emsig eine Mumie, anders gesagt, Rodolfo Valentino sucht Boris Karloff und glaubt dabei, daß es niemand merkt, doch wer wird es nicht merken, keiner der dort versammelten Kostümierten möchte etwas von dem erwarteten Treffen verpassen, wenn dieses Treffen und diese Unterredung denn tatsächlich stattfinden.

Die Preise sind auf dem besagten Tischchen aufgestellt. Der Preis für das beste männliche Kostüm besteht aus drei, in blaues Zellophanpapier gehüllten Flaschen »Torino«-Wein und einem Stück Hosenstoff aus Gabardin, der in rosa Seidenpapier gewickelt ist. Saulo Regidor, der Tuchfärber, hat die Preise heute mittag im Laden des Beduinen gekauft, der, als er sie einpackte, denken mußte: Wenn ich den Preis gewinne, dann kommen die Flaschen wieder ins Regal und das Stück Stoff in die Vitrine. Der Preis für das beste weibliche Kostüm besteht aus einem Stück bedruckten Chiffons, einem Lippenstift Marke »Sortilège«, einer »Ponds«-Puderdose und einem Nagellack der Marke »Cutex«, alles in goldenes Zellophan gewickelt; Aurora Cabestrán hat am Nachmittag unter Tränen diesen Stoff und diese Kosmetika im Laden ihres Ehemanns Ulises Barquero verkauft, der nicht anwesend ist, weil er, wie wir wissen, im Gefängnis sitzt.

Vielbewundert wird das Kostüm des Pontius Pilatus, das Leutnant Sócrates Chocano trägt, der trotz seiner Augenmaske gleich beim Hereinkommen erkannt wird, weil er in seinem Bestreben, den ersten Preis zu gewinnen, im Salon umhergeht und hier und da, bei diesem und jenem Grüppchen stehenbleibt und sich die Hände wäscht, und wer wird nicht Juan Castil erkennen, den unverbesserlichen Taschendieb, der ihm auf dem Fuße folgt und Handtuch und Tablett aus Alpakasilber mit dem Krug und der Schüssel aus dem gleichen Metall trägt. Und als ob das noch nicht reiche, grüßt er, während er sich die Hände wäscht, wiederholt zu deinem Großvater Lisandro hinüber, der kein einziges Mal zurückgrüßt, nicht etwa, weil er schlechte Manieren hätte, sondern weil er einfach, so besorgt, wie er ist, keine Grüße wahrnimmt noch erwidert; und zu deiner Tante Azucena, die ein Scarlett- O'Hara-Kostüm trägt und auf Anna Boleyn aufpaßt, der man sich, das weiß Pontius Pilatus ja, nicht nähern kann noch darf, solange die heikle Angelegenheit nicht bereinigt ist.

Die Musiker des Orchesters Ramírez, die noch mehr als die Kostümierten auf die heimliche Suche achtgeben, die der Beduine nach der Mumie anstellt, verbergen sehr gut ihre Spannung, während sie ihre Instrumente stimmen. Dein Großvater Lisandro jedoch vermag nichts zu verbergen noch überspielen. Heute hat er seine Tochter Adelfa verheiratet, nur dank der Hilfe des Beduinen, der im letzten Augenblick den frommen Cecilio Luna aus den Händen von Aristela, »der Meerjungfrau«, befreien konnte; doch wird der Beduine auch an diesem festlichen Abend Telémaco Regidor, den Schwindler, überzeugen können, deiner Tante Leopoldina die geraubte Ehre wiederzugeben? Einen unverbesserlichen Säufer heiraten, nur wegen eines Nachnamens?

Niemand denkt daran, daß sie verheiratet bleiben sollen, sie sollen sich nur standesamtlich trauen lassen, dann wird sofort die Scheidung eingereicht, hatte der Beduine vor Tagen deinem Großvater Lisandro geantwortet, inmitten einer hitzigen Unterhaltung, bei der er seine Zustimmung dazu erreichen wollte, daß deine Tante Leopoldina, die Gefangene, zum Ball ginge. Zu seinem Glück zählte er dabei auf die überraschende Unterstützung deiner Großmutter Petrona.

Als Anna Boleyn verkleidet wird sie niemand erkennen, argumentierte der Beduine; und ein weites, schwarzes Kleid verbirgt sehr gut ihren Bauch. Und was nützt denn ein Kostüm? Nackt oder verkleidet, in diesem Dorf kennen sich doch alle, hielt dein Großvater Lisandro dagegen. Nackt? Wie damals, als du sagtest, du gingest in der Kirche spielen, und ich dir nicht glaubte, dir nachschlich und dich erwischte, wie du nackt mit einer im Bett lagst, da habe ich dich gut erkannt, weißt du das noch? warf da schnippisch deine Großmutter Petrona ein. Nein, das weiß ich nicht mehr, antwortete dein Großvater Lisandro wütend, aber gleichzeitig schamrot im Gesicht, weil er sich sehr wohl erinnerte. Und dann: Nein, ich will mich nicht lächerlich machen, sie wird nicht gehen, und basta. Lächerlich machen? Das hast du doch schon, und damit du dich nicht noch lächerlicher machst, habe ich sie eingeschlossen, nagelte ihn deine Großmutter Petrona fest. Und fast schon besiegt, versuchte er sein letztes Argument: Und wenn sie den Preis gewinnt? Wär das nicht die größte Schande? So sehr auch das weite, schwarze Samtkleid diesen Bauch verdecken kann, der Name der Preisträgerin muß auf jeden Fall ausgerufen werden, unter Applaus, und ich weiß, daß es ein Spottapplaus sein wird. Also, wenn sie den Preis gewinnt, dann schnappst du sie dir und bringst sie schnell nach Hause, sagte da deine Großmutter Petrona, und fertig.

Das Ohr an die Trennwand aus Holz gedrückt, hatte deine Tante Leopoldina, die Gefangene, alles mit angehört. Und so hörte sie auch, wie dein Großvater Lisandro sich geschlagen gab und sagte: Meinen eigenen Trauermarsch komponieren, das ist es, was mir bleibt, denn ich werde an der schlimmsten Krankheit sterben, die es gibt, der Schande; und sie hörte deine Großmutter Petrona, die weinte: Was sagst du da, red mir nicht vom Tod, ich bin es, die du damit umbringen wirst.

Und jetzt ist sie dort im Salon, die Petrocelli der Duette und Couplés, die Kaiserin der Bühne, die flink jedem Merenguerhythmus nachtanzt, den sich ihr Kopf ausdenkt, wenn sie in der Küche arbeitet oder fegt, früher immer so fröhlich und zum Lachen aufgelegt, obwohl sie mit ihren fast vierzig Jahren dabei war, ein spätes Mädchen zu werden, und nun mit dem tragischen Kostüm der Anna Boleyn in Trauer gekleidet, hoch die Taille, damit die Falten des Kleides, zusammen mit dem Schwarz des Stoffes, verhüllen, was an Bauch zu sehen sein könnte, entsprechend dem Plan, den der Beduine ausgeheckt hat, und dem nichts entgangen ist, Kostüm, Stoff, Treffen, Gespräch, ein Foxtrott als Zeichen.

Es könnte tatsächlich sein, daß deine Tante Leopoldina, die Gefangene, den ersten Preis bekommt, denn er ist wirklich einzigartig, der Schnitt des Henkersbeils, mit rotem Anilin rund um ihren Hals gemalt, der sehr entblößt liegt, damit das Blut besser zu sehen ist. Sie hält die Augenmaske an ihrem Griff schön oberhalb der Adlernase, die immer aussieht, als wolle sie die Luft zersicheln, doch wozu eigentlich die Augenmaske, wo doch die Nase keine andere Besitzerin kennt. Und der schwangere Bauch? Nun, er hat auch keine andere Besitzerin, dieser Bauch, wer wird ihn nicht erkennen, dazu ist man schließlich heute abend gekommen, um sich diesen Bauch anzusehen und hinterher zu sagen: Mit diesen Augen, die einmal zu Staub werden, habe ich ihn gesehen, den Bauch, den sie hat.

Nur unter sich werden sie es sagen; denn wie schon berichtet wurde, paßt deine Tante Azucena auf ihre Schwester auf, eine Scarlett O'Hara mit scharlachrotem Mund und geröteten Wangen, im weiten, rosaroten Organdykleid und Strohhut mit Band um den Hals, die ihren Spitzensonnenschirm gefaltet in der Hand schwingt und so jeder Kostümierten Strafe androht, die es wagen sollte, sich mit irgendeiner versteckten Beleidigung oder ungebetenen Bemerkung zu nähern.

Die sehr dicke Dicke Amada Laguna genießt, in ihre Feenschleier gehüllt, auf ihrem Bänkchen ein Gläschen Anislikör, das ihr gerade der Heilige Franz von Assisi gebracht hat, wobei der Wolf von Gubbio so friedlich und fröhlich hinter seinem Herrn hertollt, als brauche er gar keine Leine. Man erinnere sich daran, daß Amada Laguna um Mitternacht, beim »Intermezzo« des Balls, die Arie der Amina aus der »Nachtwandlerin« singen wird, dieselbe, die deine Großmutter Luisa am Nachmittag hinter der Bougainvilleahecke hat aufsteigen hören, als sie die Hauptstraße entlangging, und die sie so oft Anna Boleyn aus dem Gefängnis ihrer Kammer heraus üben gehört hat.

Und wenn die Mumie nun nicht kommt, oder wenn sie kommt, aber nichts mehr wissen will von Anna Boleyn? Dann wird, wenn um Mitternacht Amada Laguna ihre traurige Arie anstimmt, das geronnene Blut an ihrem Hals zu einem roten Strom, der die Fliesen überschwemmt; Scarlett O'Hara wird den leblosen Kopf an den Haaren packen und so mit nach Hause nehmen müssen und sich das Organdykleid besudeln, und der kopflose Körper wird durch die dunklen Straßen des Ortes spuken, bis sich jener Trauergeist im Morgengrauen auflöst.

Langsam wird es Zeit, und dein Großvater Lisandro schaut sich noch einmal die Partitur des Präludiums aus »Ein Maskenball« an, die er eigenhändig für alle Instrumente auf Notenpapier »Monarch Brand No. 3« der Firma Carl Fisher, New York, abgeschrieben hat. Und wenn auch sein Verstand nicht aufhört, Funken zu sprühen, wegen jenes Versteckspiels über den Bauch der Anna Boleyn, so werden sein Zorn und Schmerz doch sehr zurückhaltend sein, ohne sichtbare Zeichen, ist er doch, wie wir wissen, in allem ein besonnener Mann. Außerdem hat er im Augenblick andere Sorgen: dein Onkel Eulalio, der Klarinettist, will nicht erscheinen, dieser verantwortungslose Schlingel, was hab ich ihn auch in seinem Alter schon ins Orchester nehmen müssen, wo mag er stecken und sehen, was er nicht sehen soll, das Orchester stimmt schon viel zu lange. Doch da kam dein Onkel Eulalio, der Klarinettist, schon gelaufen, in der Hand die Klarinette, im blauen Anzug eines der älteren Brüder, den ihm Juan Cubero geändert hatte, der Schneider aus der Rondastraße, der rechtmäßige Erbe von Rafaela Herrera, der Heldin des Rio San Juan.

Jener Juan Cubero, das stimmte wohl, stammte direkt von Rafaela Herrera ab, des zarten Mädchens von zwölf Jahren, das an einem nebligen Morgen des Jahres 1769 das Fort »Concepción de María« am Rio San Juan gegen einen Angriff englischer Korsaren verteidigt hatte. Weil ihr Vater, der Festungskommandant, ein paar Stunden zuvor an Typhus gestorben war, stieg sie selber auf die Zinnen, legte Lunte an die Zündschnur und lenkte den Schuß der Feldschlange, der direkt auf der Brücke des Flaggschiffs einschlug, wo Admiral Nelson höchstpersönlich den Angriff befehligte; die gesamte Flotte floh in großer Unordnung, und Nelson rettete sich nur durch ein Wunder, sonst hätte die Seeschlacht bei Trafalgar auch ganz anders ausgehen können.

Der Schneider Juan Cubero bewahrte in einer Metallröhre im Faden-, Knöpfe- und Stoffrestefach seiner Nähmaschine die Urkunden über die Ländereien am Ufer des Rio San Juan auf, die der König von Spanien dem Mädchen aus Dank für ihre Tat geschenkt hatte, dieselben Urkunden, die der Zauberkünstler Paco Fuller nach beendeter Störung durch deinen Großvater Teófilo am Ende doch hatte lesen können. Um diese Ländereien stritt immer noch der Schneider Juan Cubero vor dem Gericht von Granada, denn andere hatten sie unter sich aufgeteilt, ein echtes Vermögen, den Schätzungen von Kennern nach, nichts weniger als die Route des zukünftigen Kanals durch Nicaragua.

Da stand eines Tages dein Großvater Teófilo in der Schneiderwerkstatt, die Arme ausgebreitet, als wolle er fliegen, den Meßwinkel zwischen den Beinen, und der Schneider Juan Cubero kniete vor ihm, den Mund voller Stecknadeln, und markierte mit Kreide die Nähte eines jener Anzüge im Stile Josef Stalins, den zu Ostern dieser wichtige Kunde tragen wollte. Der Schneider Juan Cubero redete, von den Stecknadeln behindert, über sein ewiges Thema, was der Advokat aus Granada gesagt hatte, wieviel er für die letzte Berufungsschrift berechnet hatte, die er präsentierte, den Beschluß, den das

Berufungsgericht ausgesprochen hatte, das Verfahren wird zur weiteren Verhandlung an das Prozeßgericht zurückverwiesen, und der Advokat, nachdem die Akte wieder zurückverwiesen worden war, abzuschreiben und zuzustellen, in der kommenden Woche will er ein Zwischenverfahren einleiten, um den Besitzanspruch aufrechtzuerhalten; und dein Großvater Teófilo hörte dem immer gleichen zu – ein Streit ohne Ende, Juan Cubero, der in Gerichtsverfahren gewiefteste und jeden Tag ärmere Schneider, den Groschen, den er verdiente, schnappte sich sofort der Advokat, ein besonders gieriger Haifisch – und fragte schließlich: Wie lange läuft die Sache eigentlich schon? In meinen Händen schon bald dreißig Jahre, ohne die Zeit zu rechnen, die mehrere Generationen meiner Vorfahren prozessiert haben, seufzte der Schneider Juan Cubero. Und da geht dein Großvater Teófilo her und meint: Sehen Sie mal, Don Juan Cubero, warum machen Sie nicht besser einen Tausch? Und der andere fragt interessiert: Was für einen Tausch denn, Don Teófilo? Na, tauschen Sie einfach mit dem »Kaiser Maximilian« diese Urkunden auf die Ländereien Ihrer Urururururgroßmutter Rafaela Herrera am Rio San Juan gegen die vielen Hektar, die er auf hoher See besitzt.

Der Schneider Juan Cubero war hochgewachsen, dünn und sehnig, mit einer vorspringenden, scharfgeschnittenen Nase, buschigen Augenbrauen und einem ebensolchen Schnurrbart, das getreue Abbild eines alten Spaniers aus Kastilien. Er erhob sich sehr würdig, spuckte die Stecknadeln aus, die er im Mund hatte, ging zur Tür und zeichnete mit der Kreide ein Kreuz auf das Türblatt, so, wie es der Bibel zufolge die Racheengel taten, und was das bedeutete, wußte dein Großvater Teófilo nur zu gut: Hier geht's hinaus, Don Teófilo, wenn Sie so freundlich sein wollen.

Und da war nichts zu machen, dein Großvater Teófilo erging sich in tausend Entschuldigungen, das war doch nur ein Scherz, wie konnte er das ernst nehmen, Perfecto Guerrero, »der Kaiser Maximilian«, ist ja nicht ganz richtig im Kopf, was man von Ihnen überhaupt nicht sagen kann, natürlich nicht, wie kommen Sie denn auf so etwas; aber der Schneider Juan Cubero antwortete nur: Kein Wort mehr, Don Teófilo, Sie sind kein Mann von Witzen, und wenn Sie mich für verrückt halten, dann werd' ich's wohl sein, und so, wie Sie da stehen, schick' ich Sie jetzt fort. Und genauso mußte er gehen, die mit dem Reihfaden angehefteten Stoffstücke flogen im Wind auf der Straße davon, einen Ärmel hatte er noch, den anderen schon nicht mehr, als er kam und empört, beschämt und belustigt zugleich deiner Großmutter Luisa erzählte: Stell dir vor, was mir passiert ist.

»Salzsäure hat sich eben eine Kugel durch den Kopf gejagt«, stieß dein Onkel Eulalio, der Klarinettist, hervor, noch ganz außer Atem vom schnellen Laufen.

Dein Onkel Edelmiro, der Cellist, der dabei war, den Bogen über die Saiten zu ziehen und auf die Kadenz zu lauschen, die erklang, erschrak bei den Worten seines jüngeren Bruders und wurde leichenblaß.

»Nur weil du zu spät kommst, mußt du nicht gleich dummes Zeug erfinden«, schalt dein Großvater Lisandro deinen Onkel Eulalio, den Klarinettisten, und gab ihm seine Partitur. »Wo hast du denn gesteckt?«

»Ich bin mit all den anderen zum Haus der Kräuterhexen gelaufen«, antwortete der.

»Wenn das so ist, gibt's kein Fest«, sagte dein Onkel Eulogio, der Geiger. »Hoffentlich zahlen sie uns die Gage.«

»Wenn Macabeo Regidor tot ist, dann hat Edelmiro freie Bahn«, meinte dein Onkel Alejandro, der Flötist.

Dein Onkel Edelmiro, der Cellist, lehnte jetzt immer noch kreidebleich auf seinem Cello und brachte den Mund nicht zu.

»Vielleicht verteilen sie ja noch das Essen, auch wenn nicht mehr getanzt wird«, sagte wieder dein Onkel Eulalio, der Klarinettist, und sah zum Raum hinüber, wo der Lärm von Tabletts, Tellern, Gläsern und Besteck erklang, die die Hausmädchen auf dem Buffet richteten.

Saulo Regidor, der Tuchfärber, ist, dank seiner preußischen Disziplin, in Wort und Tat ein umsichtiger Mann, das hat er schon im Falle jener Scheingeburt seiner Frau gezeigt, der Dicksten aller Dicken, Adelina Mantilla. Als Wunder eines Neugeborenen konnte damals der dreiste, haarlose Zwerg Maclovio seine Behausung zwischen den Beinen verlassen, vom Bett herabsteigen und ohne geringsten Widerstand krabbelnd aus dem ehelichen Schlafzimmer verschwinden, dem gleichen Schlafzimmer, das jetzt von Möbeln und allem anderen freigeräumt ist, damit dort die Gäste essen und trinken können.

Nun, diese preußische Umsicht wird er auch heute abend zeigen müssen, dem einzigen des Jahres, an dem er die Türen seines Hauses öffnet, nämlich dann, wenn er entscheiden muß, ob er das Fest absagt oder nicht, denn wenn er es absagt, muß er alle Kostümierten hinauskomplimentieren und seiner Frau, der Dicksten aller Dicken, Adelina Mantilla, die Geburtstagsfeier versalzen; und wenn das geschähe, dann wäre sie sicher nicht weit davon entfernt, ihm einen ordentlichen Krach zu veranstalten. Doch wozu den Dingen vorauseilen, wir kommen ja schon dazu.

Die Dickste aller Dicken, Adelina Mantilla, duldet nicht, daß man ihr widerspricht, selbst wenn sie behauptet, gerade einen Zwerg zur Welt zu bringen, der zwar ein Zwerg und haarlos, doch dennoch ein Mann ist mit allem Drum und Dran. Geboren in der Atravesada-Straße von Granada legt sie sehr viel Wert auf ihren Stammbaum, und Stolz und Sittsamkeit sind für sie ein- und dasselbe; und ob ein Zwerg zwischen ihren Beinen ist oder nicht, genießt sie doch den Ruf einer untadeligen Frau, denn sie war einst Schülerin von Mutter Francisca Javier Cabrini, einer Heiligen, die Papst Pius XII schon seliggesprochen hat und die aus Pavia nach Nicaragua gekommen war, um im Salesianerkolleg vom Heiligen Herzen Sticken und Nähen zu unterrichten.

Und wenn schon von Sittsamkeit die Rede ist, muß von der Dicksten aller Dicken, Adelina Mantilla, noch etwas berichtet werden. Ihre Mutter Clotilde, verwitwete Mantilla, war Jahre zuvor aus Granada gekommen, um zu kuren, denn sie war lungenkrank, und ihr Arzt schickte sie wegen des gesünderen Klimas nach Masatepe; und so gut bekam ihr dieses Klima, daß sie dort blieb und eine Pension für auswärtige Asthmatiker eröffnete, eine Pension übrigens, die dem Laden des Beduinen genau gegenüber lag. Die Asthmatiker und Asthmatikerinnen kamen morgens auf die Veranda zur Straße hin, um sich dort, einsam und traurig, in Schaukelstühlen sitzend oder auf das Geländer gelehnt, zu sonnen, und redeten kaum miteinander, wenn sie sich nach dem Klingeln eines Glöckchens zu Tisch setzten, um eine Suppe zu löffeln, die so durchsichtig war, daß man sich darin spiegeln konnte, und ihre Ration gekochtes Gemüse zu essen.

Es war in den Tagen, als Domitilo Regidor noch damit beschäftigt war, vom Pferd herunter die letzten Fotos zu zeigen, die sein Sohn Saulo Regidor, der Tuchfärber, aus Berlin mitgebracht hatte, trotz des Mißfallens, das ihm dessen Flucht bereitet hatte, da geschah ein Mißgeschick, das niemand erwartete noch sich vorstellen konnte.

Das Schicksal der Dicksten aller Dicken, Adelina Mantilla, konnte kein anderes sein, als die Tracht einer Salesianernonne zu tragen, so hatte es ihre Mutter der Heiligen Cabrini versprochen, dafür, daß sie so wundersam von ihrem Asthma erlöst worden war, ein Wunder, das sich der Akte ihrer Seligsprechung beifügte; doch deinem Onkel Edelmiro, dem Cellisten zufolge, demselben, der immer noch auf seinem Cello lehnt und sich nicht von seinem Schock erholt, sollte dies nie geschehen, würden sie doch die Salesianerinnen niemals in ihrem Kloster in Granada aufnehmen, weil sie ja so arm waren und die Kandidatin so verfressen, wie sollten sie sie denn ernähren, wo es keine Macht der Welt gab, die ihren unersättlichen Appetit zügeln konnte.

Jenes Mißgeschick geschah, als einer der asthmatischen Pensionsgäste, der salvadoreanische General Paulino Chicas, sich um Mitternacht erhob, um seinen Leib zu erleichtern, und als er mit seiner »Winchester«-Taschenlampe das WC-Häuschen inspizierte, um zu verhindern, daß ihn, wenn er auf der Bank säße, irgendein Viehzeug bisse, da entdeckte er dort drinnen die Dickste aller Dicken, Adelina Mantilla, in den Armen von Saulo Regidor, dem Tuchfärber; oder, besser gesagt, umgekehrt, ihn in ihren Armen.

Der General Paulino Chicas, Befehlshaber der Maschinengewehrschützen des Präsidenten José Santos Zelaya in der Schlacht von Nacaome, wo einer der Kriege gegen Honduras zum Vorteil Nicaraguas entschieden wurde, legte seinen langläufigen »Colt«-Revolver nicht einmal ab, um aufs Klo zu gehen, und hielt in einer Hand die Taschenlampe und in der anderen die Waffe; und so gelang es ihm, den Übeltäter zu stellen, der, weil er dem Befehl »Hände hoch« Folge leistete, nicht einmal mehr seine Hose hochziehen konnte, während die Übeltäterin, vor Angst wie gelähmt, ihr Nachthemd über dem Bauch gerafft hielt.

Wie konnte es gehen, daß sie zusammen in das enge Häuschen paßten, wo sie doch die Dickste aller Dicken war? Und auf welche Weise, in welcher Stellung wollten sie darin das tun, was sie zu tun gedachten, wenn sie es nicht schon getan hatten? Und wie brachen unter dem ungeheuren Gewicht nicht Bank und Beine, so daß sie beide im Latrinenloch versanken? Und wie ist zu erklären, daß sie sich hatten hineinzwängen können, wo es doch hinterher kaum gelang, sie herauszubekommen?

Dumme Fragen soll man nicht beantworten. Es kam die Hausherrin Clotilde, verwitwete Mantilla, herbeigerufen vom Geschrei des Generals Paulino Chicas, und es kamen hinter ihr drein die Asthmatiker, die zum ersten Mal lachten und sich hüstelnd über die beste Art und Weise unterhielten, wie man vorzugehen habe, bis nichts anderes übrigblieb, als Josías, den Tischler, zu holen, der mit seinem Werkzeug kam, die Nägel zu ziehen und die Bretter des Häuschens auseinanderzunehmen; und während die Hammerschläge hallten und die Bretter fielen, gab General Paulino Chicas, ohne aufzuhören, mit seinem langläufigen »Colt«-Revolver auf ihn zu zielen, dem Übeltäter die Bedingungen der Hausherrin Clotile, verwitwete Mantilla, bekannt: Werden Sie sie heiraten? Jawohl. Gleich morgen? Jawohl. Und es fehlte nur noch, daß sie Pater Misael Lorenzano geholt hätten, damit er ihnen, als das Häuschen seiner Bretter entkleidet war, den Hochzeitssegen gäbe, lag doch das Pfarrhaus nur einen Steinwurf weit entfernt, einen Hinterhof weiter von der Asthmatikerpension.

Jetzt erklingt Beifall. Saulo Regidor, der Tuchfärber, verkleidet als Francisco Hernández de Córdoba, mit falschem Bart und Halskrause, genau wie der Eroberer auf den Geldscheinen, und die Dickste aller Dicken, Adelina Mantilla, im Kostüm einer Salesianernonne, womit sie wenigstens ein ganz klein wenig dem Gelübde genüge tut, das ihre verstorbene Mutter wegen des erhaltenen Wunders ablegte, machen, Arm in Arm, ihren traditionellen Rundgang durch den Salon. Als sie damit fertig sind, teilt sie unter den Gärten Heiligenbildchen der Heiligen Cabrini aus, und er kommt, Zeichen machend, zu den Musikern herüber, den Helm unter den Arm geklemmt, auf der Brust die Rüstung aus Karton, die mit Silberbronze bemalt ist, das Gesicht bläulich angelaufen, weil ihm die viel zu enge Halskrause aus Kreppapier die Luft abschnürt; es sind Zeichen, daß sie zu spielen beginnen sollen, was ist los, warum fangt ihr nicht an?

»Er weiß nicht, was ihn erwartet, Macabeo Regidor hat ihm gründlich sein Fest versaut«, sagt dein Onkel Alejandro, der Flötist, wie er ihn näherkommen sieht.

Jetzt läßt Saulo Regidor, der Tuchfärber, sein Gefuchtel, weil er bei den Musikern anlangt, und sagt mit lauter Stimme: Was ist denn los, Maestro Lisandro? Das Vorspiel aus »Ein Maskenball«.

»Don Saulo, Ihr Bruder hat sich eine Kugel durch den Kopf gejagt!« platzt dein Onkel Eulalio, der Klarinettist, heraus. »Das Hirn hat er sich herausgeschossen, es ist über den ganzen

Boden im Badehaus der Kräuterhexen gespritzt, ich hab' es selbst gesehen.«

Dein Großvater Lisandro, der vor Wut schäumte über solch vorlautes Reden, konnte ihm zwar mit dem Taktstock eins überziehen, doch war es zu spät, um irgend etwas gutzumachen. Saulo Regidor, der Tuchfärber, hob die Hände an die Brust, als habe ihn eine zweite Kugel aus der Pistole seines Bruders Macabeo Regidor, des Selbstmörders, getroffen und seine Rüstung aus Karton durchschlagen; doch hielt er dem Schlag stand und blieb stehen. Dein Onkel Edelmiro, der Cellist, war es, der es nicht mehr aushielt und, als er hörte, daß das Hirn auf dem Boden verspritzt war, die Besinnung verlor.

Dein Onkel Eulogio, der Geiger, konnte das Cello mit dem Arm auffangen, doch den Sturz des Ohmächtigen, den konnte niemand verhindern; so fiel er und riß bei seinem Sturz Stuhl und Notenständer um, und die Partituren flatterten über den mit Talkum bestreuten Boden, denn man hatte Talkum auf die Fliesen gestreut, damit die Sohlen der Tänzer besser rutschten, wenn sie im Salon umherwirbelten.

Der Beduine wußte in jenem Augenblick noch nichts von Selbstmord noch Ohnmacht. Weit entfernt von den Musikern, doch ohne, in Erwartung der Ankunft der ägyptischen Mumie, die Augen von der Eingangstür abzuwenden, unterhielt er sich mit seiner ehemaligen Freundin, Odilia Flores, einer Cousine seiner Unterhändlerin Amantina Flores, von der man inzwischen nicht mehr weiß, ob sie die Wahrheit gesprochen oder gelogen hat. Er hatte Odilia Flores, allein und abseits und in verblichene aschfarben-schwarze Kleider gehüllt, in einer Ecke stehen sehen; und weil er wußte, daß sie als Epileptikerin, die jeden Augenblick einen Anfall erleiden konnte, von niemandem zum Tanzen aufgefordert werden würde, ging er zu ihr hinüber, um ihr Gesellschaft zu leisten, und fragte: Sag mir doch mal, Odilia, als was gehst du denn, in diesen aschfarbenen Kleidern? Und da antwortete sie: Als Fledermaus natürlich, siehst du das denn nicht? Und sie lächelte schüchtern und sehr traurig und hob dabei ihre Arme, um die Regenschirmstücke zu zeigen, die sie als Flügel unter die Achseln genäht trug, ein Paar Flügel, mit denen sie, das wußte man, niemals irgendwohin fliegen würde, so wie einmal ganz ohne Flügel Camilo, der fliegende Küster, hatte fliegen können.

Und der Beduine wandte sich schon zum Gehen, angesteckt von der Traurigkeit jener Odilia Flores mit dem allzu früh ergrauten Haar, die ihm einst Briefe von mehreren Seiten in Spencerschrift geschrieben hatte, in die sie gewagte Verse von José María Vargas Vila einstreute, die Liebesschwüre ihres Briefes in schwarzer Tinte abgefaßt und die Gedichtverse in scharlachrot geschrieben. Doch bei dem, was sie sich ihm jetzt zu sagen anschickte, indem sie ihn an seiner Tunika zurückhielt, sollte er noch trauriger werden: Lieber Pedro, laß mich dir als Freundin ein Geheimnis verraten; und er senkte den Kopf und hörte genau zu: Meine Cousine Amantina Flores hat dich belogen, Telémaco Regidor denkt nicht im Traum daran, auf diesem Fest zu erscheinen, er hat niemals daran gedacht, sich als ägyptische Mumie zu verkleiden noch mit dir irgendeine Heirat zu verabreden oder deine Schwester Leopoldina um einen Tanz zu bitten, nie wird er Foxtrott mit ihr tanzen. Da hat sie mich also reingelegt, aber warum denn nur? Weil die beiden ein Verhältnis haben, lieber Pedro, weil sie seit Monaten verliebte Geliebte sind und die Geschichte mit dem Stärkungsmittel »Opovitan-Forte«, das ihm die blauen Teufel vertreiben soll, längst nicht mehr stimmt, wenn sie zu ihm in den Schuppen geht, dann um sich dort mit ihm einzuschließen und alle möglichen Sachen zu treiben. Was für Sachen denn? fragte der Beduine und fragte sich gleich darauf selber: Wer sagt mir, daß ich einen solchen Quatsch fragen soll, weiß ich doch längst, um welche Sachen es da geht? Und sie lachte nur matt und anzüglich: Na, diese Sachen eben, du weißt schon, welche.

Der Beduine nahm seinen Holzsäbel fester und rückte sich den Zipfel des Haik zurecht, der ihm Mund und Nase bedeckte, und war schon fast bereit, zu gehen, verwirrt durch diese neuen Winde, die einen neuen Wüstensturm losbrechen ließen, wo er so weit von seiner Karawane war, die ganze gelaufene Strecke umsonst, der Weg vom Sand verwischt, und noch einmal von vorn anfangen, wer weiß, viel Mühe hatte das alles gekostet und zu groß war die Unbill, warum kehrte er nicht einfach zu seiner Frau zurück und wartete auf sein Kind, so, wie es ihm am nächsten lag; doch er sagte sich auch: Und wenn nun doch noch nicht alles verloren ist? Wenn nun die Mumie kommt, und ich nicht da bin? Ob nun der Schwindler Telémaco Regidor mit meiner Unterhändlerin Amantina Flores Sachen treibt oder nicht, das kümmert mich doch wenig, das einzige, was ich will, ist, daß er sich standesamtlich trauen läßt, dann kann er sich meinetwegen gleich wieder scheiden lassen, das weiß er ja, denn so habe ich es ihm durch sie persönlich ausrichten lassen.

Und so stand er immer noch unentschlossen, als er sah, wie Pontius Pilatus auf ihn zukam, so schnell, daß Juan Castil, der unverbesserliche Taschendieb schier laufen mußte, um mit ihm Schritt zu halten, und auf dem Boden das Wasser aus seiner Schale verschüttete; und als er keuchend bei ihm stand, da sagte Pontius Pilatus: Stell dir vor, Pedro, »Salzsäure« hat sich eine Kugel durch den Kopf gejagt, damit es kein Kostümfest gibt, und dein Bruder Edelmiro, dumm, wie er ist, hat, nur weil er hörte, daß das Hirn seines Rivalen auf dem Boden verspritzt war, das Bewußtsein verloren.

Es kostete sie einige Mühe, sich zur Veranda durchzukämpfen, wohin man deinen Onkel Edelmiro, den Cellisten, gebracht hatte, denn das Gerücht vom Selbstmord füllte schon den Salon, und die kostümierten Gäste drängten sich um Saulo Regidor, den Tuchfärber, der kein Wort herausbrachte und so aussah, als wolle er die Halskrause aus Kreppapier und die mit Silberbronze bemalte Rüstung aus Karton abreißen und fortwerfen, die ihm die Brust einklemmte und ihn nicht sprechen noch atmen ließ; und nicht klagen und nicht weinen, wenn er das hätte tun wollen; doch er dachte nicht im entferntesten an

Klagen und Weinen, so displiziniert wie er in seinen Gefühlen war und wie wir ihn schon kennengelernt haben.

Unterdessen jammerte die Salesianernonne allerdings wohl, nicht aus Schmerz um den Verstorbenen, denn den hatte sie nie ausstehen können, das wurde schon gesagt, bis dahin, daß sein Name von der Gästeliste getilgt wurde; ihr Weinen war, wie man ahnen kann, die reine Enttäuschung, darüber, daß ihr Geburtstagsfest platzte, soviel Mühe hatte es gekostet, Möbel zu rücken und Böden und Wände zu schrubben, die Musik zu proben und das Essen zu bereiten. Und sie konnte sich in diesem Augenblick wohl selbst versichern, daß es in ihrem ganzen Leben keinen anderen ebenso entsetzlichen Abend gegeben hatte, außer jenem des Unfalls im Klohäuschen, als der General Paulino Chicas ihr mit dem Revolver in der Hand sagte, indem er den Blick abwandte: Señorita, bitte ziehen Sie Ihr Nachthemd herunter, und sie nur hatte weinen können, so als liefen ihre Tränen aus einem gesprungenen Krug, der nicht mehr geflickt werden kann.

Dein Onkel Edelmiro, der Cellist, lag, von allen vergessen, auf fünf Klappstühlen, die man ihm auf der Veranda aufgestellt hatte. Der Beduine rüttelte ihn mehrmals, und weil er nicht aufwachte, bat er Pontius Pilatus: Gib mir mal dein Wasser zum Händewaschen. Es näherte sich Juan Castil, der unverbesserliche Taschendieb, mit dem Tablett, auf dem er Krug und Schale trug, der Beduine schüttete dem Ohnmächtigen Wasser ins Gesicht und schalt, kaum daß der die Augen öffnete: Dummkopf, was mußt du denn ganz einfach so und vor aller Augen die Besinnung verlieren, »Salzsäure« hat sich doch nicht aus Eifersucht wegen deiner Liebschaft mit Engracia, der »Guabine«, umgebracht, sondern um seinem Bruder das Kostümfest zu verderben. Und dein Onkel Edelmiro, der Cellist, brabbelte mit immer noch bleierner Zunge: Ich hab es ganz deutlich dort verspritzt gesehen, das Hirn, als wär's das meine. Womit er vielleicht sagen wollte: Dieser tödliche Schuß hätte auch meinem Kopf gelten können.

Und während man deinem Onkel Edelmiro, dem Cellisten, zum Sitzen aufhalf, fügte der Beduine noch hinzu: Wer schickt dich auch, dich so in Gefahr zu begeben, natürlich hätte Macabeo Regidor dir dein Hirn herauspusten können, als du Engracia, der »Guabine«, seiner rechtmäßigen Ehefrau, ein Ständchen bringen ließest, und zu Recht würde es dir geschehen, du bist doch kein kleiner Junge mehr, der nicht weiß, daß man sich nicht mit einer Kräuterhexe ins Bett legt, noch dazu einer von der besonderen Art, und alle möglichen Getränke und Speisen von ihr annimmt, hör auf das, was ich dir sage, eines Tages gibt sie dir den Liebestrank, und du bleibst auf immer benebelt oder wirst verrückt und verschüttest Milch wie die Adriana oder meinst, dir gehört das Meer wie »der Kaiser Maximilian«. Und dein Onkel Edelmiro, der Cellist, machte in einem Anfall von Reue mit den Fingern ein Kreuz, küßte es und sagte: Bei dem hier schwöre ich, daß ich mich ihr nie mehr nähern werde. Und Pontius Pilatus warf, laut lachend, ein: Red' keinen Mist, Mann, Edelmiro, schwör nicht umsonst, wer glaubt dir denn, daß du auf Frauen verzichten wirst, ob sie nun Betschwestern und Kräuterhexen sind, ich kenn dich doch genau. Red' keinen Blödsinn.

Dein Onkel Edelmiro, der Cellist, trocknete sich das Gesicht mit dem Handtuch, das ihm Juan Castil, der unverbesserliche Taschendieb, auf Befehl von Pontius Pilatus gereicht hatte, als aus dem Salon die feste Stimme von Saulo Regidor, dem Tuchfärber, schallte und die katastrophenhafte Stille beendete, die sich um ihn verbreitet hatte:

»Don Lisandro, ich bitte Sie. Beginnen Sie zu spielen. Ein Maskenball, bitte.«

Ungerührt der, der eigentlich zittern sollte, und eingeschüchtert dein Großvater Lisandro, der mit Trauerfall und Selbstmord nichts zu tun hatte. Und nach einer kleinen Stille hörte man ihn verwirrt mit zitternder Stimme antworten:

»Ich kann nicht, sehen Sie denn nicht, daß mir das Cello fehlt? Mein Sohn Edelmiro hat die Besinnung verloren.«

»Lauf, nimm dein Cello, sonst gibt es keine Gage«, sagte da der Beduine zu deinem Onkel Edelmiro, dem Cellisten.

Dein Onkel Edelmiro, der Cellist, gehorchte dem Befehl; und als endlich alle Musiker an ihren Plätzen saßen, wandte dein Großvater Lisandro der verblüfften Menge den Rücken zu und hob den Taktstock. Noch einmal wandte er den Kopf, um zu sehen, ob Saulo Regidor, der Tuchfärber, seine Dickköpfigkeit gegenüber seinem toten Bruder etwa bereute, doch der bereute nichts, beide gleich dickköpfig in ihrem letzten Zweikampf: dickköpfig der eine darin, sich eine Kugel durch den Kopf zu jagen, um dem anderen das Fest zu versalzen, und dickköpfig der andere darin, dem Orchester trotz des Trauerfalls das Spielen zu befehlen.

Bei den ersten Tönnen von »Ein Maskenball« brach die Dickste aller Dicken, Adelina Mantilla, wieder in ihr Zornesweinen aus, viel eindringlicher als die Geige, die dein Onkel Eulogio, der Geiger, spielte; und während sie weinte, fielen die Heiligenbildchen der Heiligen Cabrini verstreut um sie nieder, wie die Blätter eines Baumes mit mächtigem Stamm, den der Sturmwind rüttelt. Und wenn sie ein Bild war, das man gesehen haben mußte, diese Salesianernonne, so blieb Saulo Regidor, der Tuchfärber, hinter ihr auch nicht zurück, der mit den Armen die energischen Bewegungen eines Dirigenten imitierte und so die Musiker aufforderte, mit dem Präludium loszulegen, wobei ihm eine heimliche Träne aus dem rechten Auge zur Halskrause hinunterrann.

Dieser Abend war kaum noch etwas für fröhliche Feste oder Kostümwettbewerbe, selbst wenn das Orchester spielte, darin hatte die Dickste aller Dicken, Adelina Mantilla, recht, als sie so mit ihrem Geschrei wütete; und es sollte noch schlimmer kommen, denn während Saulo Regidor, der Tuchfärber, weiter mit den Armen wedelte, als dirigiere er ein Orchester, und dabei mit einem Auge weinte, begann es wieder zu donnern, als wolle jeden Augenblick ein neuer Regenguß losbrechen.

Nun war Saulo Regidor, der Tuchfärber, das haben wir schon gesehen, kein Mann, der sich durch Kleinigkeiten wie Zwergengeburten, Bruderselbstmorde, Ehefrauengeschrei, Himmelsgedonner oder drohende Regengüsse aufhalten ließ. Als das Präludium beendet war, forderte er das Orchester Ramírez auf, weiterzuspielen, die Musiker intonierten den Walzer deines Großvaters Lisandro »Nacht von Illusionen und Gelächter«, und er näherte sich, sehr artig, der Salesianernonne, die immer noch plärrte, und bat sie um ein Tänzchen; denn daß sie den Ball eröffneten, während die Gäste einen Kreis bildeten, um ihnen zuzuschauen, war Tradition. Sie weigerte sich unter Tränen und mit heftigem Kopfschütteln, das kaum umzustimmen war. Doch was sollte jener Dickkopf aller Dickköpfe darauf Rücksicht nehmen. Mit zorniger Geste nahm er sie bei der Taille, stieß sie vor sich her und führte sie im Rhythmus des Walzers mit erzwungenen Drehungen durch den Salon, ein ordentliches Stück Salesianernonne in den Armen eines spanischen Eroberers.

Das Donnern verstärkte sich, und plötzlich brach der Platzregen mit großer Wucht los, und das Wasser blies von zwei Seiten herein, von der Straße und von der Hofveranda her. Die Kostümierten liefen herbei, um die Türen zu schließen, doch Saulo Regidor, der Tuchfärber, rief, auf gar keinen Fall, hier wird nicht zugemacht, und außerdem sollen alle mit dem Tanzen anfangen, Befehle, die schon an Wahnsinn grenzten, auch wenn sie befolgt wurden, denn die Türen blieben weit geöffnet, und einige Paare begannen, in den Ecken vor dem Guß geschützt, lustlos zu tanzen.

Andere hingegen waren ungehorsam und liefen auf der Suche nach Schutz in die Küche und die innen liegenden Räume, wo sie ganz durchnäßt ankamen, eine Kleopatra mit einer Schlange aus falschem Gold um den Hals, eine maurische Odaliske mit einem Kaschmirturban, die das Gewicht ihrer vielfach gewundenen Perlenkette niederzog, eine typische Spanierin mit Haarspange, Spitzentuch und Fächer wie auf der

Packung von »Mirurgia«-Seife, eine traurige, graue Fledermaus mit Regenschirmflügeln; nicht aber ein wiedererstandener Lazarus aus Bethanien, der auf halbem Wege auf dem Hof ausrutschte und sich den bleiweißgefärbten Umhang entfärbte, mit dem er einen mehrere Tage faulenden Leichnam vorspielen wollte. Und als ein Tanzbär ihm sehr ritterlich auf die Beine helfen wollte, da mußte sich dieser Bär sehr schnell voll Angst vor dem immer lauteren Gebell des Wolfes von Gubbio in Sicherheit bringen, der hinter ihm hersprang und immer heftiger an der Leine zog, die der schmächtige, friedliche Heilige Franz von Assisi mit immer größerer Mühe hielt.

Die Musiker spielten unter dem ausdrücklichen Befehl in dieser Sintflut weiter wie nasse Hähne, obwohl im Lärm des herniederstürzenden Wassers ohnehin nur noch wenig oder gar nichts mehr zu hören war, und sie hörten sich auch gegenseitig nicht mehr von einem zum anderen Instrument, weshalb ihr Spiel gänzlich unkoordiniert klang und außerdem nichts mehr von Freude und viel von Traurigkeit hatte, trotz der Anstrengungen, die dein Großvater Lisandro mit dem Taktstock unternahm; und so erstarben langsam die Instrumente, eines verhielt in einem Solo, einem Halbton, als würde es nur gestimmt, bis schließlich ein Windstoß kam, die Partituren von den Notenständern riß und deine Onkel dazu zwang, ihnen nachzusetzen, bevor sie auf die dunkle Straße hinauswehten und dein Großvater Lisandro sie alle noch einmal abschreiben mußte.

Und als Zeichen, daß alles vom Winde verweht wurde, flogen, zusammen mit allen anderen Partituren auch die von *Girls on bycicle around the Central Park* davon, erste Geige, zweite Geige, Bratsche, Klarinette, Horn, Trompete, Posaune, Cello, Banjo, Baß und Saxophon, und herbeigerufen von deinem Großvater Lisandro, halfen auch der Beduine, Scarlett O'Hara und sogar Anna Boleyn mit ihrem Bauch dabei, die Notenblätter zu verfolgen, als seien es Turteltauben, die davongeflogen waren, weil jemand aus Versehen die Tür des Taubenschlages offengelassen hatte.

Und mit noch etwas anderem hatte seine Unterhändlerin Amantina Flores gelogen, bevor sie sich verabschiedete, ohne irgendeinen Grund und nur aus reiner Gemeinheit, sagte sich schmerzlich der Beduine, während er die Notenblätter im Fluge fing oder sich bückte, um sie regennaß vom Boden aufzulesen, etwas Vergnüglichem, was ihr zufolge Telémaco Regidor für das Fest eingefallen war, doch schon zu spät, um noch in die Tat umgesetzt zu werden, und zwar Josías, den Tischler, einen ägyptischen Sarg anfertigen zu lassen, wie den, aus dem im Film Boris Karloff steigt, man bringt den Sarg noch vor dem Fest, lehnt ihn gegen eine Wand, inzwischen kommen die Gäste und fragen sich voll Neugier, wer mag da drin sein, wer kann das sein? Bis du, Pedro, der du als sein Busenfreund auf immer und ewig eingeweiht bist, hingehst und den Deckel abnimmst und er zum Vorschein kommt, ganz steif, die Hände über der Brust zusammengelegt, heraussteigt, mit gruseligen Schritten umhergeht und alle anderen Kostümierten überrascht und erschreckt, die einen laufen vom Entsetzen gepackt davon, die anderen schreien laut, sicherer Preis für die Mumie, und sicherer Preis auch für Anna Boleyn in ihrem Kleid aus schwarzem Samt und mit dem blutigen Schnitt an der Gurgel, was für ein guter Einfall und welche Neuheit, ein Kopf, der wieder auf den Schultern der Geköpften sitzt, und außerdem, nachdem sie zusammen den verabredeten Foxtrott getanzt haben, wer will ihnen da den Preis noch streitig machen? Meine Damen und Herren, Fräulein und Kavaliere, Telémaco Regidor gewinnt den Preis für die beste männliche Verkleidung, Leopoldina Ramírez gewinnt den Preis für die beste weibliche Verkleidung.

Und jetzt, als er deinem Großvater Lisandro das übergibt, was er an Notenblättern hat retten können, sagt er sich: Also gut, Macabeo Regidor hat sich selbst umgebracht, nur um seinem Bruder das Fest zu verpatzen, und das Fest ist in die Hose gegangen. Edelmiro verliert einfach so und ohne Grund das Bewußtsein. Dann bricht diese Sintflut herein, die die Musiker zum Schweigen bringt, und läßt die Partituren wegfliegen, die, so naß, wie sie sind, nicht einmal zum Feueranmachen taugen. Es wird keine Preisverleihung für die Kostüme mehr geben, weil alle Kostüme verdorben sind, Amada Laguna hat ihre Arie nicht mehr singen können und ist von Kopf bis Fuß klatschnaß geworden, weil keiner daran dachte, ihr Bänkchen wegzutragen. Es gibt kein Paar, das Foxtrott tanzt, wenn ich ein Zeichen gebe. Mit einem Wort, darf ich fragen, was ich hier überhaupt noch mache?

Der Beduine ist schon auf dem Weg zur Tür und läßt die Stimme der sehr dicken Amantina Flores hinter sich, die als Märchenfee auf ihrem Bänkchen sitzt und die dickste aller dicken Salesianernonnen, Adelina Mantilla, fragt, ob sie die Nacht dort bleiben könne, denn welche Träger werden sie in diesem Regen und durch diese überschwemmten Straßen nach Hause tragen wollen. Doch da spürt er auf einmal, wie jemand ihn am Rücken faßt, und es ist Eleuterio »Falsches Wort«, der Tubaspieler, Meister im Kreuzworträtsellösen und Meister aller Klassen im nächtlichen Wettkampf um das größte männliche Glied, ausgerichtet vom Pater Misael Lorenzano, der heute abend, weil es ein Fest war und keine Prozession oder Beerdigung, die Posaune spielte.

Und Eleuterio »Falsches Wort« sagt, indem er sich, zum Zeichen, daß er nicht lange um den heißen Brei reden will, energisch die Hosen hochzieht: Hör zu, Pedro, jetzt wo die ägyptische Mumie schließlich doch nicht erschienen ist und diese Geschichte, die du ins reine bringen wolltest, sich nicht hat regeln lassen, will ich dich wissen lassen, daß es mir nichts ausmacht, die Verantwortung für den Bauch deiner Schwester Leopoldina zu übernehmen, und deshalb bin ich bereit, sie zu heiraten, auf dem Standesamt und in der Kirche. Und der Beduine, den inzwischen gar nichts mehr wundert, meint: Hast du denn überhaupt mit ihr geredet, bevor du mir diesen Vorschlag machen kommst? Denn wenn sie nicht einverstanden ist, dann kann ich nichts ausrichten. Und der andere antwortet:

Nein, mit ihr habe ich nicht geredet, wohl aber mit dem Leutnant Sócrates Chocano.

»Und weshalb hast du mit Leutnant Sócrates Chocano geredet?« fragt der Beduine leicht mißgestimmt.

Pontius Pilatus, der von weitem der Unterhaltung folgt, merkt, daß von ihm nicht eben freundlich gesprochen wird, und möchte so tun, als wasche er sich ein letztes Mal die Hände; doch ist inzwischen kein Wasser mehr im Krug von Juan Castil, dem unverbesserlichen Taschendieb, und so kann er nur ganz kleinlaut lächeln.

»Also, um ehrlich zu sein, hat er zuerst mit mir geredet«, antwortet Eleuterio »Falsches Wort«.

»Das versteh' ich nicht, erklär's mir mal«, sagt der Beduine.

Und Eleuterio »Falsches Wort«, der Mund ganz blumig vom jahrelangen Tubaspielen, geht her und erklärt: Das war, bevor dein Bruder Eulalio, der Klarinettist, hereinkam mit der Nachricht vom Selbstmord Macabeo Regidors, da nahm mich Leutnant Sócrates Chocano beiseite und machte mir den Vorschlag, deine Schwester Leopoldina zu heiraten, sei wie die Seife, Eleuterio, sagte er, es steht dir gut an, diese Ehre reinzuwaschen, denn der arme Pedro Ramírez ist verraten und verkauft, und verraten und verkauft hat ihn erbarmungslos diese Amantina Flores, war sie es doch und niemand sonst, die diesen falschen Plan ausheckte mit der Mumie, die Foxtrott tanzen sollte, und nur er allein, der frei von jedem Falsch ist, weiß nicht, daß diese beiden ein Verhältnis haben, und zwar was für eins, nur er weiß nicht, daß sie heute mittag auch in der Kneipe der »Gluckhennen« war und dem besoffenen Schwätzer Gesellschaft geleistet hat, der an der Flasche hängt, eine Frau in einer Kneipe, das sagt dir doch alles, und laut gelacht hat sie, als der Trunkenbold, der einmal lacht und einmal weint und hin- und hertorkelt und sich öffentlich über die arme Leopoldina Ramírez lustig machte, und ist ordentlich erschrocken, als die Soldaten kamen, um Ulises Barquero mitzunehmen, weil sie glaubte, es sei der andere, ihr Nichtsnutz, den sie holen kämen.

»Und was hat dir Leutnant Sócrates Chocano sonst noch gesagt?« fragt der Beduine.

»Über diese Angelegenheit?« fragt Eleuterio »Falsches Wort« zurück.

»Über diese Angelegenheit«, sagt der Beduine.

»Über diese Angelegenheit kein Wort mehr«, antwortet Eleuterio »Falsches Wort«. »Er hat dann nur noch gemeint, wenn ich einverstanden wäre, deine Schwester Leopoldina zu heiraten, dann wolle er mir eine Lizenz schenken, einen Spieltisch für Würfelspiel, Sechsundsechzig, Bingo und andere Glückspiele bei mir zuhause zu eröffnen.«

»Und dies Angebot hat dich überzeugt, was?« sagt der Beduine halb beleidigt, halb belustigt und sucht gleichzeitig mit den Augen Pontius Pilatus.

Er sucht ihn, findet ihn jedoch nicht. Draußen auf dem Hof hört man Lärm, und dorthin ist Pontius Pilatus geeilt, in seiner Eigenschaft als Polizeigewalt, denn Amada Laguna berichtet, daß der Hund, der den Wolf von Gubbio des Heiligen Franz von Assisi abgeben mußte, vergiftet auf dem Hof gefunden wurde, und niemand weiß, wer ihm den tödlichen Bissen verabreicht hat, sicher einer von denen, die letztes Mal gebissen wurden, als sie »Das Bierfäßchen« tanzten, und unter so vielen verkleideten Leuten wird es unmöglich sein, den Namen des Täters festzustellen.

Ach du meine Güte, grübelt der Beduine, womit mir dieser Eleuterio »Falsches Wort« jetzt noch kommen muß, und was hilft meiner Schwester Leopoldina einer, der nur Kreuzworträtsel lösen kann, hefelos: ungesäuert; das Gegenteil von Liebe: Haß; worein einer fällt, der nicht erinnert: Vergessen; gleichbedeutend mit Geringschätzung: Verachtung, die Tuba spielt er schlecht und von der Posaune gar nicht zu reden, so falsch, wie er die spielt, und als ob das noch nicht reiche, und was überhaupt das Schlimmste ist, das ist die Verlegenheit, in der er sie als seine Ehefrau brächte, ist dieser Mann doch eine echte Sehenswürdigkeit, die man gut und gern im Zelt des Zauberkünstlers Paco Fuller von Ort zu Ort ausstellen könnte.

Und so war er in Gedanken damit beschäftigt, sich an Eleuterio »Falsches Worts« unerhörte Maße zu erinnern, als er gewahr wurde, daß vor ihm schon seit einer Weile dein Onkel Eulalio, der Klarinettist, stand; und weil er natürlich die ganze Unterhaltung mit angehört hatte, mühte er sich aufgeregt, seine Aufmerksamkeit auf sich zu lenken, indem er mit seiner Klarinette bestimmte Längen, Härten und Dicken anzeigte.

Das hatte gerade noch gefehlt, sagte er sich empört und sah auf deinen Onkel Eulalio, den Klarinettisten, der sich jetzt die Klarinette sehr aufrecht über dem Hosenstall ansetzte und daran herumfingerte, als habe er mit den bisherigen Vorführungen nicht schon verstanden, worum es ging; das hatte gerade noch gefehlt, daß ich diesen Eleuterio »Falsches Wort« an seine unverschämten Maße erinnern muß, wo er sie selbst doch am besten kennt, hab ich doch schon den frommen Cecilio Luna auf die Uhrzeit hinweisen müssen, wo er den Kirchturm direkt vor Augen hatte.

»Red mit ihr, und je nachdem, was sie sagt, sehen wir uns morgen, ich gehe jetzt, denn mein Kind kommt jeden Augenblick zur Welt, wenn es nicht schon geboren ist«, sagte der Beduine schließlich zu Eleuterio »Falsches Wort« und drehte ihm ein für allemal den Rücken zu.

Und kaum warf er sich in Wind und Regen hinaus, da kam in der Dunkelheit der Straße eine Stimme vorbeigelaufen, die verkündete: Amantina Flores ist mit der brennenden Zigarette im Bett eingeschlafen und hat sich selbst und Laken, Kissen und Matratze dazu angezündet.

Was war das? Amantina Flores? Ist sie denn tot? fragte der Beduine die Stimme, die sich eilig entfernte; und die Stimme antwortete ihm schon leiser aus der Ferne: Ja, sie hat's gerade noch geschafft, ein Stück die Hauptstraße hinunterzulaufen wie eine brennende Fackel, Filomela Rayo, die, weil sie nachts nicht schläft, gemütlich ihren Bürgersteig fegte, hat sie zuerst gesehen, dann öffneten sich bei ihren verzweifelten Schreien weitere Türen, man warf Sand auf sie und wassergetränkte Lappen, doch als man sie schließlich mehrere Straßen weiter löschte, da lebte sie schon beinahe nicht mehr, fiel hin und starb.

Und der Beduine, der auf der Schwelle stehengeblieben war, dachte: die arme Amantina Flores; und dann fragte er, begierig, die Uhrzeit des Unglücks zu erfahren: Und wann war das genau? Und die Stimme, die man fast schon nicht mehr hören konnte, antwortete: Vor einer ganzen Weile wohl, bevor es zu regnen anfing, denn sonst hätte sie vielleicht unterwegs der Regen gelöscht; und außerdem vor einer Weile, weil sie ihr schon das Totenhemd angezogen und sie in einem Bett aufgebahrt haben, das sie aus der Nachbarschaft herbeiholten, denn ihr eigenes ist nur noch ein Stück Kohle. Und plötzlich, als hätte es genügt, das Wort Regen zu erwähnen, beruhigte sich der Himmel, und es hörte wieder zu gießen auf.

Jene Stimme, die immer weiter wegzulaufen schien, lief gar nicht, und auch nicht fort, der Regen war es, der sie immer mehr zurückgedrängt hatte. Dort stand vor dem Beduinen Josías, der Tischler, sein zottiges Haar hing ihm in nassen Strähnen in die Augen: Ich habe gerade, Don Pedro, für den Sarg der armen Amantina Flores Maß genommen, die ein so schönes Gesicht und einen so herrlichen Körper hatte und beinahe wie der Engel mit der Waage aussah, und die bis zur Unkenntlichkeit verkohlt ist, was für ein großes Unglück, rauchend im Bett einzuschlafen, und das Kind des Sündenfalls wäre beinahe am Rauch erstickt, wenn ihn die Nachbarn nicht gerettet hätten.

Ob das wohl vor acht Uhr gewesen war? wollte der Beduine noch genauer wissen, und die Unruhe in seinem Kopf wurde zum Zweifel, denn es fiel ihm schwer, sich vorzustellen, daß Amantina Flores, jetzt, wo sie tot war, fähig gewesen sein sollte, ihn so hereinzulegen, die Toten betrügen nie, nur die Lebendigen, und Amantina Flores, seine Unterhändlerin, war keines Lugs und Trugs und Tricks mehr fähig. Die genaue Uhrzeit weiß ich nicht, Don Pedro, antwortet ihm da Josías, der Tischler, mich hat man nach neun Uhr gerufen, doch hat es ein Weilchen gedauert, bis ich zum Ort der Tragödie gelangte, weil ich erst den anderen Sarg fertigstellen mußte; und wenn ich jetzt verspätet zu meiner Werkstatt zurückeile, um den der Verstorbenen zu tischlern, dann deshalb, weil nicht klar war, wer ihn denn überhaupt bezahlen würde. Bis Aurora Cabestrán das Fenster öffnete und unter Tränen und Wehgeschrei meinte, es mache jetzt auch nichts mehr, sie, die mir den ersten aufgetragen habe, wolle dann eben beide bezahlen.

»Beide?« fragt der Beduine verwundert.

Na, den Sarg von Amantina Flores und den von Ulises Barquero, dem Ehemann der Aurora Cabestrán natürlich, wundert sich da seinerseits Josías, der Tischler. Wissen Sie das denn nicht? Da saß er im Ortsgefängnis, auf Befehl seines eigenen Vaters, Don Salomón Barquero, damit er nicht weiter in den Kneipen tränke, als massenhaft die blauen Teufel auftauchten, ein wahrer Hexenkessel von Klauen, Krallen, Schwänzen und Zähnen; und als sie ihm den Verstand geraubt hatten und er vor lauter Kreischen, Gelächter und Verhöhnungen in seinen Ohren ganz verzweifelt war, begann er, seinen Kopf gegen die Wand zu schlagen, bis er zu Brei war, und jetzt will man seiner Frau den Leichnam nicht aushändigen, dreimal ist Aurora Cabestrán schon vergeblich zum Kommando gegangen, niemand kümmert sich um sie, man behauptet, man brauche höheren Befehl vom Hauptquartier, und keiner traut sich, um diese Zeit Tacho Somoza zu wecken, und ich, ich hab' die Maße nur dadurch herausbekommen, daß ich sie von weitem schätzte, denn bis zur Zelle, wo die Leiche liegt, da darf kein Sterblicher vordringen.

»Das kann nicht sein«, sagte der Beduine.

»Was kann nicht sein?« fragte Josías, der Tischler.

»Daß die Weissagung gestimmt hat«, sagte der Beduine.

»Ich weiß nichts von einer Weissagung«, sagte da Josías, der Tischler.

Jetzt kräuselt sich das Wasser nicht mehr, steht plötzlich still in seiner unendlichen Klarheit, und er konnte auf dem Grund wie einen polierten Stein ganz deutlich jene Erinnerung sehen, drei, die ihre nackten Körper in der einsamen Lagune treiben ließen, und eine näselnde, brüchige Frauenstimme, versteckt im in der Nachmittagshitze liegenden Unterholz, die ihnen zurief: Hört mal, ihr drei, die ihr dort badet, nackt im Lagunenloch treibt und so dicke Freunde seid, das ihr immer alles gemeinsam macht, dies ist das Schicksal, daß euch, wie ich euch verkünde, am gleichen Tag ereilen soll, an dem ich auf den Friedhof gehe und aus meinem Sarg falle: einer wird in einer Regennacht in einer Zelle sterben, von blauen Teufeln in den Wahnsinn getrieben, und bevor er stirbt, wird ein anderer dort in der Nähe sein, als Beduine verkleidet, doch wird er ihm nicht mal Adios sagen können; und noch ein anderer, der bei einem Fest an diesem Abend eine Mumie sein sollte, doch dies nicht mehr sein wird, betrügt den Beduinen, und niemals mehr in diesem Leben soll'n sich die zwei vertragen. Und jetzt ratet mal, wer von euch wer ist!

Waren die drei nicht aus dem Wasser gesprungen und hinter der Frau hergelaufen, die, auf ihren Stock gestützt, im Unterholz verschwand? Hatten sie ihr nicht Steine nachgeworfen und Schimpfwörter hinterhergerufen, bis sie sie aus den Augen verloren? Und war diese Frau nicht Diocleciana Putoya? Und war es nicht so gewesen, daß ihn Ulises Barquero an eben diesem Abend aus seiner Zelle bat, ihn nicht allein zu lassen, weil der Sarg der Kräuterhexe entzwei gebrochen war, als man sie auf den Friedhof trug?

Doch vielleicht ist das, was er jetzt zu erinnern meint, gar nicht geschehen, traut er sich fast Josías, dem Tischler, zu sagen. Es gab ihn nicht, den glatten Kiesel auf dem Grund des Sees, und gibt sie nicht, die unendliche Klarheit seines Wassers. Denn wenn so das Leben wäre, wie die Kreuzworträtsel von Eleuterio »Falsches Wort«, Ankündigungen von alten Kräuterhexen, vertikal und horizontal, damit man die Kästchen mit den Bedeutungen des angekündigten Unglücks füllt, dann würde niemand mehr auch nur die Schuhe anziehen, um aus dem Haus zu gehen, um vom Verkleiden als Beduine nicht zu reden, und es wäre besser, im Bett zu bleiben und zu warten, ohne einen Finger zu rühren, daß der Sensenmann kommt, der ohnehin seine Aufwartung macht, um dich zum Tanz zu laden mit seiner Liste, auf der kein Name ausgestrichen ist, und kein Inocencio »Niemand« als Ausrufer noch sonst irgend jemand ist da und sagt dir, tut mir leid, Sie sind hier nicht zu finden.

Nicht ohne Grund war also Pontius Pilatus vom Fest verschwunden. Ein Soldat kam ihn holen, als das Orchester Ramírez das Präludium von *Un Ballo in Maschera* spielte, nachdem dein Großvater Lisandro schließlich der Hartnäckigkeit von Saulo Regidor, des Tuchfärbers, nachgegeben hatte. Wie der Blitz schoß er auf die Straße hinaus, während es am Himmel donnerte, immer gefolgt von Juan Castil, dem unverbesserlichen Taschendieb, und als er in den Salon zurückkehrte – es regnete schon heftig –, da sagte er nichts von dem Geschehenen, denn dann hätte er sich tatsächlich vor den Gästen die Hände waschen und, während er sie sich mit dem Seidentuch trocknete, ausrufen müssen: Das Blut dieses Gerechten fällt nicht auf mich.

Jetzt ist er dort auf der Veranda und verhört die Kostümierten, die verdächtig sind, den Wolf von Gubbio vergiftet zu haben, und es ist klar, daß jeder Versuch, ihn dazu zu bewegen, der Aurora Cabestrán den Leichnam von Ulises Barquero herauszugeben, sinnlos ist, und es ist eine Gemeinheit ohnegleichen, daß man ihr ihn nicht heute nacht noch gibt, damit sie ihn aufbahren kann. Hört er ihn nicht schon? Versteh' mich doch, mein lieber Pedro, es liegt nicht in meiner Hand, dir den Gefallen zu tun, was soll ich machen?

»Und der General Macedonio Barquero? Warum gibt der nicht den Befehl? Der hat ihn doch auch ins Gefängnis werfen lassen«, sagt der Beduine.

»Den wagt keiner zu wecken, genau wie den Tacho Somoza in Managua«, meint Josías, der Tischler.

Ich hab es schon mal probiert, und er hat mich weder gebissen noch gefressen, also könnt' ich es noch mal versuchen, überlegt der Beduine. An seine Tür klopfen, höflich und vorsichtig, bis der Hausbursche öffnen kommt, den Burschen bitten, ins Schlafzimmer zu gehen und zu melden: General, General, Ihr Neffe. Mein Neffe? Ja, Ihr Neffe. Was ist mit ihm? Man bringt eben die Nachricht, daß er sich das Leben genommen hat, indem er sich den Kopf einschlug, in der Gefängniszelle, in die Sie ihn haben einsperren lassen. Er setzt sich im Bett auf, die Decke fällt zu Boden. Reglos, den Kopf gesenkt, hart und schwer wie aus Marmor, sehr weiß die Hände, auf die Knie gelegt, so sitzt er da und sieht auf seine nackten Füße, die auch sehr weiß sind; wie seine eigene Marmorstatue sieht er aus. Er bewegt sich nicht und antwortet auch nicht. Nie sagen sie etwas über den Tod, die, die später Marmorstatuen sein werden und gewohnt sind, zu befehlen. Dann seine einzigen Worte an den Burschen: Heb' mir die Decke vom Boden auf; und morgen soll mir zur Beerdigung die Büglerin den schwarzen Anzug fertigmachen, den aus englischem Kaschmir.

Tatsächlich will der Beduine jetzt nirgendwo mehr hingehen, niemanden wird er mehr aufsuchen noch wecken. Zuviele Dinge, Aufträge, Gänge und Geschäfte hat er an diesem viel zu langen Tag erledigen müssen: ein betfreudiger Bräutigam, der sich mit einer enttäuschten und in Tränen aufgelösten Freundin unterhält; die Beerdigung einer alten Kräuterhexe, die auf dem Weg zum Friedhof aus dem Sarg fällt; der Besuch von einem, der sich eine Kugel durch den Kopf jagen will, um seinem Bruder das Fest zu verderben, und der hingeht und es auch tatsächlich tut; eine Schwindlermumie, die schließlich doch nicht erscheint, um Foxtrott zu tanzen; die verstorbene Ehefrau des Geburtshelfers, die in der 1. Klasse mit der Bahn fährt und unterwegs wiederaufersteht; der flehentliche Hilferuf eines Busenfreundes, der sich dann hinterher in seiner Zelle den

Kopf einschlägt; eine häßliche Unterhändlerin, die so lieblich ist, daß sie fast wie ein Engel vom göttlichen Thron aussieht, und die wie eine Fackel durch die Straße lief und brennend starb.

Geh' nach Hause, Beduine, da wartet eine Geburt auf dich. Was hältst du dich noch länger auf?

VII

Die Stimme, die im Regen gekommen war, redet weiter und wird immer schwächer, denn jetzt ist es der Beduine, der eilig davongeht, seinem Hause zu, wobei er, ohne es zu wollen, denken muß, daß dies ein Glückstag für Josías, den Tischler, ist, mehrere Särge hat er schon verkauft: den von Macabeo Regidor, dem Selbstmörder, den seiner Unterhändlerin Amantina Flores, die sich in ihrem Bett selbst angezündet hat, den von Ulises Barquero, den in seiner Gefängniszelle die blauen Teufel in den Wahnsinn trieben; und zuvor noch zwei Särge für die gleiche Person, die alte Kräuterhexe Diocleciana Putoya.

Und je weiter er kommt und sich dem Gemeindehaus nähert, in dem zu dieser Stunde kein Fenster erleuchtet ist, dort, wo man tagelang den Fall deines Onkels Esaú, des Bauern, verhandelt hat, der einen an Händen und Füßen gefesselten Einbrecher erschoß, hört er die Schreie einer Frau, die vom Kommando her die Dunkelheit zerreißen. Aurora Cabestrán ist wieder dort, um vom Leutnant Sócrates Chocano, der noch sein Pontius-Pilatus-Kostüm trägt, die Herausgabe des Leichnams von Ulises Barquero zu fordern. Müßte er nicht hingehen und ihr helfen, sie wenigstens tröstend in den Arm nehmen? Nein. Keine Umarmung, kein Trost. Und je lauter die Schreie, desto mehr beeilt er sich, von einem plötzlichen Wind geschoben, der seine Tunika wie ein von Backbord getriebenes Segel bläht.

So ist das Leben nun mal, was kann man da machen, seufzt der Beduine, wieviel Dinge entstehen an einem Tag, die in der folgenden Nacht schon wieder auseinanderfallen, wie diese Bilder in dem Kaleidoskop, das Pater Misael aus Los Angeles Luisa, der Gebärenden, mitbrachte: übereinanderliegende

Prismen, verzauberte Glasbilder, Kathedralen aus strahlenden Pfeilern, Scharen durchsichtiger Schmetterlinge, die durcheinanderfliegen, Himmel voller geometrischer Sterne, die aufleuchten, wenn man nur die Röhre dreht; und bei einer weiteren Drehung der Röhre fallen die Bilder in Farbstückchen auseinander, Fata-Morgana-Ruinen, Traumtrümmer, Illusionssplitter, die perfekte Symmetrie für immer verloren, die perfekte Seligkeit, die kaum zu Form gekommen war und nie mehr wiederkehrt.

Und als er schon fast am Tor des Gemeindehauses vorbeikam, da näherte sich ihm ein Schatten, und dieser Schatten war wie aus Kupfer gegossen, der Schatten von Ireneo »aus der Dunkelheit« mit Schaufel, Spitzhacke, Eimer und Seil. Und der sagte zu ihm: Es freut mich, Don Pedro Ramírez, daß ich Sie treffe und Ihnen vor allen anderen die gute Nachricht geben kann.

»Die erste gute Nachricht, die ich heute hören werde«, antwortete der Beduine. »Darf man wissen, was das ist, das du mir als erstem und so spät am Abend sagen willst?«

»Daß die Chinesen fort sind, ich habe sie verabschiedet und ihnen auf Wiedersehen gesagt.«

»Ich habe keine Zeit für Chinesenabschiede, ich hab's nämlich eilig, und wenn du mir nicht gleich sagst, um welche Chinesen und was für Verabschiedungen es da geht, dann sag ich dir jetzt selbst auf Wiedersehen«, antwortete der Beduine wieder.

Da legt Ireneo »aus der Dunkelheit« bedächtig eines nach dem anderen alle seine Werkzeuge auf den Boden und erklärt, von seiner Last befreit, dem Beduinen, daß am Abend aus Jinotepe die chinesischen Falschspieler Aníbal Wong und Leónidas Wong auf ihren Fahrrädern zu ihm nach Hause kamen, um ihm vorzuschlagen, er möge sie in den Brunnen steigen lassen, den er im Garten von Filomela Rayo grabe, der, die am Tage schläft und nachts wacht, wollten sie doch in ihre Heimat in Fernost zurück; und weil sie ihm gute Bezahlung versprachen, nahm er sie mit zum Brunnen, sie stiegen hinein und weg waren sie, nicht ohne ihre Fahrräder mitzunehmen, die er ihnen vom Rand des Loches nachreichte, wobei er ihnen noch sagte: Adios, meine Freunde, laßt's euch gut gehen. Und weil sie ihre Reise nachts begannen, muß es dort drüben wohl schon Tag gewesen sein, so daß sie im Hellen ankamen.

»Geh und erzähl dieses Märchen lieber dem Don Avelino Guerrero, damit er sich freut, daß ihn die Chinesen nicht mehr mit Forderungen nach Doña Tadea Toribio belästigen werden«, sagt der Beduine.

»Das ist kein Märchen, hier ist das Geld, das sie mir gegeben haben«, antwortet Ireneo »aus der Dunkelheit« und holt aus seiner Hosentasche ein dickes Bündel Geldscheine, um es ihm zu zeigen.

»Na, da kannst du ja ein ordentliches Geschäft machen, wenn du alle Chinesen in das Loch hinunterläßt, die zurück nach Asien wollen«, meint der Beduine und läßt Ireneo »aus der Dunkelheit« im Dunkeln stehen, der, wenn man es recht besieht, selbst Teil der Dunkelheit ist, oder die Dunkelheit ein Teil von ihm.

Und da überquert er schon die Straße, da steigt er schon die Stufen zum Kirchplatz empor, geht schon auf dem Weg unter den Malinchebäumen, dem Weg, auf dem, man möge sich erinnern, auch weinend Auristela, »die Meerjungfrau«, entschwunden ist, als er auf einmal sieht, daß sich Don Avelino Guerrero nähert, von Kopf bis Fuß in Trauerkleidung, mit Filzhut und steifem Kragen, der sich den Weg mit seiner Petroleumlampe leuchtet. Und der Beduine fährt zusammen, dieser alte Kauz um Mitternacht unterwegs, könnte es sein, daß er mich sucht, damit ich ihm die Kerzen für einen Groschen verkaufe?

»Woher kommen Sie, oder wo gehen Sie hin?« kommt er dem anderen mit einer Frage zuvor, denn vielleicht gibt ihm dieser ja eine schnelle Antwort, geht vorbei und läßt ihn in Ruhe. Und er möchte ihn noch fragen, wenn es nicht zuviel

Zeitverschwendung wäre: Kommen Sie vielleicht vom Brunnenloch der Filomela Rayo, wo Sie die Chinesen Aníbal Wong und Leónidas Wong verabschiedet haben, die Ihre Frau Tadeo Toribio beim Würfelspiel gewonnen haben, und sind ganz glücklich, daß die nie mehr den Wettpreis von Ihnen fordern werden?

»Ich komme«, sagt Don Avelino Guerrero und lupft den Hut mit feierlicher Begräbnisgeste, »vom Besuch beim Leichnam von Amantina Flores, die rauchend in ihrem Bett einschlief und auf so unglückliche Weise starb.«

»Dann bitte ich Sie, mich zu entschuldigen, meine Frau entbindet sicher schon, und ich muß gehen«, sagt da der Beduine.

Doch macht dann keine Anstalten, zu gehen. Ist vielmehr mit Schauen beschäftigt, sieht er doch im Schatten die Gestalt eines Jungen, der ängstlich hinter Don Avelino Guerrero Schutz sucht. Der andere bemerkt die Neugier des Beduinen; und anstatt die Gegenwart des Jungen zu verstecken, dreht er sich um und hebt ihm die Lampe ans Gesicht, wodurch die blauen Augen leuchten, die noch ganz rot vom Rauch sind. Es ist das Kind des Sündenfalls.

»Was machen Sie um diese Zeit mit dem Kind des Sündenfalls?« fragt ihn der Beduine.

»Ich muß dir, eher noch als irgend jemand anderem, gestehen, was bisher noch keiner weiß«, meint Don Avelino Guerrero, ohne die Lampe vom Gesicht des Knaben wegzunehmen. »Der, den du hier siehst, das ist mein Sohn. Und jetzt, wo er seine Mutter verloren hat, nehm' ich ihn mit nach Hause, damit er bei mir wohnt.«

»Dann waren Sie es also, der Amantina Flores verführte, als sie noch den Wachengel des Heiligen Grabes spielte?«

»Ich war's«, antwortet Don Avelino Guerrero und senkt den Kopf.

»Na, jetzt weiß man wenigstens, wer der Sündenfall war«, sagt der Beduine. »Sie sind der Sündenfall, und das hier ist Ihr Kind, das Kind des Sündenfalls.«

»Wenn es dir lustig vorkommt, dann lach nur«, meint Don Avelino Guerrero, während er den Knaben zu sich heranzieht und auf den Kopf küßt.

»Und Doña Tadea Toribio, was wird die wohl sagen?« fragt ihn der Beduine. »Wird die bei sich zuhause so einfach diesen Jungen haben wollen?«

Don Avelino Guerrero grübelt voller Sorge und stellt die Lampe auf den Weg.

»Wo sie doch so eine schwierige Person ist, da glaub' ich's kaum«, sagt er dann. »Willst du nicht eben mit zu mir nach Hause kommen, vielleicht überzeugen wir sie ja zu zweit.«

Da floh der Beduine eiligen Schrittes. Und schon von weitem rief er, ohne den Kopf zu wenden, so laut, daß Don Avelino Guerrero es gut hören konnte: Dieser Vorschlag hatte mir gerade noch gefehlt! Das wäre was, wenn man mich auch noch verprügelte, wo Sie der Sünder sind!

Und lief schon wieder und fragte sich ängstlich selbst: Wirst du wohl jetzt nach Hause kommen, Beduine? Es scheint fast so, als seien heute nacht für dich alle Neuigkeiten reserviert, Chinesen, die auf dem Fahrrad durch das Brunnenloch nach Fernostasien reisen, der Vater vom Kind des Sündenfalls, der endlich auftaucht. Wär's da nicht besser, du setztest dich gleich in den Beichstuhl von Pater Misael Lorenzano?

Und mit solchen Gedanken war sein Kopf beschäftigt, da fühlte er, wie jemand ihn am Mantel faßte; und weil er so schnell lief, blieb der Mantel dem in der Hand, der ihn auf diese Art festhalten wollte. So hielt er inne, wandte sich um und sah den Schneider Juan Cubero, den Erben der Heldin Rafaela Herrera, der sehr höflich zu ihm sagte, wobei er ihm den Mantel wiedergab: Ich weiß, daß bald Ihr Kind zur Welt kommt, Pedro, und ich will Sie nicht zu lange aufhalten; da ist nur etwas, das ich, als ich Sie die Stufen zum Kirchplatz hochsteigen sah, beschloß, Ihnen zu erzählen, denn es ist wie eine Gräte, die mir quer im Hals steckt und mich nicht schlucken oder atmen läßt. Dann erzählen Sie schon, ich hab' keine Zeit, meinte der Beduine, immer noch hastig, doch schon neugierig geworden; und der andere sagte: Es geht um einen Streich, den man Ihnen auf dem Kostümfest spielen wollte.

»Streich? Mir? Wer denn?« fragte der Beduine.

Und der Schneider Juan Cubero strich sich die spanischen Schnurrbartspitzen glatt: Sie müssen wissen, Pedro, daß vor ein paar Tagen die verblichene Amantina Flores zu mir kam, haben Sie erfahren, daß sie heute rauchend im Bett eingeschlafen ist, in Brand geriet, brennend über die Straße lief und starb? Ja, ich weiß, ich weiß, drängte ihn der Beduine fortzufahren. Nun, sie kam, um mir zwei Maßkostüme aufzutragen, ein Teufels- und ein Teufelinnenkostüm, einen Luzifer und eine Luzifera, beide aus leuchtendrotem Taft. Für wen sind die denn? fragte ich sie; und sie antwortete: Für mich und meinen Begleiter, und Sie müssen zum Maßnehmen jetzt dahin mit mir kommen, wo ich selbst Sie hinführen werde.

Und ich sagte zu ihr: Hören Sie, Amantina Flores, nicht daß ich mich in Dinge mischen möchte, die mich nichts angehen, doch erklären Sie mir mal: Sind Sie denn überhaupt zu diesem Maskenball geladen? Das hab' ich sie gefragt, Pedro, weil, wer schreibt denn schon auf die Einladungsliste des Ausrufers Inocencio »Niemand« ein ehrloses Mädchen, die Mutter des Kindes des Sündenfalls, die von Haus zu Haus geht, hier einen Kranken wäscht, dort eine Spritze gibt? Worauf sie mir die folgende Antwort gab: Da machen Sie sich mal keine Gedanken, Don Juan Cubero, ich bin nicht eingeladen, mein Begleiter aber wohl; und außerdem besteht der Witz darin, daß niemand uns erkennen wird, wir werden uns die Masken nicht herunternehmen, und so, wie wir kommen, ohne daß uns jemand kennt, so werden wir auch wieder gehen und neugieriges Raunen hinterlassen, so haben er und ich es vor. Und warum wollt ihr das denn tun?, war meine nächste Frage. Na, eben drum, sagte sie da leicht überheblich, leicht von oben herab; doch dann, und ohne daß ich in sie drang, gestand sie mir: Wir wollen einfach ungestört einem verzweifelten Beduinen zusehen, der vergeblich eine ägyptische Mumie sucht und vor lauter Suchen und Warten ganz närrisch wird; und ich, ich möchte noch ganz für mich eine verzweifelte Anna Boleyn betrachten, die keinen Foxtrott tanzen kann mit dieser Mumie, der berühmten Mumie aus dem Film mit Boris Karloff; eine Anna Boleyn, die, wenn sie nie das Henkersbeil an ihrem Hals gespürt hat, es an diesem Abend wohl spüren soll, und unausweichlich ihren eigenen blutigen Kopf über den Boden purzeln sehen wird.

So sagte sie. Und jetzt stellen Sie in Rechnung, daß ich Schneider bin und von diesem Beruf lebe, ich kann keinen Auftrag ablehnen, ob es nun Hemden, Hosen oder Kostüme sind, hat man mir doch meine Ländereien verweigert, trotz der vielen Jahre, die ich vor Gericht drum kämpfe, obwohl es scheint, daß jetzt der letzte Einspruch, den ich eingelegt hab', angenommen werden wird.

»Halt, halt«, bremste ihn da der Beduine, »die Geschichte mit Ihrem Rechtsstreit, die kenn ich schon, darüber lassen Sie uns ein anderes Mal reden. Wir waren gerade dabei, daß Sie mit der satanischen Teufelin zum Teufel Satan gingen.«

»So nannte sie sich nicht. Sie nannte sich Luzifera, und ihren Begleiter Luzifer«, berichtigte ihn der Schneider Juan Cubero.

»Satan oder Luzifer, das ist dasselbe. Teufel ist Teufel«, meinte der Beduine. »Und dann?«

Dann nahm der Schneider Juan Cubero sein Metermaß, sein Heft und seinen Meßwinkel, schloß seine Schneiderwerkstatt ab und ging mit seiner Kundin Amantina Flores, um Maß zu nehmen für die Kostüme von Teufel und Teufelin.

»Und wohin sind Sie dann gegangen, Maß zu nehmen?« fragte wieder der Beduine.

Er wußte ganz genau und schon im voraus, was die Antwort war. Es hätte nur gefehlt, daß er noch fragte: Und darf man wissen, wer das war, an dem Sie für das Luziferkostüm Maß nahmen?

»Zum Schuppen von Telémaco Regidor sind wir gegangen, der hinten im Garten des verschiedenen Domitilo Regidor liegt. Telémaco Regidor war der Luzifer, der da verkleidet werden sollte«, antwortete der Schneider Juan Cubero.

»Und was kam dann?« fragte der Beduine.

Dann kam, daß sie durch eine versteckte Pforte in den Garten traten. Der Garten ist eine schattige Obstplantage, und wenn man zum Schuppen geht, ist man von Grün umgeben und kann nicht gesehen werden, das eigentliche Wohnhaus liegt weit weg, an die zweihundert Meter, so groß ist dieser Garten; obwohl das Haus ohnehin leer steht und still daliegt, Pedro. Und als sie angekommen waren, hatte Amantina Flores zu ihm gesagt: Warten Sie einen Augenblick hier im Garten auf mich, Don Juan Cubero; und dann ging sie zu Telémaco Regidor in den Schuppen hinein, diesen Schuppen, der von weitem nach Schnaps riecht, wie eine Brennerei.

Der Beduine kennt diesen Garten und kennt auch diesen Schuppen, der von weitem schon nach Schnaps riecht. Wie oft ist er nicht hier gewesen, hat ihn dort nicht die Nacht überrascht bei endloser Plauderei, ist er nicht dort bis zum nächsten Morgen geblieben, wenn sie spät nachts von irgendeinem Fest kamen? In einem Winkel jenes Zimmers steht, wie er sich gut erinnert, die verschlossene Vitrine voller Bücher, eine Vitrine, die einst dazu diente, das Geschirr der verstorbenen Agueda Catarina aufzubewahren, und die jetzt die Liebesromane enthielt, die Telémaco Regidor in Managua kaufen fuhr, an einem Tag hin und zurück mit der Eisenbahn, nur mit diesem einen Ziel, und die er, wenn er sie gelesen hatte, in die Vitrine tat, aus der sie nie weder zum Vorschein kamen, denn er verlieh sie nie an jemanden, mit Ausnahme natürlich des Exemplars von »Sturmhöhe«, das er, wie wir wissen, eines Tages deiner Tante Leopoldina, der Gefangenen, in die Hände gab.

Er wollte schon fragen: Und dann, was geschah dann? Doch da fuhr der Schneider Juan Cubero schon fort: Nach einem Weilchen öffnete sich die Tür einen Spalt, Amantina Flores steckte ihr goldgelocktes Engelsköpfchen heraus und meinte: Kommen Sie rein. Und verzeihen Sie, Pedro, daß ich Ihnen berichte, was ich jetzt sah, und sagen Sie es um Gottes Willen niemandem weiter.

»Halten Sie mich etwa für ein Klatschmaul?« fragte der Beduine verärgert.

Nun, was der Schneider Juan Cubero da gesehen hatte, war folgendes: einen völlig trunkenen Telémaco Regidor, so trunken, daß er sich kaum auf den Beinen halten konnte, dazu noch nackt von Kopf bis Fuß; und neben ihm die Amantina Flores, genauso nackt, die sagte: weil die Kostüme von Luzifer und Luzifera, die wir tragen wollen, so eng anliegen, müssen Sie nackt an uns Maß nehmen, Juan Cubero. Und ich, Pedro, was soll ich Ihnen sagen, mein Mund, meine Hände, mein Körper ein einziges Zittern. Einen nackten Mann berühren macht mir nichts aus, und auch nicht, ihm den Meßwinkel in den Schritt zu halten, für diese Arten Laster und Versuchung hab' ich nichts übrig; doch halten Sie mal die grausame Versuchung aus, mit dem Meßband an einer so schönen Frau Maß zu nehmen, die so verdient den Ruf des Engels vom Göttlichen Thron trägt, und alles auf der nackten Haut, Hals, Schultern, Büste, Taille, Hüften, Schenkel, Unterschenkel, und tragen Sie das dann noch alles fein säuberlich in Ihr Heftchen ein, mit welchem klaren Kopf denn noch? Und die Stunde der Wahrheit? Der Augenblick, wenn Sie mit dem Winkelmaß ins Scharnier kommen, weil Sie den Schritt ausmessen müssen? Der Augenblick, wenn Sie, mit beinahe atemloser Stimme, bitten müssen: Ein bißchen weiter auseinander, Amantina Flores, wenn Sie so freundlich sein möchten?

»Und was geschah dann?« fragte der Beduine, als wolle er davon nichts wissen. Doch er wollte es sehr wohl wissen.

»Dann hab' ich an ihr Maß genommen und hab' die Hand in diese Höllenglut gehalten, es war ja nichts weniger als meine eigene Hand, die meinen Meßwinkel halten mußte. Und weil man nicht aus Eisen ist, und auch nicht aus Holz, bin ich direkt, als ich dort aus dem Schuppen kam, ganz ausgepumpt von dieser Ansicht bei mir zu Haus ins Bett gefallen; und ich kann

Ihnen sagen, die Hitze, die ich noch im Körper trage, die könnte reichen, um das Feuer anzuzünden, mit dem ich das Bügeleisen wärme, ich brauchte nur die Hand an die Kohlen im Ofen zu halten.

Wer hätte das gedacht und es ihr auch vorhergesagt, daß man zweimal in so kurzer Zeit an ihr Maß nehmen würde, einmal der Schneider Juan Cubero und dann Josías, der Tischler, dachte da der Beduine. Und schon bereit zum Gehen, fragte er noch: Und was machen Sie um diese Zeit noch auf der Straße, wenn ich fragen darf?

Ich komme, antwortete der Schneider Juan Cubero, von Telémaco Regidors Behausung, wohin ich früh gegangen war, so gegen acht, die Kostüme von Luzifer und Luzifera in Zeitungspapier gewickelt, um dem Paar beim Anziehen zu helfen und noch am Körper ein paar Kleinigkeiten zu ändern, wenn es nötig wäre. Ich traf ihn ganz allein an, und am Tisch sitzend, ziemlich betrunken wie immer; auf dem Tisch stand eine Flasche, und aus dieser Flasche schenkte er sich von Zeit zu Zeit ein. Zuerst dachte ich, er rede mit sich selber, führe Selbstgespräche, doch dann merkte ich an dem, was er da sagte, daß er sich anscheinend mit jemand unterhielt, und dieser jemand war sein Bruder Macabeo Regidor, derselbe, der sich heute eine Kugel in den Kopf gejagt hat und der ihm, wie alle Welt weiß, als Kind das Laster des Trinkens beibrachte; doch wollte ich nicht der sein, der ihm die Nachricht von dem Selbstmord brachte, und so wartete ich darauf, daß Amantina Flores käme, und ließ ihn ganz in Ruhe bei seiner Unterhaltung, die mir lustig vorkam, denn sagen Sie mir mal, ist es nicht lustig, wenn jemand, der nicht ganz bei Sinnen ist, jemandem, der nicht da ist, von seinen Erinnerungen an irgendwelche Weissagungen erzählt? Was für Weissagungen denn? beeilt sich da der Beduine zu fragen. An ihn und noch zwei andere, die sich an einem Nachmittag vor langer Zeit nackt in der Lagune von Masaya treiben ließen und dabei die unsichtbare Stimme einer Frau hörten, die sie mit wer-weiß-für welchen Vorhersagen ärgerte;

und wie ich schließen konnte, war diese Frau die alte Kräuterhexe Dioclesiana Putoya, die heut' begraben worden ist. Doch waren dies ganz wirre Worte, Pedro, geben Sie nicht allzuviel darauf noch auf mein Ohr.

Wußte Juan Cubero denn noch, was das für Weissagungen waren? Ich kann mich nicht erinnern, Pedro, was das für Weissagungen waren, von denen er da seinem Bruder erzählte, denn es war nur wenig zu verstehen, das sagte ich Ihnen schon, und außerdem, wer bringt schon das wirre Zeug eines Betrunkenen zusammen? Und hatte er ihn nicht vielleicht von einer Mumie, einem Gefangenen, einem Beduinen reden hören? Keine Mumie, kein Gefangener, kein Beduine; doch wohl erwähnte er, daß diese Frau, ob es nun Dioclesiana Putoya gewesen sein mag oder nicht, den dreien der Lagune ankündigte, daß sie selbst es sein würde, die ihnen an dem Tag, an dem sich die Vorhersage erfüllen sollte, das Zeichen gäbe, was für ein Zeichen, weiß ich nicht. Und jetzt fragen Sie mich nichts mehr und glauben Sie mir nichts von dem, was ich berichte, denn ich sage Ihnen noch einmal, all das war in meinen Ohren nicht mehr als traurige Verwirrung.

Und weil der Beduine tatsächlich keine Lust mehr hat auf Zeichen und auf Weissagungen, schön dumm, von einem erfahren zu wollen, was er längst weiß oder wissen sollte, da fährt der Schneider Juan Cubero von alleine fort: Da wartete und wartete ich also in der Behausung, Pedro, doch Amantina Flores kam und kam nicht. Wenn ich nicht etwas unternehme, dann sitze ich hier morgen früh noch und sehe diesem Kerl beim Saufen zu, so dachte ich mir. Also ging ich in den Garten hinaus, rief einen Knecht, den ich, als ich kam, im Stall gesehen hatte, wo er ein Pferd mit Kreolin behandelte; ich schrieb ein Zettelchen und schickte den Knecht los, der kam nach einer Weile wieder und gab mir von der Schwelle aus, ohne eine Spur von Mitleid in der Stimme, die traurige Nachricht: daß Amantina Flores rauchend eingeschlafen wäre und sich in Brand steckte, daß Laken und Kissen lichterloh gebrannt hätten, daß sie wie eine Fackel brennend die Straße entlang gelaufen sei, daß man sie um diese Zeit schon aufgebahrt hätte.

Und dort bin ich geblieben, in jenem Loch, Pedro, und habe Telémaco Regidor getröstet, der nicht aufhört zu weinen wie ein Waisenkind; sein Unglück beweinend und trinkend habe ich ihn dann zurückgelassen und bin gegangen, was konnte ich denn noch tun? Sieh zu, was du mit diesen Kostümen machst, habe ich dem Knecht gesagt; und laut lachend hat der mir geantwortet: Beim Karneval von San Jerónimo im September, da will ich sie anziehen, zusammen mit meiner Braut. Ohne auch nur einen Augenblick an die Tragödie zu denken, der seelenlose Mensch.

Und so war ich schon auf dem Weg nach Hause, als ich Sie vorbeikommen sah, Pedro; sehr schön, das Kostüm, das Sie da tragen, doch Sie sollen wissen, daß ich Sie an ihren langen Storchenschritten gleich erkannt habe. Und da habe ich gedacht: Da geht er und ist ein rechter Mann, er schreibt mir meine Stoffe an, wenn ich es brauche, er wartet ganz geduldig, wenn ich mit der Zahlung in Verzug bin; und wenn man ihn betrügen wollte, dann werde ich nicht diese Gräte quer im Hals mir stecken lassen, und jetzt gleich will ich zu ihm hinübergehen und ihm dies alles sagen.

»Wollen Sie mir einen Zweifel ausräumen?« fragte da der Beduine.

»Mit dem größten Vergnügen, aber ja doch«, antwortete der Schneider Juan Cubero.

»Dieser rote Taft, den Sie da neulich bei mir haben anschreiben lassen, war das der, den Sie für die beiden Kostüme von Teufel und Teufelin verwendet haben?« fragte der Beduine wieder.

»Genau der«, gestand der Schneider Juan Cubero. »Ein sehr guter Taft.«

Der Beduine konnte in seinem Gesicht nicht mehr als ein sehr bitteres Lächeln zeigen. Und indem er seine langen Schritte wieder aufnahm, war er schon dabei, dem Schneider Juan

Cubero nur ein mit der Hand angedeutetes Adios zu hinterlassen, als er plötzlich innehielt, sich umdrehte und meinte:

»Lassen Sie sich bloß nicht einfallen, das irgend jemandem zu sagen, daß ich Storchenschritte habe, sonst nennt man mich noch Pedro, den Storch, und der einzige, der hier Spitznamen vergibt, bin schließlich ich.«

Was mag wohl nun noch kommen? dachte der Beduine, als er den Park durchquert hatte und endlich bei seinem Hause angekommen war. Und da kam es auch schon. Auf dem Gehsteig näherte sich ihm sehr vorsichtig Don Vicente Noguera, der Telegrafist, in seinen Gummiumhang eingehüllt. Es sah so aus, als warte er dort schon geraume Zeit auf ihn.

Wer mag mir um diese späte Stunde noch ein Telegramm schicken? erschrak der Beduine und hielt an, damit es Don Vicente Noguera, der Telegrafist, sei, der sich nähere: Neues Unglück, wenn du schon kommen mußt, dann komm wenigstens ein bißchen langsam, erwisch mich mit Bedacht, es ist schon viel geschehen heute, Don Vicente Noguera geht nicht aus Spaß um Mitternacht noch auf die Straße, er selber, höchstpersönlich. Und Don Vicente Noguera sagt, indem er ihm das Telegramm gibt: Hier ist das Telegramm, das ich seit Stunden schon zurückhalte, gegen alle Anweisungen, die vorschreiben, jede erhaltene Nachricht gleich zu überbringen.

»Wer schickt's mir denn?« fragt vorsichtig der Beduine und traut sich nicht, die Hand auszustrecken und es in Empfang zu nehmen.

»Es ist gar nicht für Sie, es ist für Don Teófilo, ihren Schwiegervater, der bei Ihnen zu Besuch ist«, antwortet ihm Don Vicente Noguera, der Telegrafist.

»Ob es von Victoria Mercado, seiner verschollenen Tochter ist, die endlich ein Lebenszeichen gibt?« fragt der Beduine und streckt immer noch nicht die Hand aus, noch gibt er seine Vorsicht auf.

»Wo denken Sie hin«, antwortet Don Vicente Noguera, der Telegrafist; »ich wollte, Ihr Mund spräche die Wahrheit.«

»Dann ist es etwas Schlechtes«, sagte der Beduine.

Ja, etwas sehr Schlechtes, und er breitet flehentlich die Arme aus, Don Vicente Noguera, der Telegrafist, läßt sie dann wieder fallen und meint: Als ich dies Telegramm schon in Händen hielt, sah ich auf der Straße Don Teófilo Mercado vorbeikommen, auf dem Weg hierher, ganz fröhlich und zufrieden, um seinen Enkel zu erwarten, Ihr Kind, das gerade geboren wird, und er sah glücklicher aus als je zuvor und hielt den Gehstock mit dem Hundeknopf mit großer Würde; und ich, der ich hinter der halboffenen Tür des Telegrafenamtes versteckt stand, mochte mich nicht zeigen, sondern flüsterte ihm nur von weitem zu: Grüß Gott, Don Teófilo, nur dieser ergebene Freund hier weiß, was Sie erwartet. Warum muß ich denn immer der erste sein, der das erfährt, was anderen wehtut, sie erschüttert, quält? Das Telegramm, das ich hier trage, wird ihm das Herz abschnüren.

»Was sind es denn für Nachrichten, die dieses Telegramm uns bringt?« fragt der Beduine und schilt sich sofort selbst: Was für eine Frage stelle ich da. Gute Nachrichten, das wissen wir ja schon, das sind es nicht und können es nicht sein.

»Wischen Sie sich mal das Gesicht ab, das ist ja ganz voll von Schminke«, sagt Don Vicente Noguera, der Telegrafist und hält ihm noch einmal das Telegramm hin; und der Beduine, der erst jetzt merkt, daß ihm der Regen seine ganze Schminke verwischt hat, reinigt sich, bevor er endlich das Telegramm in Empfang nimmt, das Gesicht mit einem Ärmel seiner Tunika, die braune Flecken abbekommt.

Das Licht auf dem Gehsteig war sehr schwach, denn die ganz oben am Pfahl unter einem Blechschutz angeschraubte Glühbirne konnte kaum einen kleinen Kreis spärlicher Helligkeit verbreiten; so mußte der Beduine mit vor Anstrengung zusammengezogenen Brauen mindestens dreimal die Botschaft lesen, doch lag es in Wahrheit nicht am mangelnden Licht oder zuviel Dunkelheit, sondern an seinem Schmerz und daran, daß er nicht wußte, was er tun sollte; und Don

Vicente Noguera, der Telegrafist, las hinter seinem Rücken auch wieder und wieder mit, wie irgendein Neugieriger, als kenne er nicht zur Genüge diese Worte, die er selbst mit seiner blumigen Handschrift geschrieben hatte, als er den Morseapparat hämmern hörte.

Er saß auf dem Rand seines Feldbetts, auf dem er direkt dort in seinem Büro zu schlafen pflegte, und zog sich gerade die Schuhe aus, als er den Apparat eilig 22 22 22 hämmern hörte. Sehr erstaunt trat er an den Tisch, kam doch nur selten noch um diese Zeit ein dringendes Telegramm nach Masatepe, und morste sofort zurück: Ich höre, bitte weiter. Hier in Managua Riesenhitze, kam es von der anderen Seite, und bei euch? Hier frisch, hat schon geregnet, regnet vielleicht noch mal, bitte Nachricht senden, bin zum Empfang bereit, morste er wieder. Warum so hastig? spottete der andere und setzte die Zeichen so, daß sie wie Lachen klangen; und dann, nach einer Pause, begann er endlich zu senden, und Don Vicente Noguera, der Telegrafist, schrieb mit, auf dem Telegrammformular, das der Beduine noch einmal im spärlichen Licht der Lampe gelesen hat: *Die Regierung der Republik Nicaragua haftet nicht für etwaige Fehler oder Irrtümer, die in diesem Text enthalten sein mögen, Art. 37, Post- und Kommunikationsgesetz, Amtsblatt »La Gaceta«, No. 48, VI, 27. März 1897.*

»Mein Schwager Teófilo Mercado ist tödlich mit dem Flugzeug abgestürzt«, berichtete der Beduine dem Telegrafisten, Don Vicente Noguera.

»Die Fokker-Maschine, mit der er zum Minengebiet von Siuna unterwegs war, stürzte über einem Berg auf der Hacienda Santa María de Ostuma ab«, berichtete seinerseits Don Vicente Noguera, der Telegrafist, dem Beduinen. »Kennen Sie diesen Ort bei Matagalpa?«

»Ich bin noch nie in meinem Leben in Matagalpa gewesen«, antwortete der Beduine.

»Ist Ihnen aufgefallen, wie kurzangebunden das Telegramm ist?« fragte Don Vicente Noguera, der Telegrafist. »Und dabei unterschreibt es der Generaldirektor der Nationalbank höchstpersönlich, Don Vicente Vita.«

»Ich weiß nicht, was Sie mit kurzangebunden meinen«, sagte der Beduine.

»Na, daß es nicht viele Worte macht«, antwortete Don Vicente Noguera, der Telegrafist. »Nicht einmal, um der trauernden Familie die tragische Nachricht zu übermitteln, wagt Don Vicente Vita es, zuviele Worte zu verschwenden. Als ob die Banken nicht in Geld schwämmen.«

»Das hier, das übergeb' ich nicht heut' nacht«, meinte der Beduine und steckte das Telegramm in die Tasche unter seiner Sarazenentunika. »Dafür muß man den richtigen Zeitpunkt wählen, nach der Geburt. Vielleicht morgen ganz früh.«

»Na, dann kann ich ja jetzt gehen, diese Entscheidung liegt in Ihrer Hand«, sagte Don Vicente Noguera, der Telegrafist, und seufzte erleichtert. »Haben Sie eine gute Nacht.«

»Ach, wie nett. Sie als der Telegrafist gehen ganz ruhig auf Ihrem Feldbett schlafen, und mich lassen Sie als Ihren Boten hier«, beschwerte sich der Beduine.

Doch er beschwerte sich nur bei dem Schatten, denn Don Vicente Noguera, der Telegrafist, war schon auf und davon, entfernte sich, in seinen Gummiumhang gehüllt, auf einem der Wege des Kirchplatzes. Und da wollte der Beduine endlich schon an seine Haustür klopfen, als er innehielt, die Knöchel in der Luft, denn ein starker Feuerschein, der über die Dächer emporflackerte, ließ ihn seinen Kopf zum Pfarrhaus hinwenden. Gegen das rote Licht schienen die Königspalmen, die Zypressen, die Guanacaste- und Chilamatebäume in den Hinterhöfen zu brennen, Funken zu sprühen, während bis auf den Gehsteig mit dem Rauch der Geruch nach Kienspanharz drang.

Es war ein dumpfer Lärm zu hören, etwas wie Schreie, Zornesrufe, Drohungen, Beschimpfungen. Dieses Flackern, diese Stimmen, dieser Lärm: waren sie schon dagewesen, als der Beduine vom Gemeindehaus her näher kam? Als er mit Ireneo

»aus der Dunkelheit« über die Chinesen sprach, die durch den Brunnen auf ihren Fahrrädern nach Fernostasien fuhren? Als er mit Don Avelino Guerrero redete, der das Kind des Sündenfalls bei sich hatte? Als er sich mit dem Schneider Juan Cubero unterhielt, der ihm die Intrige von Teufel und von Teufelin verriet? Als er auf Don Vicente Noguera, den Telegrafisten, traf, der ihm das Telegramm gab mit der Nachricht, die er noch nicht enthüllen konnte? Doch wenn es so gewesen war, weshalb hatte er dann nichts gesehen und gehört? Und die, mit denen er da sprach, hatten die auch nichts gehört und nichts gesehen, weil sie von ihren Geschäften abgelenkt waren? Oder hatten sie gesehen und gehört und ihm nur nichts gesagt? Oder brach jenes Geschehen vielleicht erst jetzt mit seiner ganzen Macht los?

»Das ist ein Aufstand gegen Pater Misael Lorenzano!« rief ihm von weitem dein Onkel Eulalio, der Klarinettist, zu, der mit seiner Klarinette in der Hand vom Pfarrhaus her gelaufen kam.

»Warum denn nur?« fragte der Beduine.

»Weil er den Heiligen Christus der Dreifaltigkeit neu angestrichen hat«, antwortete dein Onkel Eulalio, der Klarinettist, ganz außer Atem, während er unten auf der Straße stehenblieb.

»Ich hab's ihm ja gesagt«, meinte der Beduine.

Dein Onkel Eulalio, der Klarinettist, hatte alles gesehen, war Zeuge dieser Revolution, die Indios des Nimbojaviertels wurden von den drei Erbinnen der Kräuterhexe angeführt, Deogracia, Altagracia und Engracia, »die Guabine«, die den verstorbenen Macabeo Regidor, den Selbstmörder, mutterseelenallein zurückgelassen hatten, um sich an die Spitze der Menge der Aufständischen zu setzen, die brennende Kienspäne in den Fäusten trugen, mit denen sie das Pfarrhaus in Brand stecken wollten, und dicke Stricke, solche, mit denen man Rinder bindet, bestimmt, um Pater Misael Lorenzano damit zu fesseln, denn einige rufen: Schnürt ihn nur ordentlich fest, wenn ihr ihn habt, damit er nicht davonläuft!, doch andere, die am meisten Betrunkenen, obwohl sie alle getrunken haben, sagen nein, daß man ihn nicht nur fesseln, sondern ihn gleich am höchsten Guarumo-Baum aufhängen soll, den sie finden können, und einer meint sogar, daß man ihn kastrieren soll, wobei ihn lauthals Engracia, »die Guabine«, unterstützt, der jetzt vom vielen Schreien wirklich die Fischaugen herausspringen wollen.

»Wer ist denn das, der unbedingt Pater Misael Lorenzano kastriert sehen will?« möchte der Beduine wissen.

Wer ihn kastriert sehen will? Eleuterio »Falsches Wort«, der, ebenfalls betrunken, mit einem scharfen Messer in der Hand zwischen den Indios herumläuft und schreit: Holt ihn da raus, diese Schwuchtel, die betreibt sicher in ihrem Schlafzimmer irgendeine Schweinerei, und bringt sie her samt ihrem Lustknaben, damit ich sie beide kastrieren kann!

»Wie kommt es denn, daß Eleuterio ›Falsches Wort‹ betrunken in der Menge mitläuft, wo er doch niemals etwas trinkt? Und wann hat er sich wohl betrunken, wo ich ihn doch noch völlig nüchtern auf dem Kostümfest sah? Und woher hat er auch das scharfe Messer?« fragt der Beduine.

»Das Reet unter dem Vordach fängt schon Feuer, jetzt geht das Haus wirklich in Flammen auf!« rief dein Onkel Eulalio, der Klarinettist, begeistert und wies mit der Klarinette in seiner Hand zum Pfarrhaus hinüber.

Er wollte schon wieder losrennen, aber der Beduine erwischte ihn gerade noch am Aufschlag seiner Anzugjacke.

»Nun warte mal, du bleibst schön hier!« sagte er. »Was willst du da, wo es am gefährlichsten ist? Und außerdem hast du noch auf keine meiner Fragen geantwortet.«

Diese Fragen beantwortete dein Onkel Eulalio, der Klarinettist, sehr widerstrebend und nur, weil ihn der Beduine am Schlafittchen hatte.

Wie es kam, daß Eleuterio »Falsches Wort« betrunken in der Menge mitlief, wo er doch niemals einen Schluck trank? Nun, als schon fast niemand mehr im Tanzsaal war, da hatte er sich schließlich ein Herz gefaßt und sich Anna Boleyn genähert, um ihr die Hochzeit anzutragen.

Diese stand bei Scarlett O'Hara und hörte Pontius Pilatus zu, der ihnen sehr zerknirscht, doch gleichzeitig auch stolz, der Überbringer wichtiger Nachrichten zu sein, selbst wenn es Nachrichten von Tragödien waren, vom traurigen Schicksal berichtete, daß Ulises Barquero in seiner Zelle widerfahren war; und er erzählte ihnen auch von seinen erfolglosen Nachforschungen über die Vergiftung des Wolfes von Gubbio.

Eleuterio »Falsches Wort« unterbrach sehr höflich und bat Anna Boleyn um ein Gespräch unter vier Augen, sie aber wollte nicht: Das, was du mir zu sagen hast, sag's mir gleich hier, meinte sie, und ihm blieb nichts anderes übrig, als dort vor aller Augen um ihre Hand anzuhalten.

Das unterdrückte Lachen der beiden Schwestern Anna Boleyn und Scarlett O'Hara war das erste, was Eleuterio »Falsches Wort« zu seinem Leidwesen als Antwort bekam, und dann überraschte Blicke und einzelne Worte der beiden, wie von weither, versteckt gesprochen, was?, wie bitte?, was war das?, und dann flüsterten sie miteinander, und je mehr sie flüsterten, desto mehr lachten sie auch. Pontius Pilatus jedoch nahm das alles gar nicht von der lustigen Seite, und er hatte dem Bittsteller, indem er mit dem Arm seinen Mantel schürzte und das hochherrschaftliche Haupt zurückwarf, sehr streng und hochmütig bedeutet: Sie sind, weil so abnorm, nichts anderes als ein öffentliches Ärgernis, was stellen Sie sich eigentlich vor, wenn Sie noch einmal einen solchen Vorschlag wagen, dann laß ich Sie auf der Stelle wegen Verstoß gegen Moral und Sitte verhaften.

Und ganz beschämt, verwirrt und tief beleidigt zog sich Eleuterio »Falsches Wort« von jener Gruppe zurück, wobei er hinter seinem Rücken das Lachen von Pontius Pilatus hörte, das in das Lachen der beiden Schwestern Anna Boleyn und Scarlett O'Hara einfiel. War es nicht Pontius Pilatus selbst gewesen, der ihn dazu verleitet hatte, Anna Boleyn die Ehe anzutragen? Und nur, weil er ein Leutnant war, meinte er, das Recht zu haben, so mit ihm Schlitten zu fahren?

Und wann hatte sich Eleuterio »Falsches Wort« denn so betrunken, wo ihn der Beduine doch noch nüchtern auf dem Maskenball gesehen hatte? Na, als bei soviel Verwirrung und Durcheinander der Tisch mit den Getränken im anderen Raum völlig unbewacht geblieben war, ging er schnurstracks dorthin und trank und trank, ohne darauf zu achten, aus welcher Flasche, weil er von Flaschen nichts versteht, und ganz verwirrt durch die Neuheit des Rausches ließ er seine Posaune liegen und lief auf die Straße hinaus, nur um auf die Indiomeute zu treffen, die die drei Hexenschwestern anführten, Deogracia, Altagracia und Engracia, »die Guabine«, und er, er wollte sich natürlich auch an Pater Misael Lorenzano rächen, der ihn beim Wettbewerb vermessen hatte, der ist schuld an meinem Ruf, der ist der Grund für all mein Unglück, und ich werd' ihn eigenhändig kastrieren.

Und woher hatte er das scharfe Messer? Nun, es war dies ein Schustermesser, das Tobias »von der nackten Haut« gehörte, dem Schuster, der auch in der Menge mitläuft, ist er doch der Vorsitzende des Festkomitees der Festlichkeiten für den Heiligen Christus der Dreifaltigkeit, und da läuft er jetzt und sagt alle paar Minuten zu Eleuterio »Falsches Wort«: Wenn sie dir den Pater Misael Lorenzano gefesselt bringen, dann helfe ich dir gern, ihn ordentlich zu kastrieren.

»Gut, sei still jetzt, es reicht mir mit den Ferkeleien«, meinte der Beduine streng zu deinem Onkel Eulalio, dem Klarinettisten, und ließ ihn los.

»Du hast mich doch danach gefragt«, sagte dein Onkel Eulalio, der Klarinettist, beleidigt.

»Ja, aber jetzt reicht's, jetzt habe ich genug davon gehört«, antwortete der Beduine. »Nun sag' mir lieber mal: Was wollen und behaupten denn die Indios überhaupt?«

Was sie behaupteten? Sie behaupteten, daß Pater Misael Lorenzano den schwarzen Christus gestohlen habe, um ihn nach Amerika zu verkaufen, deswegen sei er auch mit dem Flugzeug dorthin gereist in seinem zweireihigen Anzug, mit seiner geblümten Krawatte, dem Borsalinohut und den zweifarbigen Schuhen, um dort mit evangelischen Pastoren darüber zu verhandeln, denn die Protestanten glauben ja nicht an Kruzifixe und Heiligenfiguren, viel weniger noch von schwarzen Heiligen. Und was sie wollten? Sie wollten, daß er ihnen den echten Christus wiedergäbe, denn der andere, der, der jetzt auf dem Altar stünde, der rosafarbige, das wäre nie und nimmer der richtige.

Und noch mehr Fragen stellte der Beduine. Hast du eine Ahnung, wo Pater Misael Lorenzano steckt? Befindet er sich wirklich im Pfarrhaus und läuft Gefahr, daß man ihn faßt und mißhandelt? Und was tut Pontius Pilatus, daß er nicht seine Soldaten schickt, um diese aufständische Menge zu bremsen? Will er sich etwa die Hände in Unschuld waschen wie ein Schuft, wenn das Pfarrhaus angezündet wird? Aber da antwortete dein Onkel Eulalio, der Klarinettist, schon nicht mehr, so hypnotisiert war er von allem, was er sah und hörte, dem Lärm der zornigen Stimmen, dem unflätigen Geschrei der Betrunkenen, den rötlich-gelben Feuerzungen, dem Rauch, der aufstieg und die Sterne am Himmel verdunkelte, den kein Regen mehr verhüllte. Hypnotisiert und außerdem ganz traurig, weil er nicht mehr hingehen durfte.

So war es eine andere Stimme, die neben ihm zu flüstern anfing und auf die Fragen des Beduinen antwortete: Pater Misael Lorenzano ist drüben bei mir zuhause versteckt, und mein Papá ist schon losgegangen, um auf Bitten von Pontius Pilatus den Aufruhr zu besänftigen, er wird mit den Kräuterhexen reden, damit sie die Indios beruhigen, und mit Eleuterio »Falsches Wort« auch, damit er friedlich wird und nach Haus ins Bett geht; dies war die Stimme von Scarlett O'Hara, die über den Platz gekommen war, ohne daß jemand es bemerkt hatte, den Strohhut hielt sie mit gelöstem Band in ihrer Hand, gelöst trug sie auch ihr Lockenhaar, und der schaumstoffverstärkte Rock ihres rosafarbenen Organdykleids war schlammbespritzt.

Doch war sie nicht allein gekommen. Hinter ihr sah man das Haupt der geköpften Anna Boleyn, das dem Beduinen zulächelte, ein Haupt ohne Rumpf, weil das Schwarz ihres Kleides mit dem Schwarz der Nacht verschmolz, auf ihren geschlossenen Lippen eine Miene von Enttäuschungen, die niemals Hoffnungen werden würden, der rote Schnitt an ihrem Hals noch röter durch den Feuerschein. Und was machte der Kopf von Anna Boleyn zu dieser späten Stunde frei hier auf der Straße, wo Kopf und Körper doch ins Gefängnis hätten zurückkehren sollen, damit sie hinter verschlossenen Türen bliebe – der Schlüssel umgedreht im Schloß, ein Bett ohne Laken, ein tränennasses Kopfkissen und ein zerlesenes Exemplar von »Sturmhöhe« –, die unglückselige Schwangerschaft.

Sie konnte nicht dort eingeschlossen sein, weil Pater Misael Lorenzano in ihrem Gefängnis saß, der jetzt derjenige ist, der sich vor den Blicken verbergen muß, wollte Scarlett O'Hara schon sagen, um so die Fragen zu beantworten, die der Beduine in seinem Blick verriet, der nicht weniger traurig war als der Blick von Anna Boleyn. Doch dann sagte sie gar nichts, denn der Beduine kam ihr schon mit einer neuen Frage zuvor:

»Und wie ist Pater Misael Lorenzano da hineingekommen, wo ihn doch die aufmüpfigen Indios überall suchen?«

»Als Schmerzensreiche Jungfrau von den Sieben Dolchen ist er dort hingekommen«, erklärte ihm Scarlett O'Hara.

Pater Misael Lorenzano war eben dabei gewesen, auf seiner kelchförmigen Kanzel das erste freudenreiche Gesätz des Rosenkranzes zu beten, als er, noch ohne dem besondere Bedeutung beizumessen, die Unruhe der Betschwestern bemerkte, die sich mehr als normalerweise bekreuzigten, während sie zum Hochaltar hinstarrten, wo in seinem Schrein nicht der schwarze Christus stand, sondern ein ganz anderer, ein weißlich-rosafarbener; und beim fünften Gesätz, während er weiter mit geschlossenen Augen den Rosenkranz durch seine Finger gleiten ließ, wurde er unsanft aus seiner Versenkung gerissen, als Leute aus dem Nimbojaviertel in die Kirche drangen, mit sehr unfreundlichen Gesichtern, die murmelnd ihren Zorn kundtaten.

Am Ende des Gebets hörte man schon vom Nimbojaviertel her das Zischen von Raketen und das Knallen von Böllerschüssen, Feuerwerkslärm, von dem nichts Gutes zu erwarten war. Da rannte er, so schnell es ging, in die Sakristei; und als Camilo, der fliegende Küster, die Türen endlich verriegelt hatte, was ihm nicht leicht fiel, wollten doch die Widerspenstigen nicht gehen, da beschlossen sie in ihrem Versteck, nachdem sie flüsternd beratschlagt hatten, daß es das Beste für Pater Misael Lorenzano sei, zu fliehen. Zu fliehen. Obwohl: auf welche Weise denn, wurde die Kirche doch umzingelt, was man daran hörte, daß der Lärm der Stimmen und der Schritte zunahm und schon die ersten Drohungen erklangen.

»Wenn ich noch fliegen könnte, dann würde ich Sie auf den Kirchturm mitnehmen, das können Sie mir glauben, und Sie in meinen Armen durch die Luft davontragen, so hoch wie möglich, damit uns nicht ein Steinwurf träfe«, meinte Camilo, der fliegende Küster.

»Vielleicht kann ich mich ja so verkleiden, als ginge ich zum Maskenball, und dann kommt niemand hinter mir her«, sagte da Pater Misael Lorenzano.

Kurz darauf zogen sie in der dunklen, verriegelten Kirche der Schmerzensreichen Jungfrau von den Sieben Pfeilen die Trauerkleider aus, ohne sie dabei anzusehen, um nicht die große Sünde zu begehen, den Blick auf jene intimen Körperregionen zu richten, die, das muß der Wahrheit zuliebe gesagt werden, gar keine solchen waren, denn unter ihrem schwarzen Samt war die liebe Frau nichts weiter als rohes Holz.

Und so konnte schließlich Pater Misael Lorenzano, mit diesen Kleidern kostümiert, durch die Tür der Sakristei die Kirche verlassen und sich ein besseres Versteck suchen, eine Schmerzensreiche Jungfrau, die flieht, während sie leidet und

Blick und Hände flehentlich zum Himmel hebt und das spitzenbesetzte, herzförmige Kissen, von sieben Silberdolchen durchbohrt, im Lauf verliert; denn es lösten sich die Stecknadeln, und das dolchdurchbohrte Herz wurde vom Wasser mitgerissen.

»Ich habe sie vorbeilaufen sehen, die Schmerzensreiche Jungfrau«, unterbrach dein Onkel Eulalio, der Klarinettist, Scarlett O'Hara.

»Es gibt nichts, was du nicht gesehen hättest«, meinte der Beduine. »Um wieviel Uhr hast du sie denn gesehen?«

Als das Gerücht umging, Macabeo Regidor, der Selbstmörder, habe sich eine Kugel durch den Kopf gejagt, und dein Onkel Eulalio, der Klarinettist, zum Haus der Kräuterhexen lief, da kam ihm eine Schmerzensreiche Jungfrau entgegen; und so schnell lief sie und flehte dabei mit verschränkten Händen und zum Himmel verdrehten Augen, daß sie beinahe zusammengestoßen wären, was sie jedoch gar nicht bemerkte.

»Es scheint, die drei Hexen haben den Toten nur schnell in den Sarg getan und sind dann hergekommen, den Aufruhr anzuführen«, sagte der Beduine.

»Nein, sie haben in gar nicht erst in einen Sarg gelegt«, antwortete dein Onkel Eulalio, der Klarinettist; »sie haben ihn nur in eine Decke gewickelt und auf dem Küchentisch liegen lassen, und haben Josías, dem Tischer, gesagt: Wenn Sie den Sarg bringen, Don Josías, dann legen Sie ihn mit Hilfe Ihrer Söhne hinein, wir müssen los, weil wir zu tun haben. Und dann sind sie zum Pfarrhaus losgezogen, begleitet von einem ganzen Haufen wütender Indios, die an jeder Straßenecke Knallkörper abbrannten.«

»Sag bloß, du bist da mitgelaufen«, meinte der Beduine.

»Ja und, was sollte ich denn machen, wo wir doch in die gleiche Richtung gingen, von Nimboja aus«, entgegnete dein Onkel Eulalio, der Klarinettist; »sie, um sich an Pater Misael Lorenzano zu rächen, und ich, um auf dem Maskenball zu spielen.«

Jetzt ist Pater Misael Lorenzano, wo er ist, eingesperrt im Gefängnis von Anna Boleyn, raucht unablässig und ist noch ganz zittrig und verschrocken, so zittrig und verschrocken, wie er war, als er an die Haustür klopfte. Deine Großmutter Petrona ging öffnen, das Haus ganz still, wo sie allein auf die schlafende kleine Luisita aufpaßte, denn Musiker und Kostümierte waren zum Fest gegangen; und angesichts des Anblicks, der sich ihr da bot, fiel sie auf ihre Knie und fing gleich an zu weinen, denn welche fromme Frau fällt nicht zu Boden auf die Knie und fängt herzzerreißend an zu weinen, wenn sie in einer Regennacht die trauertragende Jungfrau Maria besucht, die vielleicht vom Kalvarienberg kommt, wo man gerade ihren Sohn gekreuzigt hat?

Doch als sie die Stimme von Pater Misael Lorenzano hört, der bittet: Lassen Sie mich ein, Doña Petrona, ich bin es doch; als sie ihn eintreten und sich die Kleider ausziehen, den Samtmantel ablegen und sich eine Zigarette anzünden sieht, wobei er sagt: Ich sterbe fast vor Aufregung, machen Sie mir um Himmels willen einen Kaffee, da kann deine Großmutter Petrona vor Lachen nicht mehr aufstehen und bleibt dort so am Boden knien; erst hat sie herzzerreißend geweint, vor Schmerz über den Schmerz der Mutter, und jetzt schüttelt sie das Lachen; und jeder, der sie nicht sieht, sondern nur hört, wüßte nicht zu unterscheiden, ob sie nun lacht oder weint, denn für das Ohr sind sie gleich, die Geräusche von Lachen und Weinen.

Der Pater Misael Lorenzano erzählt seine Geschichte von tödlichen Gefahren, und als er seinen Kaffee ausgetrunken hat, empfängt er von deiner Großmutter Petrona mit einer Stimme und in einer Haltung, die keine Widerrede zulassen, den Befehl, sich in die Kammer von Anna Boleyn einzuschließen; und als er den Platz der Sünderin im Gefängnis eingenommen hat, bittet er seine Beschützerin mit vorsichtiger Stimme, daß ja niemand, der auf der Straße vorbeikommt, seiner Gegenwart gewahr wird, durch die Trennwand: Lassen Sie, Doña Petrona, sofort den Leutant Sócrates Chocano holen, den Bräutigam ihrer Tochter Azucena, damit er seinen Soldaten den Befehl gibt, diese Indiomeute mit Gewalt zu zerstreuen und ich ohne Gefahr ins Pfarrhaus zurückkehren kann.

Aber dies Flüstern ist doch so laut, daß ohnehin jeder, der vorbeikommt, merken würde, daß Pater Misael Lorenzano im Hause seiner Mesnerin versteckt ist; und wie sie ihn so flüsternd schreien hört, wobei er sich ganz leise vorkommt, da überfällt deine Großmutter Petrona erneut das Lachen; und als sie sich endlich beruhigen kann, da sagt sie ihm: Bleiben Sie ganz still dort wo Sie sind, der Leutnant Sócrates Chocano wird nichts befehlen, solange das Fest nicht vorüber ist, wo er als Pontius Pilatus auftritt, begleitet von Juan Castil, dem unverbesserlichen Taschendieb, der ihm Krug und Becken trägt zum Händewaschen, und weil er trotz seines militärischen Berufs alle Art von Festen, Vergnügungen und Kostümen mag, wird er nicht von dort weggehen, selbst wenn man ihm an sein eigenes Kommando Feuer legt.

Dann erscheint Camilo, der fliegende Küster, der einzige, der sein Versteck kennt, und kommt und geht mit immer neuen Nachrichten vom Katastrophenort, die er durchs Fenster der Kammer hineinflüstert, jetzt hört man schon den Lärm von noch mehr aufgebrachten Indios, die aus Nimboja herbeikommen, jetzt sieht man schon den Feuerschein von noch mehr Kienspänen, die sie brennend tragen, jetzt haben sie schon keine Kettenkracher und keine Böllerschüsse mehr, die sie abbrennen könnten, jetzt wollen sie auf Befehl der Kräuterhexen das Pfarrhaus anzünden, jetzt teilen die Hexen höchstpersönlich den Schnaps aus, jetzt entrollen einige die Kälberstricke, jetzt haben andere schon ihre Macheten gezogen, jetzt schreien alle ganz erbost, was mit Ihnen geschehen ist und wo Sie wohl sein mögen. Und was wollen sie von mir? fragt da Pater Misael Lorenzano, dicht ans Fenster gepreßt, sein lautes Flüstern, das deine Großmutter Petrona so amüsiert, zittert richtig vor lauter Angst. Und Camilo, der fliegende Küster, antwortet ganz großspurig: Demnach, was ich hören und sehen kann, wollen Sie einige festbinden, wozu, weiß ich nicht, andere wollen Sie am höchsten Guarumobaum aufknüpfen, und dann ist da einer, der trägt ein scharfes Messer in der Hand, das ist der Tuba- und Posaunespieler Eleuterio »Falsches Wort«, der hört nicht auf zu schreien: Pfarrerschwuchtel, Schwuler, Tunte, mit diesem scharfen Messer werd' ich dich kastrieren!

Da läuft der Pater Misael Lorenzano zur Trennwand und fleht: Doña Petrona, hören Sie mir zu, mir fällt da eine andere Lösung ein, wenn dieser unselige Eleuterio »Falsches Wort« unter der Menge ist mit einem scharfen Messer in der Hand, dann heißt das, daß der Maskenball vorüber ist, schicken Sie also nach dem Maestro Lisandro, er soll mit den Kräuterhexen verhandeln, auf ihn werden sie hören, ich bin einverstanden damit, daß der Christus wieder schwarz wird, daß er seine alte Farbe wiederbekommt, und er soll auch mit Eleuterio »Falsches Wort« reden, damit er diese Waffe abgibt, mit der er mich verletzen will, ich weiß gar nicht, was ihn da gestochen hat, daß er mich so bedroht. Und deine Großmutter Petrona antwortete, noch unwilliger als vorher: Daß Eleuterio »Falsches Wort« seine Posaune liegen ließ und mit einem Messer auf der Straße herumläuft wie der Mutige aus dem Bingospiel, davon weiß ich nichts, und auch nicht, ob das Fest nun aus ist oder nicht, und wahrscheinlich ist es nicht aus, denn es ist noch viel zu früh, und meinen Sie nur nicht, daß Lisandro sein Orchester alleine spielen läßt, ganz ohne Leitung, warten Sie ab, bis das Kostümfest aus ist, dann sehen wir weiter.

Das war ein ruheloses Hin und Her, vom Fenster zur Trennwand hinüber, von den dauernden Drohungen, die Camilo, der fliegende Küster, herbeibringt, zu den Zurechtweisungen deiner Großmutter Petrona, jetzt haben Sie mir schon das kleine Mädchen aufgeweckt mit Ihrem Flüstern, das kein Flüstern ist, und all dem Hin- und Hergelaufe, und da geht sie die kleine Luisita trösten, während er wieder zum Fenster läuft, jetzt waren es nicht mehr nur Nachrichten vom Aufruhr, und es brachte sie auch nicht mehr Camilo, der fliegende Küster, sondern andere Stimmen, die lärmend vorbeikamen, Macabeo hat sich eine Kugel durch den Kopf gejagt, Amantina Flores ist in Flammen aufgegangen, Ulises Barquero hat sich mit fürchterlichen Schlägen den Kopf an der Zellenwand eingeschlagen, Doña Petrona, kommen Sie schnell, gehen Sie ganz nah ans Fenster und hören Sie all die seltsamen Sachen, die man auf der Straße sagt, es scheint fast so, als wolle diese Nacht das Unglück gar nicht mehr enden.

Viel später kamen die vom Fest nach Hause, und von der Unterhaltung, die es zwischen der ägyptischen Mumie und dem Beduinen nicht gegeben hatte, vom verabredeten Foxtrott, der nicht gespielt noch getanzt wurde, von deinem Onkel Edelmiro, dem Cellisten, der ohnmächtig wurde, vom Dickkopf des Tuchfärbers, der die Salesianernonne zu einem Walzer aufforderte, der eher ein Trauerwalzer war, vom Regenwind, der die Partituren fortriß, von jenem Heiratsantrag, überraschend und obszön, den Anna Boleyn zu hören bekam, und selbst noch vom vergifteten Wolf von Gubbio wurde nichts mehr berichtet, denn niemand hatte mehr die Lust, Bemerkungen zu machen, die nicht besonders festlich waren, wie sonst, wenn man von einem Fest nach Hause kommt, sondern von endlosen Enttäuschungen handelten.

Scarlett O'Hara suchte sich einen Schaukelstuhl und setzte sich hinein, Pontius Pilatus stellte sich, dick und scheeläugig, wie er war, hinter ihr auf; so schaukelte sie sich, müde und niedergeschlagen, den Strohhut auf den Knien, und ihr Blick, der sich in der Täfelung der Decke verlor, hätte besser als jedes andere Zeichen den Mißerfolg all ihrer Mühe verraten, außer dem Kopf von Anna Boleyn, der gleich seiner Kammer zuschwebte, war die Gefangene doch bereit, in ihr Gefängnis zurückzukehren, ohne daß sie jemand dazu zwang. Aber da hielt sie deine Großmutter Petrona zurück, flüsterte ihr etwas ins Ohr, rief mit geheimnisvollen Zeichen deinen Großvater Lisandro herbei, Scarlett O'Hara kam dazu, Pontius Pilatus kam, zum Ratschlag gerufen, gleichfalls herbei, zu einer Diskussion, die hitzig genug war, doch auch im Flüsterton ausgetragen wurde, den Pater Misael Lorenzano, das Ohr an die Trennwand gepreßt, kaum verstehen konnte, worauf er alle paar Minuten mit seinem hinlänglich bekannten Flüstern unterbrach: Was haben Sie beschlossen, Maestro Lisandro? Werden Sie verhandeln gehen? Kann ich auf Sie zählen, Leutnant Sócrates Chocano?

Dein Großvater Lisandro, dem der Vorschlag gar nicht gefiel, antwortete eher streng dem Eingesperrten und sagte: Seien Sie endlich still, habe ich Ihnen nicht gesagt, daß Sie solche Ketzerei nicht tun sollen? Und da sitzen Sie nun ganz fröhlich und wohlbehütet, und ich muß mich der Gefahr aussetzen, die tobende Meute der Indios soll ihre Wut an mir auslassen, und außerdem möchte ich mal wissen, warum ausgerechnet ich das tun soll? Weil Sie mein Mesner sind, Sie respektieren diese Indios, und auf Sie hören auch die Kräuterhexen und Eleuterio »Falsches Wort«, der in Ihrem Orchester spielt und jetzt mit einem scharfen Messer in der Hand herumläuft, das man ihm so schnell wie möglich wegnehmen muß, flehte Pater Misael Lorenzano.

Und je mehr er flehte, desto mehr sträubte sich dein Großvater Lisandro; und weil Pater Misael Lorenzano auch von Pontius Pilatus eine Erklärung wollte, ging der her und befand seinerseits: wenn das Pfarrhaus angezündet wird, mische ich mich nicht ein, und auch die militärischen Kräfte unter meinem Befehl nicht, denn der Maestro Lisandro hat ganz recht. Wer, wenn nicht Ihre eigene Lust und Laune, Herr Pfarrer, hat Ihnen befohlen, den Schwarzen Christus abzubeizen und ihn anders anzustreichen? Und weil Sie hier in diesem ehrenwerten Hause versteckt überhaupt keine Gefahr laufen, werd' ich jetzt gehen, denn ich muß unverzüglich zum Kommando zurück, ist doch wieder im Wachraum die Witwe Aurora Cabestrán vorstellig geworden, und da sitzt sie jetzt und leidet, weint und trocknet sich die Tränen mit dem Mantel ihres Schopfes, und wenn ich ihr schon den Leichnam ihres Mannes nicht aushändigen kann, bis ich Befehl von oben habe, will ich wenigstens ihre Bitten anhören.

»Wenn mein Gatte Lisandro nicht gehen will, um auf seine freundliche Art und mit seinen besten Worten die aufmüpfigen Indios zu beruhigen, dann soll Pontius Pilatus unser Haus von Soldaten bewachen lassen«, sagte da deine Großmutter Petrona.

»Bewachen lassen, gegen was denn, gnädige Frau?« fragte ausgesprochen höflich Pontius Pilatus.

»Na, gegen die aufgebrachte Menge natürlich, denn wenn die Indios merken, daß hier der Gesuchte steckt, dann kommen sie direkt hierher und werden uns belagern«, antwortete deine Großmutter Petrona. »Und dann zünden sie dieses statt ein anderes Haus an.«

»Doña Petrona hat ganz recht«, meinte Pontius Pilatus nach einem Augenblick des Nachdenkens. »Gehen Sie, Maestro Lisandro, lieber mit den Hexen verhandeln, und rechnen Sie dabei auf meine untertänigste Zustimmung.« Dies waren Worte, die dein Großvater Lisandro schon in der Tür hörte, während er sich den Hut aufsetzte, den Mund voller Flüche, die er sicher im Dunkeln auf der Straße ausspuckte, immer bekam deine Großmutter Petrona, was sie wollte, und eine tolle Unterstützung war das von Pontius Pilatus, der hatte sich wohl schon daran gewöhnt, seine Hände in Unschuld zu waschen.

»Was eine große Dummheit ist«, meint Mercedes Alborada, als sie die Tür öffnet, hinter der sie die ganze Zeit über der Unterhaltung zugehört hat.

»Was denn?« fragt erschrocken der Beduine, denn als er etwas von Dummheiten hört, denkt er, es geht um eine, die der Doktor Macario Salamanca bei seiner Arbeit als Geburtshelfer begangen hat.

»Die große Dummheit von Doña Petrona, Don Lisandro loszuschicken, damit er sich mit diesen tobenden Indios anlegt, die meisten sind doch schon völlig betrunken, weil die Kräuterhexen ihnen ordentlich Schnaps gegeben haben«, erklärt Mercedes Alborada.

»Also keine Neuigkeiten?« unterbrach sie der Beduine.

»Noch keine Neuigkeiten«, antwortet Mercedes Alborada und lächelt plötzlich. »Doktor Macario Salamanca meint aber, wir sollen ganz ruhig bleiben, bald ist es soweit.«

»Doktor Macario Salamanca?« fragt Anna Boleyn höchst beunruhigt. »Was macht der denn hier, wo wir doch Todfeinde sind?«

»Es hat einen Waffenstillstand gegeben«, sagt da Scarlett O'Hara ein bißchen anmaßend.

»Was für einen Waffenstillstand denn?« fragt wieder Anna Boleyn.

Nun, bevor dein Onkel Edelmiro, der Cellist, ohnmächtig wurde, war Pontius Pilatus zu den Musikern herübergekommen und hatte deinem Onkel Eulogio, dem Geiger, gesagt: Jetzt um diese Zeit ist der Doktor Macario Salamanca schon zuhause bei deinem Bruder Pedro, um sich um unsere liebe Luisa zu kümmern, denn Don Teófilo hat ihn deswegen aus dem Kino geholt, und das zu Recht, weil der Doktor Santiago Mayor, der andere Geburtshelfer, in Masaya geblieben ist, um die Wiederauferstehung seiner Frau Priscila Lira zu feiern; und so liegt es also bei dir, dieser Feindschaft einen Waffenstillstand zu gewähren, damit sie gut gebären kann. Und dein Onkel Eulogio, der Geiger, der seinen Bogen hielt, als sei es ein Florett, schwieg nur; doch schließlich antwortete er: Also gut, schließen wir einen Waffenstillstand; der soll dauern, bis mein Neffe gesund und munter geboren ist. Danach, das stell ich hiermit klar, kehren wir gleich zur Todfeindschaft zurück.

»In alles muß sich dieser Pontus Pilatus enmischen, der immer alles weiß, weil er überall seine Spitzel hat«, sagt dein Onkel Eulalio, der Klarinettist.

»Von Spitzeln wollen wir lieber nicht reden«, meint melancholisch Anna Boleyn.

Zu der Geschichte mit dem Waffenstillstand sagte der Beduine nichts, doch sie freute ihn auf jeden Fall. Und indem er endlich sein Haus betrat, warf er seinen Holzsäbel fort und begann sich dort vor aller Augen sein Kostüm auszuziehen, denn unter der Tunika und dem Mantel trug er ja noch die Anzughose von der Hochzeit am Morgen und dasselbe Popelinhemd mit den Gummibändern an den Ärmeln; und er war schon fast fertig mit dem Ausziehen, als er hinter sich, sicher und gemächlich, den Stock mit dem Hundekopf näherkommen hörte.

»Halb zwölf vorbei«, sagte dein Großvater Teófilo und sah auf seine »Ingersol«-Taschenuhr, die er dann an sein Ohr hob. »Jetzt ist es wohl wirklich bald soweit.«

»Hab ich gar nicht gemerkt, daß es schon beinah Mitternacht geworden ist«, meinte da Pedro, der Kaufmann.

»Und weshalb kommst du mir so traurig vor, wo du doch eigentlich ganz fröhlich sein solltest?« fragte dein Großvater Teófilo.

Pedro, der Kaufmann, wich einen Schritt zurück und fuhr sich mit der Hand an die Hemdentasche, wo er das Telegramm aufbewahrte, fürchtete er doch, der Schwiegervater könnte gleich sagen: Jetzt zeig mir schon dies grausame Telegramm, das du dort versteckt hältst. Doch gab es keinerlei Verdacht über das schreckliche Telegramm im Kopfe deines Großvaters Teófilo, der vielmehr meinte: Wie schade, daß mir mein Bapistenglaube es verbietet, doch sobald dein Kind auf der Welt ist, und viel fehlt ja nicht mehr, dann sollten wir darauf anstoßen.«

Anstoßen? Natürlich, man muß sich bereithalten, antwortete Pedro, der Kaufmann, erleichtert und schickte mit hastiger Geste, so, als scheuche man Hühner vom Hof, Scarlett O'Hara und Anna Boleyn zum Vertiko, Gläser zu holen, fehlte doch unter den wenigen Möbeln in diesem Hause nicht ein Vertiko für kleine und große Gläser.

Doch in dieser Geste erstarrten seine Hände, weil ein Schrei zu hören war, der altbekannte Schrei des Kindes, das in den Schmerz geboren wird, zu dem es kommt, stärker noch als die

Schreie der Aurora Cabestrán, die, in den Trauermantel ihres Haars gehüllt, im Kommando auf der anderen Seite des Platzes immer noch um den Leichnam ihres Mannes fleht; stärker auch als die Schreie der wütenden Indios vor dem Pfarrhaus, die Pater Misael Lorenzano an den höchsten Guarumobaum knüpfen möchten; doch vielleicht nicht stärker als der Schrei, der wie in einer verschlossenen Kammer in der Brust von Anna Boleyn eingeschlossen ist und gern herausgelassen werden möchte; oder war dies am Ende ein Schrei, der gar nicht mehr hinauswollte und ihr lieber Brust und Eingeweide verheerte, weil es ein Schrei so großer Entäuschung war, daß er, auch wenn man ihn herausließe, nicht mehr wußte, wohin er sollte?

Da steckte plötzlich Doktor Macario Salamanca den Kopf durch die Kammertür und sagte mit seiner tiefen Stimme und in der ihm eigenen bedeutungsvollen Art: Das hätten wir, jetzt haben wir das Boot in ruhigeren Gewässern. Es ist ein Junge.

Worauf sich die Augen von Pedro, dem Kaufmann, mit Tränen füllten, obwohl er, als er sich weinen spürte, gleich wieder lachen mußte. Anna Boleyn und Scarlett O'Hara ließen die Gläser, die sie gerade abwischten, kamen herbei und umarmten ihn nacheinander; und bei der Umarmung von Anna Boleyn spürte er das Klopfen jenes schwangeren Bauches, und es war nichts zu machen, er wurde rot dabei, weil er an die Sünde denken mußte. Und dann, beinahe im gleichen Augenblick, dachte er an den Betrug und wurde zornig.

Doch er begriff, daß dies nicht der Moment für Schames- oder Zornesröte war, sondern für Glückwünsche und Danksagungen. Da trat dein Großvater Teófilo zu ihm und streckte ihm, anstatt ihn zu umarmen, die Hand entgegen, so war er nun mal, was sollte man machen. Und nach dem Glückwunsch fragte er, auf seinen Stock mit dem Hundekopf gestützt: Hast du dir schon einen Namen ausgedacht? Weißt du denn schon, wie er heißen soll?

Und Pedro, der Kaufmann, nickte, hatte er diesen Namen doch schon seit damals, als er das Steueramt von Diriamba bewachte, in jener Zeit, als Pater Melico Bellorino ihm die Gunst des Mädchens streitig machte, das in der Pension die Gäste bewirtete und ihm ein Ei mehr in die Suppe schlug.

Da saß er eines windig-frischen Nachmittags am Tor des Steueramtes und schälte mit seinem Taschenmesser in schöner Spiralform eine Apfelsine, als er plötzlich sah, wie aus einem der Nachbarhäuser ein Kind gelaufen kam, mit kurzen Hosen und Matrosenmütze auf dem Kopf; das Kind überquerte schreckgejagt die Straße, näherte sich ihm, blieb bei ihm stehen und wartete, was geschehen würde. Gleich darauf erschien die Mutter mit einer Rute in der Hand und rief lauthals nach ihm, irgend etwas mußte er wohl angestellt haben, den lauten Rufen nach, und von der Rute ganz zu schweigen, ein schlechtes Zeichen. Der Junge hängte sich ihm an den Hals und bat ihn so um seinen Schutz; und plötzlich ließ die Mutter von ihrem Zorn und rief lächelnd und mit freundlicher Stimme nach dem Kind:

»Sergio, komm nur, ich will dir auch nichts tun!«

Der Junge, der sich langsam von seinem Schreck erholte, seufzte erleichtert, löste die Arme von seinem Hals, sah ihn an und lächelte. Der Junge schielte, das hat er nicht vergessen; und daß er ihm die eben geschälte Apfelsine schenkte, das vergißt er auch nicht.

Doch kann es sein, daß er eines Tages, Jahre später, in seiner Erinnerung glaubt, daß es drei Kinder waren, die an jenem Nachmittag über die Straße gelaufen kamen: ein Mädchen, die Älteste, dunkelhäutig und langbeinig, mit Zöpfen, die von Organdyschleifen zusammengehalten werden, und in deren lachendem Mund ein paar Zähne fehlen, und noch ein Junge, der Jüngste, mit langen Locken, der die Stirn in Falten legt, weil ihn die Sonne stört, außer dem mit dem Silberblick und der Matrosenmütze, natürlich, der jetzt die Apfelsine an den Mund hebt und ihm noch einmal zulächelt, bevor er hineinbeißt. Doch wollen wir Pedro, den Kaufmann, nicht seinen Erinnerungen überlassen, sind sie doch, weil aus trügerischem Stoff gemacht, nur zu geneigt, sich als Gespenster der Phantasie zu verkleiden.

»Luisita, Rogelio, kommt her, euch will ich auch nichts tun!« Hatte das die Mutter gerufen, als sie die Rute auf die Straße warf?

Phantasiegespenster oder in die Irre gehende Erinnerung, Trugbilder, falsch vorgestellte Fotos, wer will das wissen. Nicht daß es seine eigenen Kinder sind, die er da im Lauf der Jahre dem ersten Bild des schielenden Jungen, der zu ihm gelaufen kam, hinzugefügt hat; da muß man fragen, wie es kommt, daß auch die beiden anderen ganz genauso, über die Straße laufend, in seinem Kopfe abgebildet blieben. Oder kann es nicht gar sein, daß auch der Junge mit der Apfelsine falsch ist? Doch weshalb sich noch länger dabei aufhalten? An diesem Abend ist es dieses Kind, dies ist die Erinnerung und dies soll auch der Name sein.

»Sergio soll er heißen«, sagte Pedro, der Kaufmann.

Und dein Großvater Teófilo streckte ihm noch einmal die Hand entgegen: Das ist wohl überlegt, daß du ihn nicht Pedro nennen willst, diesen ersten Sohn, denn man soll ja bei seinen Kindern nicht seinen eigenen Namen wiederholen, später geschieht etwas, irgendein Unglück, und dann ist der Schmerz gleich doppelt groß. Als er das hörte, sah Pedro, der Kaufmann, deinen Großvater Teófilo voll Mitleid an; und während er in die Kammer hineinging, dachte er: Wie recht er hat, ist dieser Mensch etwa ein Hellseher, ein Prophet?

»So, jetzt ist alles wieder in Ordnung«, hörte man deinen Großvater Lisandro beim Eintreten sagen.

»Wie haben Sie es denn schließlich geschafft, die aufständische Menge zu beruhigen?« fragte Pedro, der Kaufmann, und hielt inne.

Er hatte sie überzeugen können, daß es sich um die gleiche Figur handelte, doch mußte er zuerst hart mit den drei Kräuterhexenschwestern verhandeln. Man einigte sich schließlich, daß sie den Christus in Verwahrung behielten und in einer Prozession mit sich nach Hause ins Nimbajo-Viertel nahmen, und gleich am nächsten Morgen sollte mit der Arbeit begonnen werden, ihm seine alte Farbe wiederzugeben. All dies war ohne größere Schwierigkeiten vonstatten gegangen. Nur Eleuterio »Falsches Wort« hatte offen rebelliert, doch als er den damit bedrohte, ihn aus dem Orchester zu werfen, da verdampfte gleich aller Schnaps aus seinem Kopfe, er sank flehentlich auf seine Knie, gab ihm das scharfe Messer und bat demütig um Verzeihung.

»Guten Abend, Don Lisandro«, ließ sich Doktor Macario Salamanca hören, der mit der Tasche in der Hand aus der Kammer trat. »Ich darf Ihnen sagen, daß Sie einen Enkelsohn haben.«

»Guten Abend, Doktor«, sagte dein Großvater Lisandro, der eben noch so wortreich die Geschichte seiner Vermittlung erzählt hatte und jetzt verwirrt und zum Schweigen gebracht schien.

»Ich kann nicht sehen, was das für ein guter Handel sein soll, die Gotteslästerung zuzulassen, daß diese Hexen die Leiche von Macabeo Regidor, dem Selbstmörder, gleich neben der Heiligenfigur des Schwarzen Christus der Dreifaltigkeit betrauern«, sagte Mercedes Alborada, die gerade in den Hof ging, um eine Schüssel blutiges Wasser auszugießen.

Da ging dein Großvater Lisandro auf einmal von seiner Verwirrung und Wortkargheit von kurz vorher in eine fröhliche und überschwengliche Redseligkeit über, war dies doch die Gelegenheit, dem Doktor Macario Salamanca gegenüber nicht feindselig zu erscheinen, und meinte zu Mercedes Alborada, sie könne ja, wenn sie nicht einverstanden wäre mit dem Handel, hingehen und ihn ändern, doch müsse sie sich dann beeilen, denn die Kräuterhexen trügen den gekreuzigten Herrn in einer Prozession schon Richtung Nimboja-Viertel, sie brauche nur den Glocken zuzuhören, die ihr ehemaliger Verehrer Camilo, der fliegende Küster, läute, der, der nur um sie einmal nackt zu sehen, das Fliegen erlernt hatte und sich zwar aus dem Unwetter erretten konnte, doch nicht vor der dauernden Bedrängnis der beiden Schwestern Clotilde und Matilde Potosme, der

»Gluckhennen«. Und Mercedes Alborada antwortete darauf nichts, sondern dachte nur: diese Glocken, die nie mehr für mich läuten werden, und Camilo, der fliegende Küster, der sich nie mehr in die Luft erheben wird, weil ihn diese beiden bei sich zu Haus im Bett gefangen halten, so daß er nicht einmal mehr die Kraft zu gehen hat, geschweige denn zu fliegen.

Kann denn nun immer noch irgend etwas Pedro, den Kaufmann, zurückhalten, jetzt, wo er schon an der Schlafkammertür steht? Nichts kann mich jetzt mehr aufhalten, nicht einmal, daß der Vulkan Santiago ausbricht und glühende Lava durch die Straßen rinnt, als sei es brennendes Regenwasser, so sagt er sich, während er die Tür aufstößt.

Zu früh hatte er Hurra geschrien. Denn plötzlich hörte er das Weinen einer Frau, aus großem Schmerz, und wandte sich um, weil er dachte, daß sei Aurora Cabestrán, die auf der Suche nach ihm sei, den schwarzen Mantel ihres Haars hinter sich herziehend, damit er mit ihr ginge und ihr helfe, den Leichnam ihres Mannes loszueisen. Doch war es nicht Aurora Cabestrán, die da eintrat, sondern deine Tante Adelfa, von Regentropfen und von Tränen aufgeweicht und immer noch im Brautkleid, die sich jetzt in die Arme von Anna Boleyn und Scarlett O'Hara warf; und so lautstark und durcheinanderredend baten die Schwestern sie um eine Erklärung, daß sie kaum dazu kam, ihr Schluchzen zu beruhigen, und so gelang es ihr zunächst nicht, zu antworten.

Ich komme, so sagte sie schließlich, aus Niquinohomo, auf einem Schecken, den mir Don Gregorio Sandino geliehen hat, und ich bin klatschnaß geworden und habe auch große Angst gehabt so allein, weil der Knecht, der mich begleiten sollte, an der ersten Wirtschaft am Dorfausgang anhielt und behauptete, weil Samstag sei, könne er nicht weitergehen, ohne einen Schnaps zu trinken, was gar nicht stimmte, denn wie jeder weiß, ist heute nicht Samstag, sondern Mittwoch, weshalb ich mich allein und auf eigene Faust auf den Weg machte und mich mehr als einmal verirrte, bis ich, als ich glaubte, nie mehr zurückzufinden, auf

Inocencio »Niemand« stieß, den Albino, der, wie er sagte, gerade seine letzte Zeitung in Nandasmo ausgetragen hatte, weil er immer erst so spät mit seiner Arbeit fertig ist, ob es nun regnet, donnert oder blitzt, und der hat mich dann geführt, indem er vor mir herging wie ein weißes Licht, obwohl ein Teil seines Körpers vom Regen wie entfärbt war und es nur leuchtende Stücke von ihm waren, die mich führten; und als wir endlich in Masatepe ankamen, da ließ er mich in der Rondastraße stehen, wo ich auf den Schneider Juan Cubero traf, den Erben der Rafaela Herrera, der Selbstgespräche führte über einen Teufel und eine Teufelin, wovon ich nichts verstand, und als er mich auf meinem Pferd, in meinem nassen Brautkleid erkannte, da warnte er mich davor, zu mir nach Haus zu gehen, weil dort zu jeder Zeit die aufgebrachten Indios kommen könnten, um uns das Haus anzuzünden, weil sich darin in Leopoldinas Kammer und als schmerzensreiche Jungfrau verkleidet Pater Misael Lorenzano verstecke, und so bin ich besser gleich hierhergekommen, denn ohnehin suche ich meinen Bruder Pedro.

Aber was ist denn nur passiert? Weshalb bist du zurückgekehrt? Und was ist mit Cecilio Luna, deinem Mann? Und eure Flitterwochen, was wird jetzt aus denen? Und wozu brauchst du Pedro? Nun, passiert war, daß im selben Zug, in dem die frisch Vermählten fuhren, ohne daß sie davon wußten, auch Auristela, »die Meerjungfrau«, mitfuhr. Das Luder hatte die Verwirrung genutzt, die durch die Nachricht entstand, daß Priscila Lira wie ein normaler Fahrgast reiste, wo sie doch eigentlich ein Leichnam war, und war unbeobachtet in einen anderen Waggon gestiegen; und kaum verließen sie in Niquinohomo den Zug, da folgte sie ihnen, und als sie das Haus von Don Gregorio Sandino erreichten, von wo aus sie zum Gut ihrer Flitterwochen hinausfahren sollten, da stellte sie sich mitten auf die Straße und begann zu weinen, bis schließlich Cecilio Luna hinausgehen mußte, um mit ihr zu reden, und dort stehen sie wohl jetzt noch und reden miteinander, auch wieder umgeben von einem Haufen Leute, obwohl es Mitternacht ist, denn ganz Niquinohomo kennt schon die Geschichte der Jungvermählten, die von einer Rivalin verfolgt werden, die weint und weint und nicht aufhört zu weinen; und deshalb hatte sie beschlossen, besser nach Masatepe zurückzukommen, so gefährlich das auch sein mochte, um ihren Bruder Pedro zu holen, damit er noch einmal Cecilio Luna überzeuge.

»Ich?« fragt Pedro, der Kaufmann, von der Kammertür her. »Da müßt ich ja schön verrückt sein! Hier bringt mich keiner mehr weg!«

»Man soll nie sagen, ich tue dies nicht, ich tue das nicht, denn das Leben besteht nicht aus Gerede, sondern aus Taten«, entschied dein Großvater Teófilo.

Und deine Tante Adelfa begann, als sie die so endgültige Antwort von Pedro, dem Kaufmann, hörte, wieder entsetzlich an zu weinen. Und so sind es wieder zwei, die weinen: in Niquinohomo die arg Enttäuschte, die sich nicht geschlagen geben will, und in Masatepe die frisch Vermählte, die noch weit weg ist von ihren Flitterwochen.

Die Indios waren schon mit dem Heiligen Christus von der anderen Farbe unterwegs, denn draußen hörte man jetzt Böllerschüsse, die Glocken, die Camilo, der fliegende Küster, läutete, und Schuhgetrappel und Stimmen, die vorbeikamen. Bis all der Lärm oder das Geräusch, das Geläut oder Geschrei leiser wurde und schließlich ganz aufhörte.

»Der Heilige wird nicht von Musik begleitet«, meinte Pedro, der Kaufmann, der jetzt endlich in die Kammer einzutreten schien.

»Natürlich hat er Musik dabei, hör doch nur«, antwortete da dein Großvater Lisandro.

Und es öffnete sich die Tür zur Straße und auf der Schwelle erschienen deine älteren Onkel, die die Geige, die Flöte und das Cello spielten, dein Onkel Eulalio die Klarinette, und die Posaune Eleuterio »Falsches Wort«, der halb ausgenüchtert deine Tante Leopoldina mit den Augen eines traurigen Ziegenbocks ansah, während er da blies und den Arm ausstreckte, und dein Großvater Lisandro dirigierte mit weit ausholender Bewegung, als lade er sie ein, hereinzukommen, und als letzter trat Lucas Velero, der Gerichtsschreiber und Musiker mit dem Gummirüssel, herein, der, wenn es nicht um eine Prozession oder Beerdigung ging, die Bombardetöne zwischen die Walzerakkorde schob.

Denn was sie da spielten, war ein solcher, der Walzer »Die drei Luisen«, wir wissen ja, welche drei das waren: eine Luisa im Bett mit ihrem eben geborenen Sohn. Eine zweite kleine Luisa, auf die deine Großmutter Petrona aufpaßt, bis dieses ganze Durcheinander wieder ordentlich geworden ist. Und noch eine Luisa, deine Großmutter Luisa, die jetzt aus der Geburtskammer tritt, um sich den Walzer anzuhören; denn zwar leiht sie ihr Ohr nicht, wie man weiß, besonders gern der weltlichen Musik, doch dieser Walzer, der gefällt ihr schon, trägt er doch ihren Namen, und von den ersten Takten an hat sie ihn schon erkannt.

Es umfingen sich Anna Boleyn und Scarlett O'Hara an der Taille und begannen zu tanzen, um schließlich den Kreis zu vergrößern und auch deine Tante Adelfa mit hineinzunehmen, die sich zwar erst ganz ordentlich sträubte, doch schließlich doch mitmachte, wobei sie sogar ein wenig lächelte unter ihren Tränen. Und so, das Haus voller Musik, die Brüder musizierend, die Schwestern tanzend, trat Pedro, der Kaufmann, endlich in die Kammer, um seinen Sohn zu sehen. Er näherte sich dem Bett, um ihn von nahem zu bewundern, und achtete dabei darauf, ja keinen Lärm zu machen, denn er sah, daß die niedergekommene Luisa schlief. Doch in Wahrheit schlief sie gar nicht. Wie sie so spürte, daß ihr Mann sich näherte, da wollte sie die Augen nicht öffnen und ihn anlächeln, bevor er nicht ganz nahe war, ganz nah bei ihr und bei dem Kind, das tatsächlich schlief. Und als es soweit war, da öffnete sie die Augen, sah das Kind, dann ihren Mann an und lächelte ihm zu.